Georg Orlow

Salomonnum – Band I

Georg Orlow

SALOMONNUM
Band I

Du kannst tun was Du willst,
aber aufhalten wirst Du es nicht.

Projekte-
Verlag
Cornelius

Impressum

1. Auflage
© Projekte-Verlag Cornelius GmbH, Halle 2010 • www.projekte-verlag.de
Mitglied im Börsenverein des Deutschen Buchhandels

Satz und Druck: Buchfabrik Halle • www.buchfabrik-halle.de
Titelbild: Rainer Sturm / pixelio.de

ISBN 978-3-86237-098-6
Preis: 14,90 EURO

INHALT

ZU DIESEN BÄNDEN 9

1. KAPITEL 13
Der Anfang vom Ende

2. KAPITEL 33
Die zweite Station

3. KAPITEL 57
GO! GO! GO!

4. KAPITEL 75
Deine Augen sind Spiegel Deiner Seele

5. KAPITEL 97
Der Nächste bitte!

6. KAPITEL 101
Gestatten, Orlow!

7. KAPITEL 105
Mit Kostüm und Maske

8. KAPITEL 133
Der Garten Eden ist nicht für Jeden

Nur wer seinen

eigenen Weg geht

kann von niemandem

überholt werden

Marlon Brando

ZU DIESEN BÄNDEN

Guten Tag,

mein Name ist Orlow, Georg Orlow. Ich wurde 1965 in Dresden geboren und lebe seither in Deutschland. SALOMONNUM ist meinem russischen Freund Konstantin Orlow gewidmet. Es basiert auf zwei Zufällen. Erstens: Die identischen Nachnamen. Und zweitens: Ich traf Konstantin 1990 bei einer Auktion in Amsterdam. Uns interessierten verschiedene Gemälde im Retro-Stil. Seitdem pflegen wir den Kontakt.
Alexander kenne ich nur aus den alten zahlreichen Briefen seiner Mutter Nadeshda. Sie fielen mir bei einer Haushaltsauflösung in den Kellern auf Schloss Albrechtsburg in die Hände. Ich bewundere jedes Mal diese kleinen, gut erhaltenen Kunstwerke. Nadeshda Orlowa schrieb ohne Zeilenhilfen gestochen gerade und scharf mit einer sorgfältig bearbeiteten Kielfeder. Auf ausgeschnittenem eingefärbten Büttenpapier überraschte sie mit neuer Anatomie und Schönheit ihrer Schriftkunst sowie Ornamentik. Sie musste ihren Sohn sehr geliebt haben. Als ich Konstantin von den Briefen am Telefon erzählte, war er sehr aufgeregt und besuchte mich umgehend.
„Was für ein ... Zufall, hätte ich beinahe gesagt! Das sind tatsächlich die verschollenen Briefe meiner Mutter ...", rief er fassungslos. „Unglaublich! Ich suche sie seit Jahren!"
Seine Augen leuchteten und sein Gesicht glühte, während er wieder und immer wieder die Briefe überflog. Und in den nächsten Tagen darauf durchstöberte er unablässig die vielen geschnürten Bündel. Er entwickelte nahezu einen kriminalistischen Forscherdrang. So wie er die einzelnen Blätter untersuchte, musste er von irgendwas besessen sein, das mich, als Beobachter, ins Nachdenken brachte.

„Mein großer Bruder starb, bevor er das Licht der Welt erblicken konnte ...", waren seine letzten Worte zum Abschied, bevor er die Gangway der A 280, die für den Rückflug nach Moskau bereitstand, emporstieg.

Seither fragte ich mich oft, wie wohl Alexanders Leben seinen Weg genommen hätte.

Wäre er auch mit all den Dingen konfrontiert worden, die auf den darunter liegenden Seiten stehen? Hätte sein Leben funktioniert? Welchen Menschen wäre er begegnet? Wie hätten ihn die Leute behandelt und wie wäre er ihnen begegnet? Und Freunde? Die meisten Menschen glauben, viele gute Freunde zu haben. Konstantin wird darüber noch exzellent berichten, wie teuer Freunde werden können.

Was ist denn daran so wichtig, zu wissen, ob das Leben für Alexander gut funktioniert hätte? Sein Wunsch nach dem Leben muss so stark gewesen sein, dass Konstantin stets das Gefühl hatte, ihn ständig und real an seiner Seite gesehen zu haben.

Fragen Sie sich auch manchmal: „Es ist nicht das, wonach du suchst?! Nein, das kann es nicht gewesen sein. Es muss noch etwas anderes geben!" Aber wo? In diesen beiden Bezugsquellen ...?

Die Antwort liegt in den nächsten Seiten. Egal, was da auf Sie wartet, blättern Sie, gehen Sie weiter! Vertrauen Sie Ihrer Intuition. Sie werden nicht nur sehen, sondern hören, schmecken und fühlen, was mit Ihnen passiert. Ein Strom von Gedanken, Geschichten und Gerüchen! Alle Kapitel beschreiben abgeschlossene Handlungen in verschiedenen Zeitfenstern, werden aber so zusammengefügt, dass eine völlig neue Sichtweise Ihres Lebens entsteht. Unterstützend wirken dabei unterschiedliche Niveaubereiche, sehr ausgeprägt in Personenbeschreibungen, Dialogen und Tatbeständen, in denen Sie vergleichen können, ob Sie mit dazugehör(t)en oder nicht. Vielleicht übernehmen Sie sogar den Part ...

Achten Sie auf kleine Details. Sie übernehmen früher oder später eine wichtige Rolle in diesem Werk.

Ich konnte mitunter das Unsagbare kaum in Worten festhalten, aber ich war neugierig, wenn es doch auf dem Blatt stünde. Und während ich mir den Text vorstellte, ließ ich die Bewegungen und Handlungen durch den Kopf gehen, damit ich das, was ich sagen wollte, fließen lassen konnte, in einer Form, die uns das Leben verbirgt. Das leere Blatt Papier vor mir lag da wie eine beziehungslose Welt, die genug Platz bot, alles Befremdliche aufzuspüren. So leer wie das Papier ist vorher auch der Kopf. Ich weiß nicht, was da passiert. Es ist etwas jenseits meines Denkens. Dieses Spiel erfordert ganz sich selbst zu sein und zu bleiben, sich von nichts und niemandem beirren zu lassen, auch wenn sie alle ringsum gucken und lachen oder unter ihrer Betroffenheitsmaske von übertriebener Wahrheitsliebe und vom Bodenabheben tuscheln. Es galt nicht nur eine Illusion zu enthüllen, sondern sie offenzulegen, gleich einem Bild von Natürlichkeit und Authentizität, einem ganz persönlichen Porträt.

Sie blicken gerade auf eine sehr seltene Art der Hilfe, eines Dienstes von grenzenlosem Nutzen. SALOMONNUM hält keine Worte, sondern Nähe für Sie bereit! Und Sie erhalten, wie Alexander, Konstantin oder all die anderen Leser, eine selbstlose Weitsicht.

Machen Sie Ihr Leben zu einem Fest!

Ich wünsche Ihnen eine gute Zeit, auf einer Reise purer Emotionen, auf der Sie mit sich ganz schnell ins Reine kommen werden.

Ihr Georg Orlow

1. KAPITEL

Der Anfang vom Ende

Mesopotamien, 12.00 Uhr mittags

In den Weiten des Zweistromlandes erhob sich eine Stadt, die in einer Zeit von über tausend Jahren die Welt in Atem halten sollte – Babylon! Man sprach vom Nabel des Morgenlandes! Keine andere Stadt konnte sich mit ihr auch nur annähernd vergleichen. Und so unterwarf sich ihr nach und nach ein Volk nach dem anderen. Diese Festung strotzte von unermesslichen Reichtümern und Macht, von Scharfsinn und Intelligenz. Kassiten, Assyrer, Chaldäer und schlussendlich König Belsazar sorgten für eine lang anhaltende Blütezeit Babylons. Ihre mitgebrachten altvorderen Götter platzierten sie unübersehbar in jedwedem Winkel, um den Frevel auszubrüten.
Babylon feierte gerade sein eintausendfünfjähriges Jubiläum, und diese Stadt hatte allen Grund dazu. Diesmal glaubten ihre Einwohner, Baal – ihrem neuen selbst ernannten Gott – für den vielen Reichtum danken zu müssen. Täglich schenkten sie ihm daher ehrerbietig frische Brandopfer. Pünktlich nach dem Sonnenaufgang schossen meterhohe Feuerlohen aus den Schloten riesiger Opferstätten. In den Katakomben bunkerte man Unmengen Werg, Erdharz, Pech und Reisig. Angeheizt von diesem Zeug, fanden regelmäßig vierzig Schafe und Stiere ihr Ende. Doch damit nicht genug! Erst weitere zwölf Malter Weizen und drei Eimer Wein brachten nicht nur Baal, sondern auch den König in gute Laune. Mit dieser Einstellung erlaubte ihnen ihr Abgott hoffentlich, zu tun und zu lassen, was ihnen gerade in den Sinn kam. Und Baal zürnte nicht. Wie sollte er auch? Schließ-

lich wurden doch alle Götter aus Lehm und von Sklavenhand gefertigt. Ein klarer Vorteil, den jeder, der konnte, bestenfalls sofort ausnutzte. Alles war erlaubt, was Spaß machte, denn diese Stadt hatte ihre eigenen Gesetze. Bei deren Übertretungen wurden weder Bürokratismus noch zivil- und strafrechtliche Verfolgung eingeschaltet. Es wurde einfach der Tod darüber verhängt. Die Stele des Hammurabi-Kodex beinhaltete in den alten Gesetzen Einzelfallentscheidungen, doch die hatte man vorsorglich schon eintausend Jahre vorher verschwinden lassen. Später stellte sich heraus, dass kein anderer als König Schutruk-Nachunte von Elam sie auf seinen zahlreichen Raubzügen nach Susa verschleppt haben musste. Diese These über den grausamen Herrscher bleibt jedoch ebenfalls umstritten. Aber das nur nebenbei ...

Die neuen Gesetze forderten ein Ausmaß an Beugung ein. Allerdings lernten die Menschen sehr zeitig: Wer am Besten log, der am Weitesten kam. Helden ohne Skrupel siegen immer, denn Mäßigung ist der Deckmantel von Furcht, und wer gibt seine Angst freiwillig zu?

So auch bei jenen beiden Männern, die als Schriftgelehrte ihrem König und seinem Gott Baal dienten und schafften, wonach ihnen gelüstete. Ursprünglich entstammten die jungen Herren begüterten Familien kleinerer Handelsstädte Mesopotamiens, wie Uruk und Assur. Seit ihrer Studienzeit in Mossul, nahe der Tigrisstadt Ninive, verband sie eine dicke Freundschaft. Der Erfolg ihrer späteren Geschäfte verschlug sie nach Babylon, und so bildeten die Männer mit der Zeit aus ihrem unstillbaren Verlangen nach Macht ein Bollwerk aus Korruption und wilder Gier. Sie nahmen sich in der Stadt einfach alles was ihnen in die Hände fiel.

Armak, ein Mann in den besten Jahren, stand unter der Estrade des schattigen Terrassenbogens seines kleinen prachtvollen Palastes und schaute hinunter auf das bunte Treiben der Menschenmenge. Anlässlich des großen Festes war viel Volk unterwegs. Es schmückte und feierte seine Stadt in einer Vielfalt, wo selbst Künstler, wie Maler und Designer, vor Staunen den Pinsel hätten fallen lassen. Schon Wochen zuvor wuschen Massen von Frauen die weißen Festgewänder und blockierten die Uferzonen des Euphrat, sodass die Barken der Kaufleute Mühe hatten, ihre mitgebrachten Lieferungen umzuschlagen. Ständig veränderte sich das Bild am großen Fluss sowie in der Stadt.

„Kannst du mir vielleicht erklären, wie man sich in dieser Hitze so schnell bewegen kann wie die da unten?", fragte Armak seinen jüngeren Busenfreund Rhedon, der neben ihm stand. Vergeblich versuchte er sich mit seinem kleinen Fächer etwas Kühle zuzuwedeln. Die Südwinde beherrschten mit ihrem feurigen Atem das Wüstenland, und die kurze Regenzeit ließ sehr lange auf sich warten.

„In ihren Köpfen lebt Baal! Das erfrischt sie, und das ist gut so! Außerdem liegt da drüben, über dem Euphrat, ein grauer Schleier! Es wird schon bald Regen geben", erklärte ihm sein Freund und wies dabei in die Richtung der zweiten Flussbiegung. Am Wüstenhimmel darüber bildete sich allmählich eine kleine Trombe.

„Wie lange ist es her, als es das letzte Mal hier regnete?"

„Vor dreiunddreißig Monden ...", meldete Rhedon, nachdem er sich in einer goldverzierten Papyrus-Chronik kurz vergewissert hatte.

„Komm, wir schauen uns das Ganze mal von der Nähe an. Vielleicht findet sich etwas, das uns auch erfrischt!", lachte Armak und nahm seinen Freund die Stufen mit hinunter.

Eine lärmende Menschenmenge erfüllte den Portikus. Die beiden Schriftgelehrten blieben kurz unter seinen schattigen Bögen stehen, einigten sich auf die südliche Richtung und verschwanden im Trubel des gerade vorüberziehenden Festumzuges.

Die Gassen waren zugestopft mit schreienden Kaufleuten, Händlern, Söldnern, äthiopischen und nubischen Sklaven, Wahrsagern, Sterndeutern, Athleten, syrischen Tänzern, indischen Gauklern sowie Gütern, Basaren, beladenen Eselskarren

und Kamelen. Überall ein Gewühle, Gezerre und Gebrülle – die dunkle Sprache Babylons! Der beißende Dunst, vermischt mit Schweiß, Staub, Kamelmist und Abfällen, drückte einem förmlich die Kehle ab. Dazu diese unerträgliche Affenhitze, welche die Luft für die Lungen unbrauchbar machte und jeden Fremdling aus dem Rennen nahm. Und überall streunten oder lagen Hunde, ausgemergelte, missratene, von Parasiten übersäte Köter mit flachem Atem.
Einem Mitteleuropäer gebe ich maximal zwei Morgenstunden in dieser stickigen Luft, und er ist fertig für den Rest des Tages! Doch die Sklaven bewegten sich wie Ameisen, unermüdlich, emsig bestrebt, Tag für Tag den höchsten Profit zu erwirtschaften, ohne Rücksicht auf irgendwelche Festtage oder Umzüge. Auf ihren Schultern und Rücken verwuchsen sich die Narben von schweren Lasten und Auspeitschungen zu festen Hornplatten.
Über einem abgesperrten Platz plärrte unzüchtiger Tumult herüber. In selbstgefälliger Ausschweifung prasste und tanzte dort ein Menschenknäuel. Es bestand aus den Edlen, den Gutbetuchten dieser Stadt. Vogellautartiges Kichern von Weibern in knappen Tuniken, vermengt mit dem Triumphgeblöke der Weinmischer, flog durch die Luft. Mitten im wüsten Gelage sprangen plötzlich üppige Dirnen über die voll beladenen Tische und streckten in verrenkten Haltungen ihre entblößten Körper den trunkenen Männern spreizend entgegen. Augenblicke später ergaben sie sich kreischend phallischen Ergüssen. Billig verkauften sie ihre wunden Sinne. Die lüsterne Stimulanz Babylons fand in ihrer Gedankenlosigkeit kein Ende. Aneinandergereihte, lückenlose, nie endende Orgien vermehrten das ungezügelte Gemisch sodomitischer Triebe in sterile maschinelle Ekstase.
„Hier entlang!", raunte Armak seinem Freund zu und bog in das Tor eines Weingutes ein. Verstohlen sich umblickend, öffneten sie knarzend eine schmale Tür und verschwanden schnell dahinter in einen Vorraum. An der Wand lehnte eine vergessene Lanze. Eine zweite, wesentlich stabilere Tür bereitete ihnen

zunächst einiges Kopfzerbrechen. Ein geschmiedeter Ring, den das königliche Siegel prägte, hielt sie verschlossen. Ohne weitere Überlegungen sprengte Armak schließlich dieses Schloss mit der Lanze aus der Wand und verschaffte sich somit Zutritt.
Vor ihnen gähnte mit modrigem Atem ein schwarzes, übermannshohes Loch. Sie nahmen Fackeln von der Wand, zündeten sie an und folgten den breiten Stufen, die in die Kreuzgänge eines ausgeklügelten Kanalsystems mündeten.
Hier unten verlor sich die Wüstenhitze in eine angenehm temperierte Ventilation. Ein leicht holzig-muffiger Luftzug schlug ihnen plötzlich entgegen und riss an den Flammen der Fackeln. Eine kleine vergessene Barke schaukelte in der finsteren Furt. Unzählige Holzfässer standen links und rechts, während die beiden geheimnisvollen Männer rasch die Gewölbe durchschritten. Ratten huschten quiekend vor ihren Füßen weg. Der äußerst seltene Besuch machte sie unsicher. Gespenstisch warf das flackernde Licht düstere Schatten an die Wände und versengte knisternd dicke Spinnennetze. Nach etlichen weiteren Stufen, Abzweigungen und Räumen blieben die beiden Männer stehen.
Armak stieg auf einen Schemel und suchte die Oberfläche eines Fasses ab. Da – er fand, was er wollte: Zwei versilberte Trinkhörner und einen Messinghammer, neben einer Amphore liegend. Der Mann sprang herunter und deutete mit einladender Geste auf die vielen Weinfässer ringsum.
„Such dir einen aus – du hast die Wahl", lud Armak seinen Freund mit gedämpfter Stimme ein und blies den Staub von den Utensilien. Rhedon überlegte nicht lange und zeigte auf ein abseits stehendes, ovales Riesenfass.
„Den da – den Griechischen! Der bringt uns sicher in Fahrt!"
Beide lachten und schlugen mit zwei kräftigen Schlägen den Spund heraus. Hohl feierte das Echo von den Wänden mit. Schwer setzten sie die übervolle Amphore ab. Gierig füllten sie ihre Trinkhörner und ließen den Wein über die Ränder schwappen. Durstig stießen sie an und leckten sich ihre dicken dunklen Lippen. Der

helle Klang des Silbers ließ die Herzen der beiden Diebe höher schlagen. Unachtsam stellte Armak die Amphore weg.

„Ein herrlicher Jahrgang!", bemerkte Rhedon nach den ersten Schlucken und wischte sich über den triefenden Bart.

„Der ist noch aus den Feldzügen des Königs Antiochus!", wusste Armak zu berichten.

„Du meinst diesen Verrückten, der einen Feldzug nach dem anderen gewann und die halbe Welt in die Knie zwang?"

„Ja genau, den meine ich. Er drang bis zu den Etruskern vor und hatte es auf seine Weise verstanden, ihr Geheimnis zu lüften, im wahrsten Sinne des Wortes."

„Im wahrsten Sinne? Habe ich etwas verpasst?"

„Vielleicht!", freute sich Armak, füllte sein Horn und trank in großen Zügen. Sein Freund hielt tapfer mit.

Plötzlich wurden sie von einem dumpfen Schlag aufgestört. Erschrocken fuhren die Weinverkoster hoch. Die Amphore war umgefallen und der kostbare Wein ergoss sich über den Fußboden. Schnell sprangen sie herzu und stellten sie in die Ausgangslage zurück.

„Es geht doch nichts über einen guten, eleganten Tropfen! Doch höre weiter: Antiochus, der alte Teufelskerl, war nicht ein Mann der großen Worte. Wer sich ihm in den Weg stellte, bekam seine Konsequenz sofort zu spüren! So auch damals. Tagelang hüteten die Etrusker ihr Allerheiligstes unter schwerer Folter. Vor ihren Augen steckte der König all ihre Weinberge in Brand. Eine Welt brach für sie zusammen. Daher gaben sie es preis ...!"

„Was?!", wurde Rhedon ungeduldig.

„Hast du noch nichts von den Berghöhlen im Norden der Italer gehört?"

„Nein – du meinst, nur dieses Lagern in der Tiefe machte ihre Weine so exzellent und berühmt?"

„Genau – und das wusste auch irgendwie Antiochus, doch nirgends fand er einen Hinweis zu diesen Höhlen. Geschickt wussten die Besitzer ihre Zugänge zu tarnen."

„Interessant! Aber sein Lebenswandel wurde, glaube ich, bestraft? Musste er nicht jämmerlich dahinsiechen?"
„Ausnahmen bestätigen die Regel", winkte Armak ab.
„Man sagt, ihm sei das Fleisch am Ende seines Treibens in ziemlich großen Stücken heruntergefault. Maden und Würmer hätten ihn am lebendigen Leibe langsam aufgefressen."
„Aber – deshalb schmeckt uns noch der Wein, oder?"
„Klar doch, wir lassen uns doch nicht von einem kranken König unseren gesunden Durst vertreiben!", lachte Rhedon auf und nahm noch einen kräftigen Schluck. „Du hast mir bloß nie von diesem Lager hier erzählt!"
„Ich hatte es zufällig vor ein paar Tagen abends, unter der Steinbrücke vorn am Adad-Tor, von einem Gespräch abgelauscht. Den Plan habe ich mir anschließend ‚organisiert', wenn du verstehst, was ich meine?", sagte Armak. Sein Gesicht glühte und glänzte dabei.
„Was hast du nachts unter einer Brücke verloren?", fragte Rhedon schwer erstaunt. „Hast du einen schlechten Schlaf?"
„Nein – ich verkleide ich mich ab und zu, um mich unters Volk zu mischen. Nur so erhältst du heutzutage brauchbare Informationen über die Leute. Da nehme ich hin und wieder einen ungewöhnlichen Weg in Kauf! Wie du siehst, hat er sich auch gelohnt ..."
„Der gute alte Armak. Er ist und bleibt unverbesserlich!"
Mit solchen und ähnlichen Gesprächen leerten sie ein Horn nach dem anderen und waren nach geraumer Zeit fröhlich und ausgelassen. Die Männer merkten nicht, dass sich mittlerweile Gäste einstellten. Durch den Weingeruch angelockt, kamen scharenweise Ratten, so groß wie Katzen, herangehuscht und leckten eifrig am guten Tropfen.
Inzwischen spielten sich im Süden Babylons noch ganz andere Dinge ab. Wenden wir uns deshalb einem Villenviertel zu. Diese Gebäude standen mitten in den berühmten wundervollen Hängenden Gärten der Semiramis; genauer gesagt, auf der vierten

Ebene der insgesamt sieben Terrassen direkt am Fuße der Südburg und gehörten dem aufwärts strebenden Mittelstand.

„Sulina!", rief laut eine männliche Stimme aus der oberen Etage des Hauses. Eine junge Frau schlüpfte gerade zur Haustür unten herein, als sie den Ruf ihres geliebten Vaters vernahm. In ihr sah man sofort den Inbegriff des vollendeten edlen weiblichen Geschöpfes – eine Blume inmitten des Zweistromlandes. Ihr zartes, anmutig reines Wesen betörte viele Jünglinge dieser Stadt, die alles dafür geben würden, diese Schönheit wenigstens von Weitem zu sehen. Seit zwei Jahren hatte sie sich hier in Babylon mit ihrem Vater sesshaft gemacht. Er galt als Kaufmann mit besonders großem Einfluss und hoher Würde.

„Sulina?"

„Ja, Vater!"

Leichtfüßig hüpfte sie die letzten Stufen hinauf und schwirrte ins Speisezimmer herein, in dem ihr Vater schon etwas ungeduldig an einem gedeckten Tisch wartete.

„Kind, wo bleibst du denn? Wir wollten doch zusammen essen, bevor ich abreise!"

„Entschuldige, lieber Vater! Das Fest da draußen – ich habe so etwas noch nie erlebt. Es ist so wunderschön!"

„Ich verstehe dich, mein Liebes! Komm, setz' dich und iss."

Ihr Blick fiel kurz auf die herrlichen Früchte auf dem kleinen Tisch. Verführerisch lagen sie da. Doch Sulina beachtete das Obst nicht weiter. Sie hatte wegen der Hitze und des heutigen Abschieds keinen Appetit danach. Anstandshalber stippte sie einige kleine Feigen aus der Schale.

Bevor sich der Vater auf die lange Reise begab, schärfte er seiner Tochter eindringlich ein, nicht in seiner Abwesenheit das Haus zu verlassen. Er hatte große Angst um seine geliebte Tochter. Sulina wollte er eines Tages um keinen Preis im gleichen Schicksal wiederfinden wie in dem seiner Frau. Sie wurde vor zwölf Jahren von einer Bande Tuaregs in die Wüste verschleppt und nie wieder gesehen. Vielleicht hatte man sie, vermutlich ihrer Schönheit wegen, irgendwo auf dieser Welt teuer verkaufen können. Jetzt, wo er zum Abschied seine Tochter in die Arme nahm, flog ihn wieder diese Unruhe an. Ob seine Frau vielleicht noch lebt? Der Verlust an ihr und die nagende Ungewissheit durchfurchten mit frühen Kerben sein schönes Antlitz. Die Tochter versprach, das Gebot zu erfüllen.

„Leb' wohl, meine Göttin! Wenn ich wiederkomme, werde ich für immer hierbleiben. Das gelobe ich dir", verabschiedete er sich, gab ihr einen Kuss auf die hübsche Stirn und verschwand mit seinem Gefolge durch die Tür.

Am späten Nachmittag stand die Luft. Überall im Haus hatte man mittlerweile die Türen und Fenster weit geöffnet, in der Hoffnung, diese stickige Wüstenglut in Zirkulation zu bringen. Sulina saß apathisch auf ihren purpurnen Satinpolstern und ließ sich von ihren Dienerinnen Kühle zufächeln. Die Augen geschlossen haltend, lauschte sie den fernen Festumzugsklängen. Zu gern wäre sie jetzt mit dabei gewesen, bei all der Pracht, Schönheit und Musik. Ihre vielen Freunde nahmen sicher daran teil, aber sie wollte das Gebot ihres Vaters nicht einfach übertreten.

Ferron, der schwarze Panther und Sulinas treuer Gefährte, lag scheinbar kraftlos auf seinem Diwan aus Zebraleder und kniff gähnend die grün-gelben Augen zusammen. Als ein Geschenk brachte letztes Jahr der Kaufmann seiner Tochter dieses edle Tier aus Persien mit. Sulina stand auf und setzte sich neben die Raubkatze. Liebevoll streichelte sie das seidige Fell, den kräftigen Kopf und die herrlichen Pranken. Durchdringendes Schnurren und ein auf und ab peitschender Schwanz des Panthers zeugten von seiner Wonne, die nur seine Herrin geben konnte und durfte.

Immer unerträglicher sengte die Hitze auf die Dächer Babylons herab. Gnadenlose 60 °C durchdrangen täglich achtzehn Stunden lang jeden Ziegel. Die Stadt glich einer riesigen Fleischdarre, in der noch bis in die Morgenstunden Restglut die ungeschützten Leiber tausender Sklaven ausmergelte. Hier und da vernahm man nachts in den verwinkelten Gassen des niederen Volkes wimmerndes Stöhnen der Gepeinigten – ein letzter Lebensfunke vor dem Tod. Die morgendliche Dämmerung verbarg vereinzelte Menschenzüge, die schnellstens mit Booten flussabwärts die Stadt verlassen mussten, um verstorbene Sklaven oder Angehörige außerhalb davon zu beerdigen. Doch der meiste Teil der Toten blieb seit Generationen immer noch die Masse von fremden zerschlagenen Truppen. Vor Babylons berüchtigten Kerkern erschauerte der halbe Erdball. Überlebende Gefangene dienten als Sklaven zum Bau von glänzenden Palästen und Tempeln, bis sie ebenfalls ihre Ruhe draußen im ewigen Sand fanden. Der alte Begräbnisplatz im Süden der Stadt blieb seit Jahren wegen Überfüllung gesperrt.

Die Toten wurden in den dafür vorgesehenen Sandgruben sicherheitshalber verbrannt. Die Gefahr von Seuchen lauerte immer und überall. Solange die Gräber nicht voll mit Leichen gefüllt waren, postierte man Wächter Tag und Nacht davor. Sie wurden mit der Aufgabe betraut, die Toten zu verscharren und wildes Getier von Plünderungen abzuwehren – keine leichte Sache! Waren die Gräber endlich voll, deckte man sie mit einer meterhohen Sandschicht ab. Dabei versenkte man einen dicken Holzpflock in der Hügelspitze und schnitzte in ihn die Namen aller Gebeine des Tumulus.

Sulina wurde der Hitze überdrüssig und beschloss, mit ihren Dienerinnen in den Garten zu gehen, um zu baden. Sie wollte nur ganz kurz ins Wasser springen. Dort würde ihr schon nichts passieren, zumal die drei Frauen bei ihr wären und all die anderen Leute am Fest teilnahmen. Gesagt – getan.

Vom Haus bis zum Wasserbecken lief man ungefähr dreißig Schritte. Ein stufiger, wunderschöner Palmenhain, voll mit schweren Datteln, abwechselnd mit Wein, Lorbeerbüschen, Granatapfel- und Banyanbäumen gestaltet, beschrieb den Weg dahin. Hier angekommen, legte Sulina mit den anderen Frauen ihre Sachen ab und sprang nackt ins Wasser. Sie benahmen sich dabei wie Kinder, völlig sorglos und unbeschwert. Es artete fast in eine kleine Toberei aus. Als sie nach einer Weile genug hatten, stiegen sie aus dem Becken und trockneten sich ab. Nur Sulina blieb noch im Wasser. Die klare Kühle hielt sie zurück. Daran konnte sie sich gern gewöhnen.

Allmählich bedeckte sich der Himmel mit Wolken. Durchdringendes Rollen wallte über die Dächer hinweg. Das Gewitter stand vor der Entladung.

„Schließt alle Fenster und Türen, damit im Hause nichts nass wird!", forderte Sulina ihre Dienerschaft auf, ausnahmsweise zu gehen, und entstieg nun auch dem Wasser. Während sie sich abtrocknete und ankleidete, sang sie leise ein Liedchen.

Als sie wieder die Geräusche des Umzuges vernahm, eilte sie zur Terrassenbrüstung. Von da aus erhielt sie einen wunderbaren Ausblick über die gesamte Stadt.

In einer Entfernung von circa dreihundert Metern erhob sich vor ihr der Tempel des Ninmakgottes. Rechts von der Brüstung, etwa eine halbe Meile entfernt, beherrschte eine riesige Baustelle das Geschehen. In den letzten Jahren hatte man ein gewaltiges Vorhaben in Angriff genommen und legte die ersten Stockwerke des Zikkurats von Etemenanki, des damals größten Turmes der Welt. Das Volk munkelte von einem Bau, der bis in den Himmel reichen sollte. Unabhängigkeit, Freiheit und Macht musste dieser Turm verkörpern und Unantastbarkeit signalisieren. Im pharaonischen Ägypten sollten Hatschepsuts mondäne Gemäuer im Schatten stehen.

In unmittelbarer Nähe befand sich links, unterhalb des Grundstücks, das große Ischtar-Tor mit seinen Steinfiguren. Meister hatten Tag und Nacht wochenlang aus fernen Felsen Löwen und Drachen gehauen, geschliffen und anschließend bunt glasiert. Ausnahmsweise standen heute die riesigen Bronzeflügel des Tores weit offen, um einen ungehinderten Durchlass der Menschenmenge auf dem Prozessionsweg zu gewähren.

Wehmütig schaute Sulina zu den Feiernden hinunter, beobachtete aber weiterhin besorgt den Himmel, der sich nun in dunklem Violett drohend darbot. Tief hingen dazwischen, gelbgrau und fettig glänzend, zackenförmige Wolkengebilde herunter und brauten sich zu einem erdrückenden Gewölbekessel zusammen.
„Das gibt sicher nicht nur Regen ...", murmelte sie in sich hinein und wollte zum Haus zurück, als ein greller Blitz aufflammte und sie blendete. Unmittelbar darauf folgte ein ohrenbetäubendes Donnern. Das Mark gefror in ihren Gliedern. Unweit hatte der Blitz gnadenlos in eine Götzenstatue eingeschlagen und sie zerstört. Ein heftiger Windstoß fegte plötzlich durch die Gärten und brachte schmutziggelben Flugsand heran.
Die Hände an die Ohren gepresst, mit zugekniffenen Augen, rannte Sulina los und prallte nach einigen Metern auf etwas Fremdes, Unbekanntes. Sie taumelte einige Schritte zurück und versuchte vergeblich, die totale Finsternis mit ihren Augen zu durchdringen.
Der nächste Blitz ließ die Frau zur Wachsfigur erstarren. Das krachende Bersten ringsum, begleitet von einem schlagartig einsetzenden Regenguss, der durch den aufkommenden Sturm wie Peitschenhiebe niederschlug, störte Sulina im Moment überhaupt nicht. Was sie da vor sich erblickte, ließ ihr das Blut gerinnen.
Vor ihr stand eine große Gestalt in verschränkter Haltung im schwarzen Rahmen der Nacht. Mit daseinsgierigem, grausamem Grinsen kam sie langsam auf die Frau zu. Der Eindringling konnte sich an ihrer Schönheit nicht sattsehen. Benommen wich sie zurück, stolperte und wollte schon nach hinten fallen, als sie von einer zweiten Person aufgefangen wurde.
„Na – wen haben wir denn da? Hat sich das kleine Vögelchen etwa verirrt?", höhnte der Letztere mit dröhnendem Bass. Beide Ankömmlinge hatten sich in weiße Gewänder gehüllt, die sich im Sturm wie Segel blähten.
„Verschwindet von hier und lasst mich gefälligst los!", schrie Sulina die beiden Männer an und wand sich aus der Umklamme-

rung. Plötzlich blitzte etwas in ihrer rechten Hand. Die Wüstenblume umfasste ihren kleinen krummen Dolch mit der rechten Hand.

„Hoho, die Katze zeigt ihre Krallen!", höhnte wieder Rhedon. Einen pfeifenden Ton bekam er als Antwort. Die rasiermesserscharfe Klinge verfehlte den Kehlkopf des dreisten Gelehrten um Haaresbreite. Schnell stieß er seine Faust vor und ließ sie auf ihr Handgelenk niedersausen. Die Waffe fiel ihr aus der Hand und Armak spitzelte sie mit dem Fuß weg. Das Messer bohrte sich einige Meter weiter ins Gras. Wieder packte Rhedon sie hinterrücks und griff nach ihren schlagenden Armen. Sulina strampelte mit ganzer Kraft um ihr Leben, denn sie wusste jetzt, was die Stunde geschlagen hatte. Dadurch rutschte die seidene Tunika von ihr und sie stand nackt im Regen vor den beiden Kerlen. Hungrig musterte Armak das wundersame Wesen aus dem fernen Alexandria. Gier und Ungeduld übten ihr schweigendes Spiel auf seinem weinerhitzten Gesicht.

„Na, wenn das keine Einladung ist, Schätzchen? Wir haben für uns auch etwas Wein mitgebracht, damit es hier nicht zu trocken wird, hahaha!", lachte er böse und packte ihre kleinen strampelnden Füße. Sulina schrie auf, doch ihre Stimme erstickte jäh in rätselhaftem Schmerz.

Ununterbrochen zuckten jetzt Blitze herab. Der Donner stimmte prasselnd dazu ein, und alle Schleusen des Himmels öffneten sich. Vom Hause her vernahm Sulina tierisches Gebrüll und polternde Geräusche an den verriegelten Fenstern und Türen. Sie rührten von Ferron, der außer sich vor Wut und verzweifelt im ganzen Haus umherrannte und an die Verdunkelung sprang, um seine Herrin zu retten. Aber die Dienerinnen hatten sich in ihrer Angst im Keller verkrochen und konnten somit keine Tür öffnen.

Sulina wehrte sich verzweifelt gegen diese beiden Verbrecher. Ihre Leidensschreie verloren sich ungehört im Getose des Unwetters. Sie warfen das wehrlose, sich aufbäumende Geschöpf ins nasse Gras, schlugen auf sie ein und fielen über sie her. Als Sulina zu laut vor Schmerzen schrie, tauchten sie ihren Kopf bis zur Besinnungslosigkeit im Becken unter Wasser, um sie wiederholt zu missbrauchen, zu schlagen und zu zertreten.

Die beiden Abgesandten der Unterwelt hatten hier das Sagen. Sie konnten sich nehmen, was ihnen nicht gehörte, und gingen rücksichtslos damit um. Und so tobten die Lenker mächtiger Dynastien ihre dumpfen Triebe aus. Ihre fanatisch geweiteten Augen flackerten irre, und aus ihren Mündern brachen nur noch unartikulierte Laute hervor. Im grell zuckenden Höllenlicht sahen sie sich als Helden und bestätigten sich mit gellend diabolischem Lachen. Die triefenden Gesichter glichen sadistisch grinsenden Teufelsfratzen.

Völlig daneben, bemerkten die beiden Übeltäter später erst, dass sie schon über eine halbe Stunde eine Leiche schändeten! Wortlos beendeten sie endlich ihr Sakrileg.

Das Gewitter zog endlich ab. Die beiden Mörder warfen die Tote zurück ins Wasser, setzten sich erschöpft mit dem Rücken zu ihm auf den Beckenrand hin und tranken den Rest von ihrem gestohlenen Wein. Armak hatte vorsorglich zu diesem Zweck ein paar Schläuche mehr mitgenommen.

„Schmeckst du das auch?", fragte Rhedon seinen Freund. Eine steile Falte lag auf seiner Stirn.

„Irgendwie bekommt diesem Griechischen das Gewitter nicht", nickte Armak.

„Merkwürdiger Nachgeschmack ... wie ...", sagte Rhedon und spuckte aus.

„... mh ... äääh ... das ist – Blut!", würgte Armak. Angeekelt, aber auch erschrocken, warfen sie die Ziegenschläuche von sich.

Während sich die beiden Freunde noch leise darüber unterhielten, hörten sie einen dumpfen Laut. Langsam drehten sie sich herum und blickten auf den treibenden Leichnam ihres geschändeten Opfers. Ihr Mund weit aufgerissen, aber stumm, schrie die Totenmaske die zwei Männer an. Sekundenlang erschraken sie über den fürchterlichen Anblick und schauten wortlos in die gebrochenen Augen. Das fremde Gefühl von Schuld bezog ihr Gewissen mit schauderhafter Kälte. Die von allen Leuten einst geliebte Blume trieb zerpflückt im Wasser, zum Sterben zurückgelassen. Alles, was so unschuldig war, wurde zerstört, mit heftigen Stößen aus Weindunst und Schweiß. Sie wurde nicht mal sechzehn Jahre alt.

„Sulina! Sulinaaa?!", schrien angsterfüllt die Dienerinnen. Keine Antwort. Ahnungsvoll rannten sie in den Garten hinunter, ununterbrochen den Namen ihrer Herrin rufend.

„Nichts wie weg hier!", raunte Armak seinem Freund zu. Da war es bereits zu spät. Ein schneller Schatten kam lautlos in weiten Sprüngen auf sie zugeflogen. Mit wütendem Fauchen stürzte sich Ferron auf Rhedon und zerfleischte ihn augenblicklich bestialisch.

Armak schaute von Lähmung gepackt zu, in welcher Art des Todes sein Freund sterben musste. Danach kam er an die Reihe. Ein Instinkt des Raubtieres entschied, den Anführer der Delinquenten langsamer von der Bühne des Lebens abtreten zu lassen. Bedrohlich fauchend näherte es sich, umkreiste geduckt den vor Angst schlotternden Gelehrten. Dieser spähte nach dem Dolch Sulinas und bereute nun, ihn nicht eher an sich genommen zu haben. Als ob die Raubkatze ahnte, was Armak im Sinn hatte, lief sie darauf zu. Verzweifelt rannte der Mann gleichzeitig zur Waffe hin – vergeblich. Mit einem Riesensatz von zehn Metern sprang die Bestie unvermittelt ihren Widersacher an. Schnell fetzte sie mit ihren Pranken die Kleidung von seinem Körper und schlug die Krallen ins entblößte Fleisch. Verzweifelt versuchte Armak mit den Händen das weit geöffnete Maul wegzustoßen. In ihren Fängen war er jedoch nur eine kleine Maus zum Spielen. Flugs schnappte sie danach und drehte ihrem Opfer die Finger aus den Gelenken. Darauf amputierte sie die Gliedmaßen von seinem Leib. Armaks gellende Schmerzensschreie hörte ganz Babylon und ließen die Bewohner erschauern. Anschließend packte das wütende Tier den entstellten Körper am Kopf und schleifte ihn

bis zur Brüstung des Gartens. Noch immer schrie der Mörder wie von Sinnen im Maule des Panthers. Knackend zerbrach Armaks Schädel unter dem kräftigen Druck des Kiefers. Seine grausigen Schreie hallten schließlich in jeden still gewordenen Winkel. Der Panther schüttelte den leblosen Leib so lange hin und her, bis er vom Halswirbel abriss. Dann schleuderte das Tier den abgetrennten Schädel weit über die Brüstung der Terrasse, hinunter in die Stadt, wo er auf dem Prozessionsweg entlangkullerte und vor den Wachen des Tores liegen blieb.
Sofort schlugen die diensthabenden Söldner Alarm und brachten die Stadt in Aufruhr. Fackelschein tanzte durch alle Gassen. Innerhalb weniger Augenblicke lagen im gesamten Garten nur noch blutige Fetzen der beiden Mörder verstreut. Die Wildkatze hatte den grausamen Tod der Herrin auf ihre Weise gerächt. Schließlich setzte sie sich auf den Beckenrand, trank ein wenig vom Wasser und trauerte gesenkten Kopfes bis in den roten Morgen hinein.
Als man Sulina im Wasserbecken fand, glaubte niemand, dass es sich um die Tochter des angesehenen Kaufmanns handelte. Zwei Sklaven zogen den Leichnam aus dem Wasser und betteten ihn auf die Wiese.
Das junge Gesicht der Toten wurde von langem, silberweißem Haar umrahmt. Erst als eine der Dienerinnen Sulina an ihren kleinen Brillanten im linken Ohr erkannte, fand das Wehklagen kein Ende. Diese Brillanten hatten die Form von Brioletts – kleinen, geschliffenen Birnen. Solche Steine sehen auch aus wie ...? Richtig – erstarrte Tränen.
Alle Bewohner der Stadt stöhnten unter der Last dieser abscheulichen Tat. Dem Richter wurden die drei Dienerinnen vorgeführt und von ihm sofort zum Tode verurteilt. Sie kamen angeblich als Hauptverdächtige in Frage. Mögliche Beweise hatte der Gewittersturm fortgespült. Das Urteil wurde noch am gleichen Tag durch Ertränken in demselben Wasserbecken vollstreckt, in dem sie vor Stunden noch unbehelligt badeten.

Die Überreste der beiden Gelehrten sammelten Sklaven ein. Zusammen mit den übrigen Toten wurden sie auf Karren und Boote verladen und zu den Massengräbern abtransportiert. Dort wurden sie zusammen mit den anderen Leichen verbrannt. Nur Sulinas letzter Weg fand neben ihren Vorfahren im Garten ein Ende. Ihre fremde Herkunft erhob sie über die Gebräuche, Riten und Gesetze dieser Stadt und hätte bei der kleinsten Ignoranz einen Krieg zwischen den Völkern vom Zaun gebrochen. Diese Perle stellte für die herrschende dunkle Dynastie einen Fremdkörper und Schwachpunkt im Machtgetriebe dar und musste unbedingt zu einem günstigen Zeitpunkt eliminiert werden. Was bot sich da Besseres, als Chaos oder Unfälle in einer Massenbewegung anzustiften, ohne Rücksicht auf das eigene Leben.

Über das verblassende Babylon legte sich darüber hinaus zu den Gerüchen der Rauchopfer der Gestank des Todes und der Furcht. Er sollte bald in jede Tür Einzug halten.

Als der Vater eine Woche später ahnungslos nach Hause kam, fand er in seinem Haus nur Ferron vor. Halb verhungert und traurig taumelte er seinem Herrn entgegen.

„Großer Gott, was ist hier geschehen? Was war hier los?", bebte ohnmächtig der Kaufmann. Verwirrt rannte er durch jedes Zimmer und rief mit erstickender Stimme den Namen seiner Tochter. Aber diesmal antwortete sie ihm nicht mehr. Stattdessen bezogen kalte Stille, Trauer und Ratlosigkeit das Heim. Der Kaufmann musste erst mal raus hier. Kraftlos stolperte er auf die Straße und klopfte gegenüber bei den Nachbarn. Sie erzählten dem fassungslosen Mann alles Vorgefallene haarklein aus ihrer Sicht. Als sie ihren Bericht beendeten, mussten sie den Mann stützen und nach Hause schaffen.

Der ergraute Kaufmann setzte sich auf Sulinas Bett und weinte bitterlich drei Tage lang. Völlig verzweifelt vergrub er das Gesicht in ihrem Kissen, dem noch der liebliche Duft ihres Haares anhaftete.

Nach wenigen Tagen veräußerte er sein gesamtes Anwesen und traf Vorkehrungen zu einer schnellen Abreise. Als er am letzten Tag das Grab seiner Tochter öffnete, um ihren Leichnam mit auf die Reise zu nehmen, fand er den Sarg rätselhaft leer vor. Die Wachen beteuerten dem Kaufmann ihre Unschuld, weder das Grab aus den Augen gelassen noch berührt zu haben. Seinen treuen Freund nahm der Greis noch mit; er überließ Ferron nicht dem Schicksal dieser verfluchten Stadt. Wortlos ritt der Kaufmann mit seiner Dienerschaft und den Führern durch das Ninurta-Tor hinaus, vorbei an Armenvierteln und Vororten. Er mied die Westseite der Stadt, die von gefährlichen Sümpfen und ihren stinkenden Miasmen umgeben lag. Gesenkten Kopfes stand links und rechts das Volk an den Wegen und verabschiedete sich stumm von dem Mann, den sie alle liebten. Das unregelmäßige Klappern der schleppenden Kamelhufe auf dem Weg begleitete die erdrückende Stille.

Schwerfällig öffneten sich die bronzenen Tore. Metallisches Knarren weckte die in sich versunkenen Auswanderer. Der Sündenpfuhl gab nur widerwillig Seelen frei. Unter der Pforte wurden sie von monströsen Flügeltierskulpturen verabschiedet, in deren Menschengesichtern eine sibyllinische Bosheit leuchtete. Die Kamele scheuten zurück. Die Wachen verkniffen sich, feige geworden, die kleine Gruppe zu kontrollieren und ließen sie ungehindert durch die letzte Pforte am äußeren Mauerhaken dieses Ortes. Hier, am östlichsten Teil des ersten Mauerringes, sollte ein weiteres dunkles Kapitel des Kaufmanns beendet werden. Die Gruppe hielt den Atem an, als das markerschütternde Knarren des Tores mit einem durchdringenden Krachen ihren Austritt besiegelte. Erst jetzt wurde den Auswanderern deutlich bewusst, wie knapp sie dem Fluch entronnen waren. Mehrfach hatte er ihr Leben gestreift und verwundet. Dieser Ort brachte den Kaufmann um sein Glück. Trotz schattenvoller Betrübnis fasste er neuen Mut, als sich der rote Glutball aus dem stummen Sand erhob und ihm die Richtung nach der neuen, nicht unbekannten Heimat wies. Ägypten hieß sein Ziel.

Ein beschwerlicher Weg lag vor den Auswanderern, aber den nahmen sie gern in Kauf. Langsam setzte sich die Gruppe in Bewegung. Keiner der Reiter drehte sich noch einmal um, denn sie spürten den Sog aus der Todesrichtung, der ihnen kalte Schauer über die Rücken jagte.

Im Umkreis von zweihundert Meilen fanden die Tiere zwei Wasserlöcher, und in den letzten Tagen des Marsches ernährte sich die Gruppe nur noch von Kamelmist …

Der Himmel aber ergrimmte sich über den Gräuel der Menschen von Babylon und schwor Rache all jenen, die wieder solches Übel fertigbrächten.

Jahre später wurden zwei andere angesehene Männer in einem ähnlichen Fall von höherer Gewalt genauso mit dem Tode bestraft.

Dann war es soweit: Eines Nachts irrten die Menschen in den Straßen ziellos umher, wüste Haufen unzertrennlicher Schatten. Jeder Bewohner redete eine andere, unbekannte Sprache. Keiner konnte sich mehr mit den anderen Nachbarn, Freunden und Feinden verständigen. Tausende erkrankten an der Ruhr oder wurden von unbekanntem Fieber geschüttelt. Da bekamen sie alle Angst und flohen aus diesem unheilvollen Ort in die Wüste hinein.

Das einst so mächtige Babylon wurde während der Zeit seines Bestehens mehrfach zerstört und wieder aufgebaut, musste aber letztendlich zu Staub verwandelt und in alle Winde verweht werden. Nur die Raben auf den Gräbern blieben zurück.

Der Untergang dieser Stadt und seiner Dynastien verlief in einer Gründlichkeit, an der auch einige Archäologen ihre Zweifel hegen.

Niemand kann sagen: „Davon habe ich nichts gewusst!"

Einige besonders schlaue Zweifler wink(t)en ab: „Ach! Alles nur Jux und Legende!"

2. KAPITEL

Die zweite Station

Etwa eintausenddreihundert Jahre später, nach dem Zerfall Babylons, fand ein Mann heraus, wie man das Volk von damals, das inzwischen zu einer stattlichen Menge von etwa 1,6 Milliarden herangewachsen war, hier und da in kleineren Gruppen wieder zusammenführen könnte – Karl Marx, ein Erzkommunist von höchstem Rang! Gemeinsam mit seinem Freund Friedrich Engels entwickelten sie eine Theorie des Idealismus, die von der Nachwelt verfälscht und demzufolge individuell praktiziert wurde.

„Proletarier aller Länder, vereinigt Euch!", manifestierte sich in den Köpfen der Menschen, und die Gesellschaftsordnungen lösten einander ab wie so manch ein Zeitgenosse seine Unterwäsche wechselte. Jeder hatte da so seine eigenen idealen Vorstellungen: Zarismus – Stalinismus – Sozialismus – Kapitalismus. An den Universitäten verbreitete sich ebenfalls die Freiheit, auswählen zu dürfen, welche Geschichtsklausur von den oben aufgeführten wohl die Einfachste wäre. Und während die unschlüssige Jugend von morgen hin und her überlegte, entschieden sich einige Studenten (es klingt verrückt, ich weiß) für den – Orgasmus.

Diese Option hat sich bis zum heutigen Tag wortwörtlich durchgesetzt: Sie kostet (fast) nichts, macht unerhörten Spaß, ist abwechslungsreich und jederzeit durchführbar!

Freilich existierten Ausnahmefälle, die die Regelstudienzeiten auch einhielten, sich auf ihren zukünftigen Beruf konzentrierten und es nach ganz weit oben schafften. Doch der Rest hatte sich wegen etwas ganz anderem eingefunden ...

Einige wussten anscheinend überhaupt nicht, weshalb sie studierten. Die Anwesenheit zählte, egal, wie viele Semester ver(sch)wendet wurden.

Deshalb auch der Spruch: „Der ewige Student mit seiner brotlosen Kunst!" Na gut, das ist ein wenig überholt. Vielleicht klingt es so etwas besser: „Ein erfolgreicher College-Abschluss an einer Elite-Uni macht dich um eine Million Dollar reicher, wenn du dieses Wissen ins Leben umsetzt. Es wird aber nicht dazu gesagt, dass dieser Abschluss dich im Vorfeld auch in etwa soviel kosten wird. Qualität hat eben ihren Preis ..." Deutsche Unis schlagen davon weit ab. Ein Akademiker hierzulande blättert nach seinem Examen rund 42000 Euro auf den Tisch.

Dabei sein ist alles! Und wenn der eine oder andere von der Verwandtschaft oder Freunden außerdem gefragt wird: „Wie geht's dir, was machst du denn so?", dann ist das der Moment, sich wunderbar in Szene zu setzen, indem man allen verkünden darf: „Ich studiere eben halt ..."

„Ja – und was, wenn ich fragen darf?"

„Och – muss halt mal gucken – entweder halt BWL oder halt Maschinenbau."

Hm – was soll man dazu sagen? Seine klare Antwort darauf? Es gibt 'ne Menge zu verbergen. Niemand pfeift etwas. Alle halten dicht. Müssen sie auch! Sonst bekommen sie eines Tages schlechten Besuch.

Der Bürgermeister einer Universitätsstadt jammerte kürzlich mit verweinten Augen in einem Interview vor laufender Kamera: „Ich bin in einer hoffnungslosen Lage. Wenn ich auf Grund des Drogengeschäftes verbieten würde, dass ausländische Gäste an unseren Unis studieren, kann ich sofort den Laden dicht machen, weil alle Säle leer ständen! Dadurch werden wir als internationaler Ausbildungsort unattraktiv. Sind die Säle gefüllt, bleiben auch die Kassen voll!"

Die Studienjahre sind für den einen oder anderen eine herrliche Zeit. Ein „gutes" Leben mit irrem Spaß! Man hängt früh ein klein wenig im Hörsaal ab und begibt sich nachher ins Wohnheim, wo es nach der Sitzung drunter und drüber geht. Früher waren eher die Studienbälle gefragt, doch heute finden unter kräftigem Koks fetischistische Orgien statt. Sie spalten sich in Close-ups und anschließenden Blowjobs auf. Alle Geldquellen gilt es auszuschöpfen, aber die Vorsicht bei Studienkrediten respektiert jeder. Der und die Beste zeigen vor laufender Web-Cam, wie sie ihr Repertoire beherrschen, um sich für „Kohle" oder „Koks" ins Web zu stellen. Das eigentliche Ziel – ihr Beruf, degeneriert zur Nebensache. BAföG ist zwar bei einigen Leuten willkommen, doch den anderen Teilnehmern wird ein Studium ohne Geldsorgen ein Traum bleiben, und somit wird es überflüssig. Ab und an finanziert der eine oder andere sein erstes klappriges Fahrrad, das ihn auf dem schnellsten Weg vom Campus ins „Studio" bringt, damit sie den Anschluss nicht verpeilen. Natürlich sind nicht alle Studenten davon betroffen; nur erst mal die, mit denen ich mich darüber unterhalten konnte, und glauben Sie: Es waren nicht wenige. Wer kein BAföG in Anspruch nimmt oder im Web nicht omnipräsent sein will, spettet.

Stopp! Mir fällt dazu eine Begebenheit ein, die völlig anders ausging ...

1962, Belorussland, 16.00 Uhr

Mit zunehmender Verspätung verlief die monotone Fahrt des Zuges circa zweiundzwanzig Stunden, vorbei an halb zerfallenen Bauerngütern und durch endlose Birkenwälder. Die Strecke von Moskau bis Brest betrug eintausenddreihundert Kilometer, begleitet vom dröhnenden Gebrüll der Diesellok, die in irgendeiner sibirischen Tundraschmiede vor Generationen aus dem Ganzen gefeilt sein musste, für Frieden, Land und Brot! Dann war Ende im Gelände.

Das Auswechseln der Waggon-Drehgestelle in der belorussischen Grenzstadt dauerte knappe drei Stunden. Alle Fenster und Türen riegelte man in diesem Zeitraum hermetisch ab. In dieser unfreiwilligen Pause wurden die Fahrgäste durch ständige Patrouillen und das Gebell der Pogranitschniki, der Transportpolizei, aus ihrer benebelten Schläfrigkeit geschreckt. Die Reisenden litten hin und wieder in der damaligen Zeit unter den penetranten Schikanen unterbeschäftigter Provinzbüttel.

Der durchdringende Laut einer zerkauten Trillerpfeife des angetrunkenen schmierigen Schaffners beendete diese Prozedur und entschädigte die Fahrgäste für die Geduldsprobe durch einen unsanften Rückwärts-Rutsch des Zuges – die neue Lok hatte sich vorn routinemäßig angekuppelt. Zwischen weiterem Gebell und unzähligen Pfiffen zuckelte die Bahn endlich los.

Jetzt kam Abwechslung in die vorbeifliegende Landschaft. Statt an unzähligen Birken konnten sich die Fahrgäste nun an unzähligen Kiefern „erfreuen" – Ironie des Schicksals. Und weitere eintausend Kilometer lagen noch vor ihnen. Manch einer unter ihnen beneidete die sicher aufregendere Zeit um 1862, vor hundert Jahren in Nordamerika, als der Red-River-Express, voll bis unters Dach mit Nuggets aus dem Klondike, zwar nur alle fünf Tage unter sengender Hitze an einer vereinsamten Station hielt, weil er ständig von Banditen und Indianern verfolgt und ausgeraubt wurde. Das war Abwechslung!

Der lange Zug bremste mit lautem Quietschen in der Bahnhofshalle und hielt endlich auf dem Bahnsteig 2.

„Berlin Ostbahnhof – alles aussteigen, bittäää!!", schnarrte nasal und unfreundlich die Stimme einer Matrone durch die nostalgischen Lautsprecher. An jedem Waggon sprangen die Türen auf und spuckten entnervte Menschenbündel aus. Eine Dunstglocke von Schwarzem Tee, Knoblauch, Machorka, Patschjuli-Duft und Diesel hing plötzlich in der nebligen kalten Halle. Gestikulierend versuchten sich die Angereisten zu orientierten und schwärmten hilflos in alle Richtungen aus. Der lärmende Haufen mit Koffern beladener, überall mit Netztaschen behangener Menschen, prall gefüllt mit eingeweckten Gurken, Konfekt- und Machorkaschachteln, löste sich allmählich auf. Saure Gurken waren damals ideale Begleiter zum Wodka. Heute verwendet man eher Zitronenscheiben.

Etwas zögernd stellte auch Nadeshda, eine bildhübsche dreiundzwanzigjährige Frau, mit dicken, langen blonden Zöpfen, ihre zwei Koffer ab und verglich ihre Zeit mit der riesigen Bahnhofsuhr.

„Merkwürdig ... auf meiner Uhr ist es jetzt Punkt acht? – Entschuldigung, Towarisch? Ist diese Uhr da stehen geblieben ...?", fragte sie in gebrochenem Deutsch einen großen jungen Mann im beige-grauen Trenchcoat, indem sie auf die Bahnhofsuhr deutete. Der Mann verglich die Zeit mit seiner Uhr und erwiderte: „Nein, sie geht auf die Minute genau! Gestatten – Martin!"

„Nadeshda", stellte sie sich vor und machte artig einen kleinen Knicks.

„Woher kommen Sie?"

„Aus Russland, genauer gesagt Moskau ...", erklärte stolz die kleine Frau und stellte sich auf die Zehenspitzen.

„... Ihrer Heimatstadt?" Sie nickte eifrig. „Verstehe!", meinte lächelnd Martin und erklärte ihr freundlich die Zeitverschiebung, während sie zum Ausgang liefen.

„Natürlich! In der Aufregung habe ich am Allerwenigsten daran gedacht. Sie müssen vielmals entschuldigen, aber das ist meine erste große Reise! Ich war noch nie in Berlin. Könnten Sie mir helfen, ein Zimmer zu bekommen?", fragte sie mit einem Augenaufschlag, der nicht zuließ, diese Bitte einfach abzuschlagen. Natürlich konnte er.

„Taxi!", winkte er einen schwarzen Wolga heran. Mit den Rädern rutschend, hielt der Wagen vor ihnen. Martin hielt seiner neuen Begleiterin die Tür auf, während der Fahrer die Koffer hinten verstaute. „Zum Hotel, bitte, und schalten Sie die Heizung hoch!"

Man schrieb zwar schon den dritten Mai, aber gegen Abend wurde es eben doch noch empfindlich kalt.

„Geht klar", schmunzelte der Fahrer, brannte sich eine platt gedrückte „Karo" an, gab Gas und brachte die sowjetische Vorzeige-E-Klasse aus der Autoschmiede von Gorki, dem heutigen Nischni Nowgorod, mit ihren 75 PS in zwölf Sekunden von Null auf Dreiundsiebzig. Na ja, sie zog damit auch nicht gerade den Speck vom Knoblauchbrot. Für die Staatsorgane aber, wie zum Beispiel der VOPO, waren sie für einen Einsatz gerade gut genug, um wieder einmal einen kleinen Kammgarndieb zu schnappen.

Galant brauste der Wolga über die Abschläge des Schienennetzes und leergefegte gepflasterte Chausseen, vorbei an Baustellen und großen Plakaten. Auf dem einen Banner stand unübersehbar: DER SOZIALISMUS SIE…T! Mehr konnte man nicht erkennen. Vor dem letzten Wort aber befand sich eine agile Person mit dem Rücken zur Straße. Am nächsten Tag war das Malheur natürlich groß. Jemand hatte das fehlende „G" mit einem „CH" ersetzt.

Nach ungefähr zehn Minuten parkte das „vaterländische" Taxi vor dem Hoteleingang.

„Das ist für Sie!", sagte Martin und gab dem Chauffeur einiges Trinkgeld. Der Fahrer bedankte sich und brauste motiviert davon. (Bisweilen ist heute zu beobachten, dass sich Taxifahrgäste nach der Fahrt bedanken. Wenn ich höre, wie sie beim Aussteigen mit: „… und haben Sie vielen Dank, vielen Daaank, ja danke, Dankeschön, vielen herzlichen Daaaaank …!" mit Nicken und Grinsen den Fahrer zutexten, kriege ich Motten! Für was bedanken die sich denn? Etwa für den schwindelerregend gestiegenen Mineral- und Ökosteuer angeglichenen Taxipreis? Was kostet die Welt!)

Martin trug unterdessen Nadeshdas Gepäck zur Rezeption.

„Sehr aufmerksam! Charmanter Bursche, ein echter Kavalier!", dachte sie und musterte ihn heimlich von der Seite. Keinen

Mann kannte sie bisher, der sich so zuvorkommend verhielt wie dieser junge Deutsche.
Schnell hatte er für sie ein Zimmer gebucht.
„Vierundzwanzigstes Obergeschoss – Zimmer Zwei – im Westflügel! Ich hoffe, dass es Ihnen gefällt", meldete er ihr, schnappte sich wieder die beiden Koffer und holte den Lift. Gegenüber demontierte eine Brigade den ausgedienten altbewährten Paternoster.
„Ping!", verkündete der neue glänzende Aufzug den beiden Wartenden seine Ankunft und öffnete automatisch die Tür. Martin und Nadeshda verstauten das Gepäck und fuhren nach oben. Ruckelnd schüttelte sich die neuartige Blechkabine in die Etagen hoch.
„Ping!", forderte das Etagensignal sie zum Aussteigen auf, nachdem die polierte Kapsel schlagartig stehen geblieben war und sich der Mageninhalt bei jedem Fahrgast kleinlaut zurückmeldete.
„So – bitte sehr!", sagte Martin und stellte die Reisekoffer vor dem besagten Quartier ab.
„Haben Sie recht herzlichen Dank!"
„Keine Ursache! Ich muss jetzt wieder los – habe noch einige Wege zu erledigen. Vielleicht sieht man sich mal. Auf Wiedersehen!", verabschiedete er sich lächelnd von ihr.
„Doswidanja und vielen Dank nochmals!", rief sie und blickte ihm sinnend nach. Anschließend erkundete sie ihr neues Domizil.
Das Appartement war für die damaligen Verhältnisse einfach, aber dennoch passabel eingerichtet. Lindgrüne lederne Clubsessel und ein Glastisch füllten den Wohnbereich. Auf einem Wandregal stand ein vorsintflutlicher Weltempfänger. Den Schlafraum hatte man mit einem Einzelbett, einem Nachtschränkchen und einem braunen Kleiderschrank aus der Gründerzeit bestückt.
Als sie den kleinen Balkon betrat, blies ihr der Wind ins Gesicht. Sie hatte in dieser Höhe einen weiten Ausblick auf die geteilte Stadt, in der zwei Welten aufeinandertrafen.
Die „arme kleine DDR" leistete sich die sicherste und kostspieligste Grenze der Welt. Hier und da standen Gerüste und Kräne

in den Baustellen des Berliner Ostens. Der Aufbau des Sozialismus schien in die Gänge zu kommen, jedenfalls verbreitete man diese Nachricht elanvoll in den Medien am Puls der Planwirtschaft dem durch Arbeit erneuerten Volk. Nichtsdestotrotz waren die hiesigen Bausenatoren hingegen über Nacht von ihren amerikanischen Kollegen begeistert. Fasziniert von den sauberen Neubaugebieten Philadelphias oder Oaklands wurde umgehend ein Stadterneuerungsprogramm einberufen. Schnell fielen die ersten sechzig- bis siebzigtausend Wohnungen in Berlin den Abrissbirnen zum Opfer. Anscheinend sollte der Westen spüren, wer hier den längeren Arm hatte. Mit teilweise ungewöhnlichen Methoden wurden im Auftrag der Republik ganze Viertel dieser gebeutelten Stadt aufgekauft, um den Niedergang der Altbauten aus der überholten Gründerzeit in die Wege zu leiten, bis auf wenige Ausnahmen, denn einige Häuser boten ja doch eine geeignete Hülle für soziales Geschichtsverständnis.

Die erst ein halbes Jahr alte Mauer trennte das eigene Volk voneinander, obwohl es doch hieß: „... vereinigt Euch!" Als Grenzgänger benannte man die Leute, obwohl sie in einer Stadt wohnten und in einem Betrieb arbeiteten. Alt und Jung ergaben sich dem Widerspruch.

Doch daran dachte jetzt Nadeshda nicht, als sie vom Balkon hinunter in die Straßenschlucht schaute. Interessiert verfolgte sie mit ihren Blicken, wie ein Mann schnellen Schrittes die Straße überquerte, ein Taxi nahm und sich ihren Blicken entzog. Es handelte sich um jenen Martin, der sie so freundlich bis hierher gelotst hatte.

„Ob ich ihn jemals wiedertreffe ...?", fragte sie sich und beobachtete verträumt das buntere Treiben in den Straßen West-Berlins, dem anderen Gesicht der Stadt. Die kleinen Scharen der Scheuerlappengeschwader, so wurden die Putzfrauen, die von Ost nach West pendelten, bezeichnet, blieben jedoch für immer aus. Schon vor dem Bau der Mauer wurden viele Menschen von einer Grenzschilderneurose geschüttelt.

„... oder ob die Menschen hier wohl auch zwei Gesichter haben? Ob die Welt da unten auch Frieden atmet? Wer weiß ...", sagte sie leise, und die Luft schien bewegt durch ihren unschuldigen Atem.

Die Sonne sank schnell und tauchte als Feuerball in den Horizont Brandenburgs. Fröstelnd zog sie die Schultern hoch und verließ den Balkon. Drinnen packte die Studentin ihre Sachen aus und richtete sich gemütlich ein. Danach stellte sie sich trällernd unter die heiße Dusche.

Nadeshda wollte in die Stadt, das neue Terrain erkunden. Eine unbekannte Kraft zog sie dahin, ein Sog, dem sie nicht zu widerstehen vermochte. Die junge Frau ertappte sich dabei, lächelte darüber und schüttelte den Kopf:

„Nadeshda – was bist du noch für ein naiver kleiner Backfisch? Du hast dich in ihn verguckt – na und? Den siehst du nie wieder. Es müsste schon ein Riesenwunder geschehen, hahaha!", lachte sie hübsch angeputzt in den Spiegel und verließ ihr Hotelzimmer.

An der Rezeption erklärte ihr die freundliche Hostess, wo die Stadt um diese Zeit etwas bieten konnte.

„Im Klubhaus, fünf Straßen weiter, spielt seit einiger Zeit eine neue Band!", meldete sie.

„Hört sich gut an. Wie heißt sie denn?", wurde Nadeshda neugierig.

„Ich persönlich kenne sie nicht, aber einige Gäste hier schwärmen von ihr", blinzelte die Dame und beschrieb ihr den Weg dahin.

„Spasibo!", rief die Moskauerin und lief beflügelten Schrittes durch die Drehtür. Die Hostess lächelte in sich hinein und dachte: „Hoffentlich verläuft sich das junge Ding nicht!"

Beschwingt und sorglos lief, ja hüpfte Nadeshda den breiten Fußweg entlang und summte ein heimatliches Volkslied. Die entgegenkommenden Passanten staunten nicht schlecht über ihr ungekünsteltes Wesen. Und wenn sie zu lange zu ihr hinsa-

hen, grüßte sie sie freundlich und amüsierte sich innerlich über das unverständliche Gemurmel und Kopfschütteln.
Schon von Weitem schlug ihr die Musik entgegen. Heute war der Abend hier den Zwanzigern bis Fünfzigern gewidmet – Slow and Rock'n Roll! Aber nur heute und ausnahmsweise.
In der damaligen Sowjetunion verbot man sogar diese Klänge. Dort krächzten nur die Chöre der Komsomolzen und Kosaken oder „Kalinka" über die Kurzwellen. Solche Auftritte spielten sich stets in großen Sälen, mit überdimensionalen Hammer- und-Sichel-Bannern an den Wänden ab.
Sie stieg schnell die Stufen hoch und löste im Entree ihre Karte.
„Sie sind zum ersten Mal hier?", erkundigte sich der Portier, ein Gespräch anbändelnd.
„Prawilno – richtig", sagte sie nur knapp, ging an ihm vorbei und legte den Mantel an der Garderobe ab. Der Portier stutzte und stellte keine weiteren Fragen mehr. Staunend blieb sie an der Tür zum Tanzsaal stehen und musterte die neue Umgebung.
Für Nadeshda eröffnete sich eine ganz neue Welt.
Die Decke hing voll mit großen Leuchtern. Dicke, schwere Vorhänge an den Fenstern reichten von der Oberkante bis zu den Scheuerleisten. Der betagte Fußboden glänzte im blank gewienerten Eschenholz-Parkett. Circa zweihundert Gäste füllten mäßig den Saal. Alle Anwesenden besuchten diesen Abend stilistisch gekleidet. Da entdeckte man die Melonenträger aus der Prohibitionszeit sowie die Anhänger des Charleston. Neben den Frack- und Bauchbindenfans Glenn Millers standen, schwatzten, lachten Elvis & Co.
Eine Kapelle, bestehend aus Klavier, Bass, Schlagzeug und Tenor- sowie Altsaxophon, fetzte vom Podium die damaligen Hitlisten rauf und runter, natürlich alles in handgemachter Manier, keine pressfrische Picture-Vinyle im Doppelpack mit Electronic-Dance-Music eines DJ-Line-Ups, auf dem Speed-Core-Trancepult einer Open-Air-Party oder verblitzten Zappelbunkers.

Obwohl einige Fenster weit offen standen, schwängerte der Tabakrauch die Luft im Raum. Auf der Tanzfläche verquirlten viele Paare die Musik mit dem Alkohol und Qualm zu einer bestimmten Note. Kellner in schwarz-weißer Livree eilten geschäftig hin und her, eifrig bemüht, jeden Wunsch von den Lippen der Gäste abzulesen. Mit anderen Worten: Hier drinnen herrschte Feierlaune, und Nadeshda ließ sich von ihr anstecken. Sie bemerkte deshalb nicht, wie einige Gäste unentwegt zu ihr herüberstarrten, sich über ihr Äußeres mokierten. Wieder wurden Köpfe leicht geschüttelt.

Ein Kellner mit pomadisiertem Haar kam auf sie zu und fragte im einstudierten, höflichen Ton: „Was darf's bei Ihnen sein? Ein Mixgetränk?"

„Njet – machen Sie in diesem Laden einen ordentlichen Wodka?", fragte sie ihn fordernd, aber lächelnd.

„Wie bitte?", fuhr der Kellner verdattert zurück, rümpfte die Nase und zupfte an seiner schwarzen, perfekt sitzenden Fliege herum. Falls eine ähnliche Szene fünfzig Jahre früher passiert wäre, müsste dem Kellner damals sein Monokel auf das voll besetzte Tablett gefallen sein.

„Sto Gramm! Ponimajete – verstehen Sie? Hundert Gramm Wodka! Und zwei saure Gurken …!"

Kopfschüttelnd über so viele unbekannte Wörter entfernte sich der Kellner, wedelte den nicht vorhandenen Staub aus der über seinem Handgelenk hängenden Stoffserviette und kam nach kurzer Zeit mit dem bestellten Getränk zurück.

„Vierfuffzig!", verlangte er und stippte nervös mit dem Zeigefinger im Münzfach der Börse umher. Sie gab ihm das Geld und kippte das Zeug zum Erstaunen der näheren Anwesenden mit einem Zug hinter und stellte das Glas aufs Tablett zurück. Dann stülpte sie ihre Unterlippe etwas vor, hauchte kurz aus und rief: „Oooaaah! Fantastisch! … Noch so einen, bitte!" Vergnügt schnurpste sie hastig die kleinen Gurken auf und klopfte sich leicht mit Rückhand unters Kinn. „… mmhh – otschen fkusna!"

Der Kellner war entsetzt. So etwas hatte er in seiner bisherigen Laufbahn noch nicht erlebt, aber er kam in die Puschen und holte, wonach die Frau verlangte.

„Vierfuffzig!", wiederholte er im selben routinierten Ton von vorhin.

„Für dich – Maltschik!", zwitscherte sie, gab ihm fünfzig Pfennig Trinkgeld und kippte das zweite Glas mit derselben Prozedur hinunter.

Jetzt lief dem Kellner die Hornbrille an. Die Gäste steckten wieder die Köpfe zusammen und musterten Nadeshda von oben bis unten. Sie bemerkte das wiederkehrende Kopfschütteln, fing an zu lachen und schritt auf einen der besetzten Tische zu.

„Na? Was gibt's? Was guckt Ihr denn alle hier so komisch? Habt Ihr noch kein anständiges Mädchen Wasser trinken sehen?", lachte sie und ging zur Bar. Dort hatte ein untersetzter Kerl mit Klappzylinder Stellung bezogen und hielt sich am Hellen fest. Seine Statur unterbot Nadeshda um drei Zentimeter, und dieser Direktor eines Flohzirkus bildete sich ziemlich viel darauf ein, mit ihr ins Gespräch zu kommen.

„Hallo, Fräulein – Sie sind nicht von hier, stimmt's? Darf ich Ihnen etwas bestellen?"

„Aber nur, wenn Sie mithalten können", entgegnete sie ihm und blies ihm einige Konfettikrümel von der Krempe.

„Natürlich!", beeilte er sich ihr dies zu versichern und hob zwei Finger in Richtung des Kellners. Die Hände an der Serviette abwischend, kam schnurstracks die Bedienung zu ihnen.

„Sie wünschen?"

„Zwei „Saxa" trocken – so spritzig, wie i...", setzte der Typ an.

„Njet – Sto Gramm!", fiel ihm Nadeshda ins Wort und hielt zwei Finger hoch. Die Barbedienung brachte das Gewünschte und schaute interessiert zu, wie die beiden „Kampftrinker" anstießen. Während der Typ am Glas nippte, stürzte die Russin wieder mit einem Ruck den Schnaps hinter.

„Hohoho! Das sieht man nicht alle Tage!", lachte der Kellner auf, während der Typ neben ihr sich einigermaßen beschämt vorkam. Natürlich wollte er nicht nachstehen und setzte zum großen Schluck an.

„Na Sdorowje!", wünschte noch Nadeshda und drehte sich weg, denn sie ahnte, was gleich folgen würde.

Kaum hatte der Typ das Glas geleert, traten seine rot unterlaufenen Augen hervor. Das Gesicht blähte sich, identisch einer Schweinsblase, auf und lief blau an. Ein nachfolgender Hustenanfall würgte an seinem halb verdauten Abendbrot. Endlich verteilten sich einige Pizzas nach Hausmacherart auf den Fußboden. Superfrisch, warm und würzig! In der Nähe sitzende Damen empörten sich über die unbestellte Lieferung, fuhren von ihren Stühlen hoch und retteten sich aus der Gefahrenzone, außer Nadeshda – sie lachte schallend den ganzen Saal zusammen. Ihre Stimme war dabei so laut, dass die Musikanten mit dem Spielen aufhörten.

Alle Anwesenden schauten jetzt die Kleine an. Je mehr die Moskauerin mit dem Lachanfall kämpfte, umso erboster trafen sie die Blicke aus der Runde. Doch das störte Nadeshda nicht im Geringsten. Behände sprang sie von vorn aufs Podium, schnappte sich ein Mikro und rief überschwänglich:

„He, Leute – was ist los in Chicagooo!"

Daraufhin setzte sofort die Band ein und spielte „Trying to get to you".

Nadeshda überlief es kalt. Sie kannte den Titel aus ihrem vierten Semester und wusste zufällig den Text noch auswendig. Kurzerhand legte sie los. Ihre fantastisch tragende Stimme im zweiten Alt brachte den Raum zum Vibrieren. Alle riss es von den Sitzen. Schreie, Pfiffe, Klatschen und die anderen begeisternden Geräusche ließen den Saal erzittern. Nadeshda kostete alles bis zum letzten Ton aus.

Jetzt brodelte der Kessel. Jeder hatte verstanden. Da musste erst so eine kleine „Göre" kommen und allen hier zeigen, wo es lang geht.

Nachdem der Hit zu Ende gespielt war, nahmen die Beifallsrufe kein Ende mehr.

„Spasibó, Sänkju wäri matsch (Thank you very much), Danke chjon!", rief sie allen Beteiligten zu und verteilte Kusshändchen.

Plötzlich stand ein junger Mann neben ihr. Er trug einen eleganten Smoking mit weißer Fliege und passendem Einstecktuch.

„Schönen guten Abend, Fräulein", begrüßte er sie.

Nadeshda verschlug es den Atem. Vor ihr stand jener Mann, in den sie sich heute früh Hals über Kopf heimlich verliebt hatte.

„Guten Abend! Martin ... Sie hier?", hauchte die Sängerin etwas verlegen. Er nickte mit großen freundlichen Augen, geleitete sie zur Bar und bestellte zwei trockene Martini.

„Ich bin beeindruckt! Kompliment! Wo haben Sie diese wunderbare Stimme her?", lobte er.

„Russisches Talent ... außerdem hatte ich eine strenge Gesangslehrerin – eine von der alten Schule. Sie ließ zur Prüfung jeden durchfallen, auch mich ...", schnatterte sie munter drauflos, als ob sie befürchtete, dass Martin im nächsten Moment wieder ein Taxi nehmen würde, um ihren Augen zu entschwinden. „Zur Strafe haben einige aus unserer Gruppe ihren kleinen froschgrünen Sapporoshez zwischen zwei Birken abgestellt. Er war so leicht, dass ihn sechs bis sieben Mann mühelos wegtragen konnte. Auf ihre Reaktion waren alle gespannt."

„... In „Chrustschow's letzte Rache" komme ich nur mit dem Schuhlöffel rein", witzelte er.

Sie nippten an ihren Gläsern.

„... aber man fährt mit ihr bis nach Sibirien und wieder zurück!", verteidigte die kleine Russin die progressive Automobilmanufaktur ihres stolzen Landes.

„Kann ich mir gut vorstellen! Diese Kremlwanzen sind ja auch aus dem Dauerfrostboden gestampft und fahren mit Rohbraunkohle, oder war es Birkenholz?"

„Hm, wie war das doch gleich mit eurem Papierauto – P 70 heißt das Ding, glaube ich ...?"

Martin lachte und winkte ab. Er wollte jetzt keinen Schlagabtausch.

„Aber was hat denn nun Ihre Lehrerin dazu gesagt?", forschte er indessen weiter.

„Sie blieb erstaunlicherweise ruhig und sagte nur zu uns: ‚Ich habe hier fünfzehn Rubel. Sascha, du holst den Wodka. Ihr anderen stellt mir meinen Wagen wieder vernünftig hin.' Nach zehn Minuten kam Sascha mit dem Schnaps zurück. Inzwischen stellten wir das Auto zurück. Danach ließen wir die Flaschen kreisen – natürlich bis wir sie leer hatten. Unsere Lehrerin setzte sich anschließend hinters Lenkrad und brauste im leichten Zick-Zack nach Hause. Sie hatte uns andauernd gewunken. Wir winkten alle zurück und lachten, als sie nach einigen Metern vergaß, die Kupplung zu treten. Das kratzende Geräusch wiederholte sich mehrfach, und mit dem Knall einer Fehlzündung verschwand sie hinter den Häuserreihen."

„Die Milizionäre interessieren solche Alkoholdelikte auf den Straßen wenig. Manche von ihnen trinken selbst den ganzen Tag und fahren draußen herum, habe ich jedenfalls gehört", sagte er. Nadeshda zuckte leicht mit den Achseln und nahm einen Schluck.

„Das Schönste kam ja noch später", lachte sie.

„Ach ja?"

„Sascha, der Typ, der den Wodka beschaffte, sagte uns, er habe den Schnaps zu Hause selbst gebrannt und das Geld von der Lehrerin noch einstecken. Er zog es aus der Tasche und gab jedem von uns einen Rubel."

„Kleiner Pfundskerl!"

„Ja, das war er! Und am nächsten Tag bestanden alle die Prüfungen ..." Beide lachten.

„Und jetzt muss ich Sie mal was fragen", knüpfte Nadeshda das Gespräch weiter.

„Wo haben Sie diesen Martini her? Den gibt's doch hier bei Euch nicht ohne Weiteres?"

„Von nebenan – Vitamin B!", zwinkerte er verschmitzt und deutete mit einer Kopfbewegung in die Richtung, in der die noch nicht ganz getrocknete Mauer Berlins wahrscheinlich die ersten undichten Stellen haben musste. Weiter berichtete der junge Mann von seiner Studienzeit, und dass er auch Klavier gelernt hatte. Jetzt leitete er diese Band.

Mit solchen und anderen Fragen und Antworten verging die Zeit für die beiden Turteltäubchen wie im Flug. Unbemerkt verfolgte währenddessen ein Pärchen am Nachbartisch ihren Dialog. Scheinbar in ein Gespräch vertieft, steckten die Agenten ab und zu ihre Köpfe zusammen.

Die Kapelle fing nach einer kurzen Pause wieder mit einem schönen ruhigen Titel zu spielen an. Vereinzelte Paare tanzten verliebt zu einem Slowfox.

„Gestatten Sie mir das Vergnügen dieses wunderbaren Tanzes, junge Frau?", fragte Martin seine hübsche Begleiterin. Verträumt hatte sie kurz zu den Paaren hinübergeschaut und wirkte auf diese plötzliche Einladung etwas unentschlossen.

„Kommen Sie, dieser Rhythmus lässt Sie nicht mehr los", sagte er, indem er aufstand und ihr seine Hand bot.

„Wenn Sie ihn mich lehren – gerne", lächelte sie, nahm seine Hand und folgte ihm aufs Parkett.

Zögerlich machte die Studentin die ersten Schritte, aber sie beherrschte schnell diesen Rhythmus. Jeder neue Titel führte sie durch Martins unbekannte Welt, und sie lernte sich darin wohlzufühlen.

Lange sahen sie sich in die Augen, bis Nadeshda sie verliebt schloss und ihren Kopf an seine Brust lehnte. Zwei – drei – vier Songs tanzten sie so und ließen sich von den Blicken anderer überhaupt nicht stören. Die Kapelle wusste sofort, was zu tun war. Ein junger Mann erschien auf der Bühne und stimmte waschecht „I was the one" an. Der Raum schien verzaubert. Die Atmosphäre knisterte. Die Menschen fühlten ein erotisierendes Prickeln, und es bedeutete für jeden Einzelnen im Raum einen Moment, der in ihrem weiteren Leben jenes Augurenlächeln über die Lippen strich. Für angenehme Erinnerungen sorgten sie im Voraus. Wer weiß, was die Zukunft noch für Überraschungen bringen würde.

Nadeshdas Blick fiel zufällig auf die Armbanduhr eines benachbarten Tanzpärchens. Sie hatte in ihrer Feuerfängerei völlig ihren Termin vergessen. Der Zeiger sprang auf halb fünf. In drei Stunden begannen bereits die ersten Klavierprüfungen, und Nadeshda fehlte die Information darüber, wann sie an der Reihe war. Deshalb mussten alle Studenten beizeiten anwesend sein. Wer diese Vorschrift missachtete, fiel durch. Ohne den Abschluss in der Tasche konnte sich die Russin nicht leisten, nach Moskau zurückzukehren.

„Oh, mein Gott! Ich muss weg!", erschrak sie, löste sich von Martin und eilte zur Garderobe.

„Wo – wo wollen Sie denn hin?", rief er ihr verwundert nach.

„Ich erkläre Ihnen alles später – doswidanja!", entschuldigte sie sich hastig und verschwand durch die Tür. Während sie sich den Mantel überstreifte, rannte sie zum Hotel zurück.

„Wie war's im Klubhaus? Hat die Band gespielt?", fragte die Hostess, ihr den Schlüssel überreichend.

„Es war fantastisch, danke Ihnen!", erwiderte Nadeshda, ihr Lampenfieber überspielend, und eilte zum Aufzug.

„Hoffentlich denke ich nicht während der Prüfung immer an Martin!", wiederholte sie sich und wollte wenigstens die paar Stunden noch schlafen.

Unruhig wälzte sie sich in ihrem Bett. Ständig sah sie vor ihren Augen Noten, die nach der Musik von Martins Kapelle tanzten. Völlig zerschlagen erwachte die Nachtschwärmerin vom Ruf des Weckdienstes.

Eine Stunde später saß sie pünktlich im Auditorium. Nadeshda wirkte etwas müde, obwohl sie ihre Augenringe mit Kamillentee-Beuteln retuschiert hatte.

„Nur nicht jetzt schlappmachen!", motivierte sich die Frau gedanklich. Nervös schaute sie sich dabei um.

Alljährlich fand ein Staatsexamen für Musik von internationalem Niveau in Berlin statt. Studenten der sogenannten Bruderländer hatten sich hier eingefunden, um ihrer zukünftigen musikalischen Laufbahn den Weg zu ebnen. Nadeshda bemerkte die gespannte Atmosphäre und beruhigte sich. Die anderen Teilnehmer befanden sich gleichermaßen in einem aufgeregten Zustand.

Nach zweistündigem Zuhören der musikalischen Darbietungen anderer Prüflinge wurde Nadeshda von der Jury aufgerufen. Sie näherte sich zaghaft dem Klavier, einem beige lackierten und auf Hochglanz polierten Flügel. Langsam lief die junge Frau an ihm vorbei und betrachtete ihn mit Respekt. Im Saal herrschte absolute Ruhe, wie in einer Kirche. Alle Anwesenden schauten auf das hübsche, zierliche Wesen. Nadeshda erinnerte sich an den gestrigen Abend. Ans Rampenlicht konnte sie sich gewöhnen. Keiner der Kommilitonen ahnte, was ihn auf der Notenablage erwartete. Sie wussten aber zu gut: Eine der schwersten Prüfungen ist es, ein unbekanntes Stück fehlerfrei vom Blatt zu spielen. So auch Nadeshda. Doch als sie vor der Klaviatur stand und auf das Notenblatt blickte, fiel ihr ein zentnerschwerer Stein vom Herzen. Sie zuckte unmerklich zusammen und glaubte gehört zu haben, wie er aufs Parkett polterte. Vor ihr lag aufgeschlagen Beethovens „Mondschein-Sonate", ein Musikstück, das die Russin im Schlaf beherrschte. An den heimatlichen Schulen lernten schon die Zweitklässler jene Sonate auswendig. Zu Ehren des Wladimir Iljitsch Uljanow (Lenin) wies man sie im Musikunterricht zur Pflicht aus. Es war sein Lieblingslied gewesen.

„Hab' ich ein Glück!", jubelte sie innerlich und setzte sich erleichtert ans Klavier. Sie legte ihre feingliedrigen Hände auf die Tasten, schloss die Augen und begann mit diesem herrlichen Musikstück. Nach den ersten Takten öffnete die Studentin ihre Augen und ließ den Blick in der Runde schweifen. Da bewegte sich langsam eine Seitentür. Eine männliche Person lehnte an ihr, als sie den Saal leise betrat. Nadeshda erkannte die Person sofort, und ihr Herz begann wie ein Metronom zu pochen. Kein anderer als Martin konnte sich hierher verlaufen. Ohne den Blick von ihm zu lassen, spielte sie das Stück zu Ende. Dem Beifall nach zu urteilen, bekam Nadeshda eine glatte Eins.

„Sie spielen ja wundervoll – gratuliere!", beglückwünschte Martin sie in der Pause.

„Spasibo – ich hatte es mir eigentlich viel schwerer vorgestellt", erwiderte die Frau leicht stolz.

„Da haben wir ja heute einen Grund zum Feiern ..."

„Das halte ich für eine ausgezeichnete Idee!"

„Wie wär's mit heute Abend, gegen neun?"

„Im selben Lokal?", freute sie sich.

„Sehr gern."

Als die Jury wieder eintrat, verabschiedeten sich die beiden voneinander.

Zehn Minuten nach neun abends holte Martin seine Begleiterin am Hoteleingang ab, vor dem sie schon ungeduldig auf ihn wartete.

„Hatten Sie einen schweren Tag?", fragte Nadeshda ihn neugierig.

„Bald hätte ich absagen müssen. Mein Klavierspieler ist erkrankt. Ich dachte schon, ich müsste selbst spielen. Zum Glück konnte ein anderer Student einspringen", erklärte er.

„Nicht so schlimm – vielleicht wäre ich eingesprungen!", lachte sie und nahm seinen Arm.

„Sie?", staunte Martin nicht schlecht.

„Sie trauen mir das nicht zu?", verwunderte Nadeshda sich und blieb stehen.

„Doch, doch! Aber wissen Sie, ich wollte Sie nicht gleich einspannen, bevor ich mich von Ihren schlummernden Talenten etwas mehr überzeugen konnte", entschuldigte sich etwas umständlich der Musiker.

Jetzt befanden sie sich vor dem Eingang und liefen die Treppen empor.

„Schlummernden Talenten – hm! Zu gern möchte ich von Ihnen wissen, welche Sie da wohl gemeint haben", lächelte Nadeshda Martin kurz von der Seite an und legte ihren Mantel ab. Ihm lag die Antwort auf der Zunge, doch sie verschwand schon durch die Tür. Schmunzelnd, den Kopf leicht schüttelnd, folgte er ihr nach.

Der Abend verzauberte die zwei Menschen. Beide lachten und tanzten sorglos bis in den Morgen hinein. Sie hatte den nächsten Tag keine Verpflichtungen, denn bis zu den neuen Prüfungen war noch viel Zeit.

Nachdem die letzten Takte verklungen waren, verließen sie das Lokal und schlugen die Richtung des Hotels ein. Viermal schellte die Glocke einer in der Nähe befindlichen Schule.

„Ich würde mich freuen, wenn Sie mich noch aufs Hotelzimmer begleiten", fragte sie ihn überraschend. „Ich meine ... Sie bringen das so gut", rutschte ihr noch anschließend heraus. Nadeshda biss sich auf die Lippen.

„Wie Sie wünschen, Madame", frotzelte er, zog die rechte Augenbraue hoch und lächelte, mit kleinen frechen Grübchen in den Wangen.

An der Rezeption übergab ihnen die Hostess den Zimmerschlüssel.

„Na dann – Ihnen einen schönen „Abend" noch!", wünschte sie ihnen und schaute lächelnd den beiden Menschen hinterher.

Als der Fahrstuhl die Tür schloss und sich in Bewegung setzte, blickten sich die beiden Nachtschwärmer unentwegt an und sprachen kein Wort miteinander.

Nadeshda wollte gerade auf Martin zugehen, um ihn in die Arme zu nehmen, da blieb der Lift stehen.

Ein älteres Paar und ein Zimmermädchen des Hotels stiegen zu. Langsam ruckelte die Kabine weiter nach oben.

„Deine Augen bringen mich noch um den Verstand ...", dachte Martin und hielt seine Begleiterin mit glühenden Blicken gefangen.

Nadeshda schoss das Blut ins Gesicht. Sie dachte bei sich: „Wenn wir oben sind, dann ..."

„Pinggg!", tönte es, und die Tür öffnete sich.

Sie verließen die zu eng gewordene Kabine und betraten das Zimmer. Er lief an ihr vorbei, während sie die Tür schloss, sich daran lehnte und ihn anschaute. Martin zauberte eine Flasche Champagner aus seinem Mantel, ließ den Korken frei und befüllte zwei Kelche.

„Auf unser Glück!", flüsterte er und hielt ihr ein Glas entgegen. Sie nahm es und schaute verwundert hindurch.

„Ist das nicht wunderschön?!", staunte Nadeshda und beobachtete die tanzenden Goldsplitter darin, die die Form von winzigen Herzen hatten.

Ganz nah standen die beiden Menschen sich jetzt gegenüber. In ihren Augen schwebten diese Herzen auf und ab und verglühten unwiederbringlich in der Tiefe.

„Wie war das: Die Augen einer Frau verändern sich, wenn man zu tief in sie hineinschaut!", dachte Martin.

Klingend trafen sich die Kelche. Kühl und prickelnd rann der göttliche Trank durch ihre Kehlen. Dann kam Musik in ihre Venen. Sie waren auf einmal ganz schwer beschäftigt. Jacke und Mantel landeten auf dem Sessel, Schuhe polterten in die Ecken, Gläser fielen um. Gurrend flogen draußen zwei Täubchen vom Fenster weg.

Mit einem Satz landete Nadeshda vorn auf Martins Hosenbund und zog ihre Füße hinter ihm zu. Er fing sie auf und hielt mit seinen Händen ihren federleichten Körper fest. Gleichzeitig umschlangen ihre Arme seinen Kopf, und sie drückte ihren Mund auf seinen. Mit einem unendlichen Kuss zerzauste sie ihm liebevoll das Haar. Aufstöhnend lösten sich abrupt ihre Lippen voneinander. Mikrofeuerregen sprühten in ihren Augen.

Sie drückte seinen Kopf in ihr Dekolleté und ließ ihren mit geschlossenen Augen nach hinten fallen. Dabei wickelte sich Nadeshda noch fester um ihn herum. Sie genoss sichtlich, wie Martin ihren wogenden Busen zärtlich liebkoste. Jasminartiger Duft schlug ihm entgegen.

Nie zuvor hatte jemals ein Mann Nadeshda so liebevoll in die Arme genommen. Ihre Gefühle spielten verrückt und entfachten neue Leidenschaften. Sie ließ es einfach geschehen. Unter Martins zärtlichen Küssen an Hals und Nacken zerschmolz sie zu Karamell. Leise stöhnend glitt das liebende Wesen an Martin herunter. Kaum hatten ihre Füße den Boden berührt, zog sie ihn an der Krawatte sanft ins Bett. Dort zerflossen sie in ihren Umarmungen ...

Zwischen zwei Stundenschlägen wurde ihnen mittlerweile ziemlich heiß. Gegenseitig rissen sie sich ihre Sachen vom Leib, ohne dabei mit dem Küssen aufzuhören. Ihre nackten Körper schmiegten sich aneinander und trieben die Lust in abenteuerliche Gefilde. Immer wieder streichelten die beiden Liebenden sich gegenseitig jene Körperstellen, die nur dafür geschaffen waren, jeden Wahnsinn zu proben. Immer gieriger, immer hektischer und immer schwitzender wälzten sie sich ineinander verschlungen von einer Seite zur anderen. Begleitet vom keuchenden Lustgestöhn wurde jetzt überall rücksichtslos geliebt und geküsst. Die klitschnassen, heißen Leiber der beiden Glücklichen wiegten sich rhythmisch pulsierend in die ekstatische Runde. Winzige elektrisierende Blitze, die kleinste Adern passierten, ließen die verschmolzenen Körper jedes Mal erschauern und auf und nieder zucken. Wenn dieses Hochgefühl nachließ, war es, als schwebten sie losgelöst, um anschließend ineinander zu zerfließen. Augenblicke später wand sich ein Liebesknäuel schweißglänzend im Mondlicht. In den Augen tanzten tausend Fünkchen, die weiter angefacht zu Feuerwerken explodierten. Berauscht schrien ihre Stimmen das totale Verlangen heraus. Stoßender Atem hallte durch die Etage. Doch hier verhallte nichts. Bis zur nächsten Station wurden die Glückskinder durch orgastische Welten gepeitscht. Nichts blieb ihnen erspart. Völlig in Trance, genossen sie ihre gegenseitige Liebe und ließen sich vollends in den Genuss fallen. Heiße und kalte Adrenalinduschen wechselten sich ab und machten zwei Versessene aufeinander süchtig.

Ein himmlisches Geschick hatte sie zusammengeführt. Tiefe Erregung in ihrem Inneren entfachte bei der leisesten Bewegung ihren Vulkan und förderte unaufhaltsam überquellend Lava an den Rand des Wahnsinns. Ein heftiges Zittern erfüllte den gesamten Raum. Der Liebesakkord befreite die Unersättlichen von himmlischer Pein.

Ineinander verschmolzen blieb das Paar schwer atmend liegen. Das Summen im ganzen Körper breitete sich wohltuend nachhaltig, als sanfter Schleier über die beiden Menschen aus und erfüllte sie mit unendlicher Geborgenheit. Glücklich schmiegte sich Nadeshda an Martin, während er sie zärtlich in den Schlaf streichelte.

Am nächsten Morgen lächelte kopfschüttelnd das Zimmermädchen über zersprungene Glühlampen, zerbissene Kopfkissen, zerkratzte Tapeten, zerlegte Stühle, umherliegende Matratzen, abgedrehte Wasserhähne, kaputte Sektgläser und heruntergerissene Gardinen. Mit einem wehmütigen Seufzer öffnete sie die Fenster, um den Raum vom schweren Duft des Champagners, des Jasmins und der Liebe zu befreien. Lächelnd in ihrer Fantasie versunken setzte sie sich auf den Bettrand und fragte, in den Spiegel schauend: „Und warum passiert mir so etwas nicht?" Keinen einzigen Gedanken verschwendete sie daran, welche Versicherung wohl für den entstandenen Schaden jetzt aufkommen müsste.

Wir lachten aus vollem Herzen und stießen mit unseren Gläsern an. Ich saß mit meinem Bruder Alex wieder mal in einer lateinamerikanischen Bar in Dresden, an einem Mittwoch, nachts um drei. Wir hatten uns einen der coolen Drinks ausgesucht. Bei fünfhundert verschiedenen Getränken in der Karte fängt man am besten vorne an und hört hinten in den nächsten Monaten wieder auf.

„Aber eines musst du mir mal erklären! Wieso hast du mir jetzt diese zwei verschiedenen Geschichten erzählt? Sie sind völlig zu-

sammenhanglos. Was hat das Babylon mit dem Berlin zu tun? Das ergibt doch keinen Sinn?!", fragte ich ihn nach einigen Minuten.
„Das wirst du schon herausfinden. Nur nicht so hastig! Schön neugierig bleiben!"
„Okay, da bin ich mal gespannt, ob noch mehr Orgasmen folgen!"
„Werden sehen. So ein ‚Orgasmus' ist aber auch ausgezeichnet!", scherzte er, auf sein halb gefülltes Glas zeigend, und leerte es genüsslich.
„Sag' ich doch! Bitte noch zwei ‚Orgasmen'!", bestellte ich bei unserer hübschen Bedienung.
„Gleich zwei ...?", lächelte sie, mit einem verlangenden Blitz in den Augen, zurück.

3. KAPITEL

Go! Go! Go!

Dresden, in einer Nicht-genug-kriege-Bar, Donnerstag um 24.02 Uhr, meine Schwester Stella und ich

Mit Formel 1-Tempo raste Alex durch einen finsteren, schier endlosen Tunnel. Wie er da hineinkommen konnte, blieb ihm bis heute noch ein Rätsel. Um dafür einen Gedanken zu verschwenden, bekam er im Moment keinen Drive. Seine Nerven erlagen dem Packeis einer Endorfinenautobahn und ihrer Testosteronüberholspur.

Der Mann wusste nur eines: Er befand sich hier auf fremdem Boden und ohne jede Erlaubnis. Wenn sie ihn schnappten, war er fällig. Das durfte er nicht zulassen. Jeden Vorteil galt es also zu nutzen ...

Die letzten Lampen der spärlichen Notbeleuchtung des Tunnels waren erloschen. Dafür gab's hier reichlich Wärme und Nässe. Lange Mukusfäden tropften von der Decke herunter und behinderten die Sicht. Die brauchte der Reisende eigentlich auch nicht, denn er drehte sich andauernd nach allen Richtungen rasant um die eigene Achse. Glitschig rutschte jede Berührung mit den Wänden ab, dazu dieser betäubende Krawall, ein monotones hohes Zischen von Autogengas an einem Schweißbrennerkopf. So hörte es sich jedenfalls an, und es lockerte einige Schrauben bei den Teilnehmern. Alex war bei Weitem nicht allein unterwegs. Nach mehreren kurzen ungewollten Zwischenstopps und steilen Kurven hatte er längst die Orientierung verloren. Sein momentaner Zustand bestand aus einem einzigen Kammerflimmern und drohte in ein posttraumatisches Stresssyndrom zu kollabieren.

„Ein Königreich für eine stabile Herzfrequenz!", schrie es in Alex.

Jählings überschlug sich alles. Zusammen mit den anderen Typen wurde er durch einen hammerharten Anpressdruck zum Ausgang hinausgeschleudert und flog minutenlang schwerelos durch ein Nichts. Plötzliche Stille ringsum. Und einigermaßen nette Sicht. Das Nichts präsentierte sich in Schwarz. Nichts als schwarz. Undurchdringlich. Doch wenigstens hatte der Reisende eine halbwegs gute Eintrittskonfiguration.

Alex landete nach Sekunden, die ihm ewig vorkamen, unsanft auf dem Boden.

„Herzlich willkommen auf Fantasy Island!", murmelte sarkastisch der Ankömmling und duckte sich. Überall vernahm er das Aufklatschen anderer Körper. Benommen rappelte er sich hoch und rannte los. Sein schneller Entschluss rettete ihm das Leben. Die nachfolgenden Touristen, Mitbewerber – was immer sie auch sein mochten, hätten ihn durch ihr Gewicht mit Sicherheit erschlagen oder zerquetscht. „Ich habe mir den Empfang eigentlich ganz anders vorgestellt!", zischte er heiser und hastete Haken schlagend unter ihnen weg und stolperte nach einer kurzen Strecke über einen Gegenstand. Wutschnaubend tastete er nach diesem harten Etwas und stellte zu seiner freudigen Überraschung fest, ein Nachtsichtgerät gefunden zu haben – es war tatsächlich eins. Mit fahrigen Bewegungen stülpte sich der Mann das willkommene Ding über den Kopf. Schnell schaltete er es ein. Außer ein paar verschwommenen Umrissen gab es zunächst nichts weiter zu sehen oder etwa zu bestaunen.

„Hm – wieder dieses blöde Nichts!", brummte der Beobachter verdrossen und spuckte aus. Doch der Zeitdruck drängte ihn zur weiteren Suche. Unterdessen zog Alex einen zerknitterten Flyer aus der Hosentasche und überflog zum hundertsten Male die abgegriffene Botschaft:

„Machen Sie mehr aus sich! Werden Sie noch besser durch ... Seien Sie mit dabei und starten Sie am ... das ... der Superlative ...!"

„Heute ist der Tag! Halt! Was ist das?"
Alex fummelte unbeholfen an der Sichteinstellung herum. Seine Späheraugen erkannten rechts eine Treppe. Kurz entschlossen rannte er zu ihrem Ende hinauf. Was er dort sah, spottete jeder Beschreibung. An dieser Schwelle standen seine Gedanken still ...

Anfangs herrschte überall monotones Summen, wie in einem Bienenkorb, das aber durch Lachen, Rufen, Schreien, unter Gejohle und Gegröle zu einem nervenzerreißenden Stimmenkonzert anschwoll. Alex' Trommelfell wollte beleidigt nach Hause gehen. Unter Blitzlichtgewitter für Handschüttelfotos und anlaufender Lasershow ließen sich gekaufte Stars und sogenannte Experten des Establishments mit maskiertem Lächeln vor den ahnungslosen Rekruten feiern. Stammelnde, von Magersucht gezeichnete Gelegenheitsmodels kündigten sie an. Dudelnde Muzak [mju:zek] verwandelte sich ganz schnell in angesagterem, jedenfalls parodistischerem Background, schön schrill und schräg. Animierte Beifallswogen rauschten durch den Event.
Fassungslos ließ er seinen Blick nach rechts und links gleiten und brachte vor Staunen keine Silbe heraus.
Im monogromen Grünton sah er sich in einer gigantischen Kuppelhalle spektakulären Ausmaßes! Ihr Gepräge richteten emsige Helfershelfer mit den letzten Handgriffen nach Urlaub und Fun aus. Auf einen Schlag wurde ab jetzt jeder weitere Anreisende nur daraufhin begrüßt. Schlechte Laune musste draußen bleiben. Spielverderber punkteten sich automatisch ins Minus.
Myriaden von Spezien, die Ihresgleichen suchten, drängten und schubsten sich nach einem VIP-Platz auf dem Parkett! Alle hatten sich hier, wie zu einer deliziös pompfurziönösen Hummergala eingefunden. Prollige Normalos, steife Intellektuelle, schlechte Witzbolde, schneidige Draufgänger, manierierte Junkies und viele andere des geschraubten Sortiments tummelten sich in diesem Schmelztiegel. Doch alle ähnelten einander, und das lag nicht nur an ihrem feinen weißen Zwirn.

Überall standen sie herum, quasselnd, schmatzend, trinkend und grunzend. Ausgebrannt von der langen abenteuerlichen Fahrt, ließen sich die Neuankömmlinge an den unzähligen Schampustabletts und überladenen Banketts nieder. Cool gestylte Typen zwängten sich um noch coolere Schwätzer herum und zogen sich deren bunte Geschichten von ihren „ersten Leben" rein. Andere Glücksritter, Geschäftsleute oder Aktienhalter wickelten indessen „wichtige Auslandsgespräche über Millionengeschäfte" ab und stelzten vorwärts sowie rückwärts, dabei gesenkten oder schiefen Kopfes die flachsten Handys am Ohr haltend, geschäftig hin und her. Die freie Hand behielten sie lässig in der Hosentasche, wohl wissend, clever genug gewesen zu sein, einen Voice over IP-Anschlussantrag abgelehnt zu haben, da laut Insidergemunkel ein Abhören über diesen Kanal ein Kinderspiel sein soll. Eine Verbesserung der Kontrollstruktur sei nicht absehbar und fördere den Boom von Informationsdiebstahl in Firmen. Anschließend empörten sich künstlich diese Flachköpfe über die minderwertige Kapazität ihrer flachen Lithium-Akkus und checkten genervt ihre Spams flachen Inhalts.

Chöre unkoordinierter angetrunkener Randgruppen brüllten primitive Parolen durch den Äther. Den Text konnte Alex akustisch nicht verstehen. Es handelte sich, so glaubte er, um eine Freilassung des Holzmichels oder so. Ein ausverkauftes WM-Stadion konvergierte dagegen zur versandeten Murmelburg!

Eilig kletterte der staunende Beobachter auf eine weitere Anhöhe. Man sollte sich stets einen genaueren Überblick verschaffen, dachte er sich.

Auf der Plattform angelangt, verharrte Alex wie versteinert. Nur ein ungläubiges Kopfschütteln belebte sein Wesen. Unfassbar! Legionen von Wünschern, Nörglern, Hoffern, Zweiflern und Entscheidern! Doch egal, wer oder was sie sein mochten: Hirngespinste oder Träume hatte jeder von ihnen im Schädel.

„Ich werde endlos reich!", verkündete ein Tiefflieger jedem unmittelbaren Zuhörer groß und breit.

„... und ich Schlossbesitzer!", blasierte ein nebenstehender Fettsack mit der Physiognomie eines inkompetenten Buchhalter-Bankerverschnitts. Die ähnlich gelagerten Betonköpfe neben ihm grunzten bestätigend. Ihre hungrigen Äuglein wuselten in der Umgebung hin und her. Hatten sie ein neues Opfer als Geschäftspartner entdeckt, streckten sich ihre schmierigen Eisbeinchen zum schwammigen Gruße aus. Die rote, schweißglänzende Schnauze grinste süffisant bis zum dreifach gerollten Nacken herum und entblößte ein schadhaftes gelbes Gebiss mit Essensresten. Dahinter schlappte nach jedem Satzende oder Schluck aus dem Sektglas eine dicke, belegte Zunge hervor und wischte über die triefende Nase, die unverwechselbar einer 220-Volt-Steckdose glich. Tja, Leute, die viel mit Geld zu tun haben, sehen schon eigenartig aus und bekommen irgendwann mal auch merkwürdige Eigenschaften. Ab einer gewissen Summe unterscheiden sie sich jedoch von den echten knochentrockenen Finanzfreaks.

„Für mich kommen nur Zwölfzylinder in Frage!", prustete ein stromlinienförmiger Geier mit fadenscheinig linksgescheiteltem Fasson in Nordicumblond.

„Schon wieder so ein angehender, karriereleitersprossenhaschender Agenturenwilly aus der nachhinkenden Provinzregion irgendwo bei Black- oder Backwood", brummte Alex. Handelsübliche Landkartenhersteller hatten angesiedelte Planquadrate diesbezüglicher Exemplare vielleicht versehentlich, eher vorsorglich herausradiert, um die Statistiken pandemieartiger Gewerbeneuanmeldungen dieser Branche zu minimieren.

„Glaube keiner Statistik, die du nicht selbst gefälscht hast", erinnerte sich Alex an jene Worte. In ähnlicher Form sollten Telefonregister, Webdomänen oder Werbungen nachhaltig aufbereitet werden. Nichtsdestoweniger überschwemmten hinter vorgehaltener Hand bekannt geglaubte Dunkelziffern virusartig jeden Winkel.

„... und für mich ist die tolle Sommermode von Versace gerade gut genug ... ahhahaa!", flötete eine sich an dem vorher bezeichneten Typ angehängte Vorzimmertussi, schlau wie blondes Brot. Dabei polierte sie unablässig ihre falschen, überlangen kunterbunten Fingernägel und nestelte nervös am knallroten Halsband. Alle zwei Minuten stöberte sie in der gleichfarbigen Lacklederhandtasche herum. Vielleicht vermisste sie ihr flottes Lipgloss, um sich den Mund anzumalen, als ob sie immer pfeifen würde.

Weitere weibliche Individuen in der Runde schwuren auf Platinschmuck, obwohl sie ihn nur von zerlesenen Katalogen aus der blauen Tonne kannten.

„Was haben Frauen hier zu suchen? Das ist hier eine reine Männerangelegenheit!", dachte sich Alex. „Entweder waren sie vorher bei einem illegitimen Crossing-over oder schmorten zu lange im UV-Licht. Anders kann ich mir diese höchst seltene Aberration nicht vorstellen ..."

Während Alex gespensterhaft an den Leuten vorbeiwandelte, hörte er weitere Gesprächsfetzen von halbgewalkten Head-Huntern versprengter Gruppen.

„Wer garantiert dir, dass du es packst? Du etwa? Pah! Komm erst mal hier wie ein Mann raus ... weißt du überhaupt, dass du zu klein dafür bist ... niemals wirst du es schaffen – nie! Hast du dich überhaupt schon mal im Spiegel angeguckt, wie hässlich du bist? Außerdem bist du viel zu dumm! Merk' dir das!"

Und so mischten sie sich weiter in die Gespräche anderer Rekruten und ließen deren Träume wie Seifenblasen platzen.

Neben sich hörte Alex, trotz des Krawalls, eigenartige Geräusche, wie Zähneklappern und leises Wimmern eines getretenen Hundes. Er entdeckte ein verängstigtes Häuflein Unglück. Es gehörte zu einem trockenen, saft- und kraftlosen Kunden. Zusammengekauert versteckte er sich in einer stinkenden Ecke voller Unrat – der letzten Vakanz.

„Ja – wer bist du denn und was machst du hier?", fragte Alex mitleidig.

„F-Frag mich l- l- lieber nicht. Ich bin - war hier d- der Erste und dachte, ich hätte es geschafft! A- Aber dann, dann kamen noch so v- v- viele, so viele!", antwortete er weinerlich und schlug die zitternden Hände über seinen Kopf.

„Ich hatte auch nicht mit dieser Menge hier gerechnet. Ist ja der reinste Wahnsinn! Wo liegt das Problem?"

„B- B- Bei so v- vielen B- B- Bew- w- werbern habe ich doch eh' k- k- k- keine Chance!"

„Chance? Was für eine Chance?", fragte Alex unbekümmert weiter.

„N- N- Na, du hast nichts gerafft, wie?"

„Wie jetzt?"

„D- Da vorn, siehst du – da!"

„Ja?"

„Da befindet sich eine Tür. Die Tür zum neuen Leben! D- D- Die einzige Möglichkeit, hier abzuhauen, verstehst du?!"

„Nicht ganz. Drück' dich deutlicher aus – bin nicht von hier."

„Pscht – leise! Es weiß ei- eigentlich n- noch keiner", mahnte der Erstling, sich ängstlich umblickend.

„Mach's nicht so spannend! Woher wusstest du ...", wurde plötzlich Alex ungeduldig.

„Ist nicht so wichtig! Das eigentliche Problem ist, die Tür ist so klein, dass nur ei- ei- ein Einziger hindurchpasst. Das Nächste: Die lassen auch nur einen Einzigen raus – w- w- wenn überhaupt! A- Aber manchmal, w- wenn sie einen guten Tag haben, kann's passieren, die lassen zwei, drei oder gar vier bis fünf hinaus, ha- hab ich gehört! Aber heute, heute lassen die keinen raus. Heute ist kein guter Tag, denn heute werden alle verarscht!"

„Aaaha – so ist das! Also keine Bewerbungsbögen mehr ausfüllen und abschicken, keine Castings oder Vorstellungsgespräche mehr annehmen?", grübelte Alex und dachte sich seinen Teil.

„Los komm! Wir schaffen das gemeinsam!", versuchte er den Schlaffi zu ermuntern.

„Nein, nein!", schüttelte dieser heftig seinen mageren Kopf. „Du musst ohne m- m- mich verschwinden! Es geht ... nicht anders! Ich habe nicht die Kraft dazu!", wehrte sich das Würstchen weiter völlig gestört und machte sich steif. Was musste es in seinem kurzen Leben schon alles erlebt haben, dass die Panik ihn derart beherrschte.

„Es ist doch ganz einfach. Du musst nur so tun, als ob du das einzig Richtige mal im Leben machst!", versuchte es Alex noch einmal. Paralysiertes Kopfschütteln gab das Männchen zur Antwort. „Du denkst, wenn du untergehst, kannst du mich genauso runterziehen, weil das alles um uns eh keinen Sinn ergibt und gleich vorbei sein wird?"

Paralysiertes Kopfnicken als Bestätigung. „Falsch! Ich verstecke mich nicht mehr!"

Grelle Blitzlichter unterbrachen jede Anstrengung, das Würstchen umzupolen. Die beiden kniffen die Augen zusammen.

„Entschuldigen Sie, darf ich Ihnen einige Fragen ...?", störte sie plötzlich ein Fotograf.

„Nein, dürfen Sie nicht! Was soll das? Wollen Sie mich der Presse zum Fraß vorwerfen? Die ganze Welt wird mich noch früh genug kennenlernen!"

„Ja aber ..."

„... Machen Sie Ihre Scheißkamera aus! Haben Sie mich verstanden? Verschwinden Sie!", wurde Alex ungehalten.

Als der Pulk zurückwich, wandte er sich wieder dem Erstling zu.

„Und? Hast du es dir überlegt?"

Er verneinte vehement.

„Tut mir leid! Einen Dackel kann man nicht zum Jagen tragen!"

Dann knackte und kratzte es mehrfach in der Luft. Der Krawall wurde von einem ansteigenden Pfeifen übertönt. Ein übersteuertes Mikrofon bediente sich der Ursache. Alle Anwesenden klatschten ihre Hände auf die Ohren und verzogen die Gesichter vor Schmerz und Tinnitus. Abertausende Sektgläser landeten auf dem Parkett und gingen zu Bruch.

„...chtung! Achtung! Aaaachtung!!! Alle mal herhören! Ruhe bitte! Ruuuuhääää!!!", donnerte eine befehlsgewohnte Stimme durch ein Megafon. So nach und nach verstummte das Ge-

schnatter unter den Versammelten. Einige Clowns hatten ein echtes Problem, sich einzukriegen, so wichtig nahmen sie sich. „Danke! Es geht doch!", herrschte die Stimme über die eingezogenen Köpfe hinweg. Nach einem Räuspern setzte sie zur eigentlichen Rede an:
„Meine Herren ... ich bitte Sie, lächeln Sie! Lächeln Sie doch! Freuen Sie sich, denn heute ist ein besonderer Tag! Jaaa ... sehr schön! Sie wissen, warum Sie hier hergekommen sind ..."
Allgemeines Kopfschütteln und Gemurmel durchlief die Massen von Truppen. Ungeachtet dessen setzte die Stimme fort:
„... also, erledigen wir's! Heute ist der 24. Mai 1962, und es ist genau null Uhr, genauer gesagt: Stunde Null! Das Wetter da draußen ist herrlich, aber der Schein trügt! Die Vorhersagen beschreiben massenweise Turbulenzen, doch das nur nebenbei ..."
Alex hörte nur halb auf diese Ansage. Ihn interessierte das Wetter wie die letzte Wasserstandsmeldung der unteren Elbe. Von Enttäuschung bedrängt, wollte er eigentlich schnellstmöglich raus aus dieser Veranstaltung, die sich als eine sehr radikale imperative Einbindung fürs zukünftige Leben entpuppte.
„Zu Ihrer Information: Sie haben den anstrengenden Abschnitt noch vor sich", setzte unterdessen die Stimme ihren Toast fort. „Die Zeit Ihrer Metamorphose, die Sie zwar mit einigen Lethargien überbrücken werden, wird kein Zuckerschlecken sein! Das Wasser ist nicht nur tief, sondern kalt – eiskalt, wenn Sie verstehen, was ich meine ...!"
Jetzt war es raus. Jeder schluckte die bittere Pille eines Flashmobs. „Egal, für wen oder für was Sie sich gerade halten – vor den Elementen sind alle gleich. Bei Bedarf werden Ausnahmefälle zweckgebaut! Was glauben Sie sonst, was Ihnen da draußen erwartet?"
Keiner sagte etwas, alle starrten auf ihre Fußspitzen. „Okay – ich bin offiziell beeindruckt! Fahren wir fort: Weiterhin müssen Sie in der Endphase mit weiteren Kälteeinbrüchen rechnen! Deshalb haben wir extra für Sie Vorbereitungen getroffen, denn es warten auf Sie da draußen jede Menge grippale Infekte."

„... Was ist das: grippale Infekte?", stellte flüsternd ein Zuhörer sein Unverständnis in den Raum.
„Pscht! Keine Ahnung! Wirst du sehen, wenn's soweit ist!", antwortete gereizt sein Nachbar.
„... Gibt's irgendwelche Fragen?!", zerschnitt die Stimme das kurze Gespräch. Keiner gab einen Mucks von sich, aber alle fragten sich, woher diese laute, einbläuende und alles kontrollierende Stimme kam.
„Also, wer schon Stimmen hört, der ist selbst schuld! Der gehört in eine geschlossene Anstalt!", hörte Alex neben sich munkeln.
„Das Dumme ist nur, dass wir schon mittendrin sind!", gab er zurück.
„Machen Sie sich wegen mir keine Gedanken! Ich kann auf mich selbst aufpassen und schaffe es auch ohne Sie zu meiner Pensionierung!", durchpflügte dieselbe Stimme barsch alle traumatisierten Gehirnzellen. Jeder Anwesende zerfiel in sich. Die totalitäre Überwachung durchbohrte jeden wie stählerne Augenzapfen den Rücken.
„Hat noch irgendjemand in diesem Haufen irgendeine Anmerkung?"
„Ja!", traute sich ein Teilnehmer. Alle Blicke klebten ihn fest.
„Ich will einen Anwalt!"
Raunen erfüllte die Halle, eine Art Brodeln, ein die Luft erschütterndes Ungetüm von Gebärden und Worten.
„Security – schafft mir diesen Zugluftteddy aus meinem Leben!"
Zwei schwarze Schränke mit very coolen Head-Sets, Springerstiefeln, Suspensioren und fettigen Glatzen erledigen schnurstracks die Anweisung. Sie ähnelten eher Söldnern als Bodyguards.
„Sie werden danach stationär, unter anderem auch kaserniert untergebracht!", fuhr die Stimme etwas freundlicher in ihrem Text fort, ohne weiter den Zwischenfall zu tangieren. „Lassen Sie sich überraschen ... und enttäuschen Sie mir „Das Empfangskomitee" nicht, indem Sie einfach Ihren Mund halten! Sagen Sie Ihre Meinung klar und deutlich und vor allem laut, damit Sie

auch jeder hören kann! Am besten: Denken Sie so wenig wie möglich! Das mache ich nämlich für Sie! Damit wir uns richtig verstehen: Ihre geistige Beweglichkeit gleicht zum jetzigen Zeitpunkt einem intellektuellen Desaster!"
Der Ton dieser Stimme hatte sich wieder verschärft und schwang wie das Damoklesschwert über die Massen. Jeder duckte sich unwillkürlich ab. Alex spürte Gefahr im Anzug.
„He, Sie da! Ja Sie, in der dritten Reihe! Was haben Sie an meiner Anweisung, so wenig wie möglich zu denken, so wenig wie möglich, verstanden?!" Der gemeinte Typ blickte betreten um sich. Auf seiner Hose hatte sich vorn ein Fleck gebildet, der sich merklich vergrößerte. Sekunden später tropfte es unten am linken Hosenbein warm heraus.
„Sie müssen mir nicht antworten. Überlegen Sie es sich! Also, für alle noch mal: keine Kompromisse! Ich werde das weder dulden noch billigen noch zulassen! Verstanden soweit?"
Alle nickten, ohne etwas mit diesem Chinesisch anfangen zu können.
„Alles klar! Aber denken Sie auch daran: Bescheid zu wissen und Beweise zu haben sind zwei verschiedene Schuhe! Und zwischen diesem Paar besteht nur eine ausgestorbene Verbindung! Im Klartext: Alles läuft zwischen dem absolut Möglichen und dem Wahrscheinlichen – eine unverrückbare Tatsache!"
Über dem wimmelnden Ameisenhaufen herrschte die Stille eines Totwassergebietes. Allen wurde die Luft knapp. „Ich gratuliere Ihnen zu Ihrer eleganten Schlussfolgerung. Dann wünsche ich Ihnen auf Ihrer langen Reise viel Glück! Für heute alles Gute! Wer glaubt, ein Gewinner zu sein, der sollte jetzt an den Start gehen! Wir leiten jetzt den Vorgang ein – Power up! Also, Gentlemans, die Schnellen besiegen die Langsamen! Es gilt! Drei! Zwei! Eins! GO!!!"
„GOOOHHHOOOHHHOOO!!!", hallte der Startschuss, gleich einer C4-Detonation, von den glitschigen Wänden. Das tausendfache Echo dopte wirkungsvoll. Millionen Infizierter antworteten mit einem ohrenbetäubenden Schlachtschrei:

„HUURRRRRRRRRRRRRRRAAAAAAAAAAAAA!!!", grölte es satt aus allen Kehlen. Man konnte meinen, Horden wild gewordener Kosaken befreiten sich gerade aus dem berüchtigten Wortuka oder einem GULAG in Nordsibirien. Die grüne Masse walzte los, wie ein unersättlicher Moloch, der sieht, wen er verschlinge. Lauter Irre! Die wilde Jagd hatte begonnen!
„Nichts wie raus hier!", dachte Alex, völlig taub geworden.
Es entbrannte ein scheußlicher Kampf. Man bedenke: Von diesen Massen hier überlebt am Ende nur der Schnellste. Alle anderen Überleger waren dem sicheren Tode geweiht! Sein Entschluss stand in Bruchteilen von Sekunden fest:
„Ich muss gewinnen! Der Zweite ist immer der erste Verlierer ..." Doch diese Idee hatten auch noch andere Mitbewerber in diesem Durcheinander. Inzwischen brach unter den Scharen die Panik aus! Die Pläne für einen möglichen Präventivschlag schimmelten vergessen in irgendeinem Safe vor sich hin. Isoliert betrachtet, glaubte auch niemand im Führungsstab an seine Umsetzung, denn nach einer Schlacht gab's nie eine Verwirklichung von Gerechtigkeit und Recht, zumal sie mitunter nicht viel miteinander zu tun hatten.
Alex musste jede sich bietende Chance abzuhauen in diesem „Flakbunker" nutzen. Immer wieder wirbelten Körper oder nur Körperteile an ihm vorbei. Umherspritzendes Blut verfärbte seinen weißen Anzug. Alle die, die vorher noch dicke Freunde waren, sahen plötzlich im anderen den ärgsten Feind, den es auf Biegen und Brechen auszulöschen galt. Der Zweck heiligte indessen die Mittel für ein Massaker. Alex' Hals schnürte sich zu. Sein Atem rasselte.
„Sorte wechseln oder ganz aufhören!", dachte er und würgte hustend dem nächsten, einem russischen Goliath, versehentlich eine Ladung Magen- und Nierensaft auf den Latz; für den Hünen Grund genug, ihn über den Jordan zu schicken.
„Swolooooootsch!!!", musste Alex sich von ihm anhören und bekam anschließend seine stählerne Rechte dumpf ins Dreian-

gel gerammt. Vor seinen Augen explodierte ein Feuerwerk, wie es nicht hätte schöner sein können, als die Hinnerk-Werft in Hamburg ihren fünfhundertsten Schlepper vom Stapel ließ. Der Getroffene flatterte im Wachkoma fünf Meter rückwärts. Ein frischer Leichenberg stoppte ihn.
Wieder stampfte der russische Bison heran, blähte seine Nüstern und verteilte übel riechenden Wind, angereichert mit Plaque- und Skorbutbakterien. Eine blaue, daumendicke Zornader zierte seine fliehende Waschbrettstirn.
„Willkommen bei: Du hast keine Wahl!", schnaufte er Alex gefährlich an – pfui, stank der aus dem Hals! Dann riss er dessen Kopf an den Haaren ins Genick, um ihm den Kehlkopf herauszufleischen. Alex bekam von allen Seiten einen Riesenhaufen Angst geschenkt. Seine Froschschenkel klatschten kniefallenden Applaus. Er fühlte sich wie gerade schön ausgekotzt.
„Wenn du Angst hast, wirst du in deinem Leben nur Bratwürste und Bier verkaufen, denn wer nichts wird, wird Wirt!", dachte sich Alex während der Runde Kopfball.
Wer mal in eine handfeste Drescherei verwickelt war, weiß, wie es da zur Sache geht, und dieser russische Recke hatte sich jetzt ganz fest vorgenommen, seinen ungleich schwächeren Gegner krankenhausreif zu prügeln, ohne Rücksicht auf dessen Klinikphobie zu nehmen.
Schon hatte der Russe sein riesiges Haifischmaul aufgesperrt, um mit einem einzigen Biss den Kopf seines Gegenübers zu amputieren, da fiel er mit einem Röcheln und verleierten Augen vornüber und sagte keinen Ton mehr.
„Endlich!", keuchte Alex. Sein rechter Fuß hing taub herab. Er hatte dem russischen T-Rex in seiner Verzweiflung mehrfach den Stiefel unters Gemächt gemeißelt. Der Typ besaß jedoch eiserne Hoden, sonst wäre er sofort nach Hause zur Mama gepilgert.
Plötzlich hielt ihn ein von oben bis unten zugehacktes (tätowiertes), zugepierctes, pubertierendes Etwas von der Seite fest und wollte ihm ein billiges Gespräch ans Knie nageln.

„Ich glaube, es wird höchste Zeit, dich zu verschrotten!", rief Alex. Der Blechpickelträger schüttelte nur dumm seinen Kopf. Das hörte sich an, als wenn er mit seinem Schlüsselbund spielte. Der Typ klang echt nach Kerker! Zum Abschluss der unspannenden Grundsatzdiskussion schickte Alex diesen unreifen Pisser in den Keller (eine Kiste Pichlers Doppelbock holen). Doch der Schrotthändler wurde nicht fündig.

Alex rannte weiter. Später traf er auf denselben Kellermeister und pinnte ihn kurzerhand an eine Wand. Nun tauchte, wie aus einem Traum, eine kirschsüße Praline auf. Grazil kam sie in knallengen Hotpants Alex entgegengewippt.

„Hallo, Alex!"

„...tschuldigung, kennen wir uns?"

„Nein, aber wir können uns ja gern kennenlernen ..."

„... Woher kennst du meinen Namen?"

„Ich weiß, wieso, weshalb, warum. Du bist auf der Suche nach einer Antwort!"

„Ich ..."

„Ja? Süßer, wie wär's mit uns beiden? Du machst mich ganz schwach, du großer starker Mann. Hab' gerade gesehen, wie du es den Typen da gegeben hast", hauchte die Fee Alex warmfeucht ins Ohr und hielt dabei mit ihren Zähnchen sein Läppchen gefangen.

„Wer bist du?", kam es leise über Alex' Lippen.

„Die Erfüllung deiner Träume! Gehen wir ein paar Schritte?"

„Du siehst toll aus ... äh, ich meine das objektiv!"

„Soll ich dir beim Einschlafen helfen?"

Das Girl rieb sanft ihre festen Tomaten an seiner Brust. Sie fielen nicht zu groß aus – nur ein Mündchen voll. Ihre solar gebräunte Haut glänzte seidig. Gleichzeitig ging auf einmal ihre kleine linke Hand auf Spazierfahrt und parkte nach zwei Wimperschlägen zwischen seinen Schenkeln.

„Ohhohhh Mann! Womit hast du denn den angefüttert, hm? Ist ja richtig irre! Komm, lass' uns verschwinden, ich halt's hier einfach nicht mehr aus!", schmolz die neugierig gewordene kleine Maus dahin. Ungeduldig zog sie ihn am Hosenbund in eine Nische. Alex umfasste irritiert ihren Apfel-Popo, und schon hatte sich ihr Erdbeermund an seine Lippen angeflanscht. Für einen winzigen Moment regte sich etwas in seinem Unterholz, aber dann durchpflügte die Vernunft die grauen Zellen.

„Ich glaube, du solltest dich mal untersuchen lassen, bevor du dein Kapital in anonyme Liebe umlegst! Netter Versuch, Pussycat! Ciao Bellá!", lutschte der designierte Eleve in ihre Ohrmuschel. Außerdem hatte er jetzt keinen Nerv für einen außerschulischen Balztanzunterricht.

„War nett, dich zu treffen!"

„Ganz reizend!"

„Das hast du nicht umsonst gemacht, Dilettantin!", wies die Stimme ihren Köder scharf zurecht. Schmollend nahm die enttäuschte Fee Abschied und schaffte ihren süßen Hintern weg.

„Man darf nie die Macht des Arsches unterschätzen! Die perfekte Illusion fehlgeleiteter Schönheit", entwarf sich eine Bildschirmpräsentation vor seinen Augen. Das Gefühl der Reue massierte unterdessen Alex' Magengegend. Er war zwar kein Kostverächter, eher ein Gourmet, aber die Pflicht rief gnadenlos nach ihm, und die hatte oberste Priorität. Bei diesem Gedanken schüttelte er sich. Fast wäre der Mann auf diese Mogelpackung hereingefallen. Alex befand sich jetzt in unmittelbarer Nähe dieser magischen Tür, da schlug ihm ein blinder Idiot in der Panik das Nachtsichtgerät vom Kopf.

„Dickes Ei! Und jetzt?", schimpfte er. Zum Glück hatte er in seiner Hosentasche sicherheitshalber seine Grubenlampe, eine Art gynäkologischen Stift, geordert. Sie spendete nur wenig blaues Licht. Er hätte vor diesem Trip die Batterien überprüfen sollen. Sein Instinkt verriet ihm: Die Spielzeit dieser Oper könnte leicht verkürzt werden. Ihm blieben vielleicht nur noch Sekunden. Ohne großes Zögern rannte er eine enge, steile Treppe hinauf. Überall drängelte, schubste und schlug man sich. Der Massenansturm hatte das alternde Treppengeländer in Mitleidenschaft gezogen. Es hing links wie rechts demoliert über. An den angerosteten Eisen baumelten wiederum Tausende, die verzweifelt versuchten, daran emporzuklimmen. Keiner wollte in die Tiefe hinab, doch der immerwährende, kaum abreißende Nachschub forderte seinen Tribut. Aus der Konfusion entsprangen ein und dieselben Muster.

„Wegblenden!", schnaufte Alex, „wegblenden!"

Inmitten der schrägen Typen eingepfercht, boxte sich Alex den Weg frei. Überall standen die Warzenschweine und schwitzten wie vor der Regenzeit. Warmer, stinkender Atem rührte an seinen Nacken. Im nächsten Moment kam ein Ruck durch die Massen, und alle Menschen wurden unweigerlich mitgerissen. Krampfhaft überlegte jeder sich eine Lösung in der fatalen Situation.

Eine Armlänge vor dem Rand der Treppe stützte Alex mit einem Male seine Hände auf die benachbarten Schultern zweier Typen, riss die Beine hoch, sprang und stand auf den Schultern seines Vordermanns. Dabei zog er sich an dessen Kopf in die Senkrechte. Bevor dieser wutentbrannt etwas zu seiner Gegenwehr unternahm, landete Alex gewagten Schrittes beim nächsten Mitläufer auf der Schulter. Weiter, behände von Kopf zu Kopf springend, jagte der Mann bis zur besagten Tür vor. Hinter sich vernahm er das maßlose Gebrüll ihrer unterirdischen Flüche und Verwünschungen.

Vor dieser Tür hielt sich ein Trupp großer, dunkel gekleideter Typen auf und verarztete die Neuankömmlinge. Gnadenlos wurde ausgesiebt. Alex sah nur flüchtig im Vorbeirennen, wie sie flugs nichttherapierbaren Fanatikern ein Siegel in die linke Hand brannten und sie hinab ins Verlies der Verlierer entsorgten. Erst hinterher wurde bekannt, wieso Mitarbeiter der Security hier anwesend waren und angeblich nur ihren Job erledigten. Sie hatten alle Hände voll zu tun. Mechanisch, wie Roboter an einem nicht endenden Fließband, entledigten sie sich der entgräteten Heringe. Für einen kurzen Moment beaufsichtigte niemand die Tür, und Alex nutzte seine Chance.

„... und Tschüss!", zerbiss er zwischen den blutenden Lippen und sprang in ihre Richtung. „Mein Protein war auch mal elastischer! Was soll's!"
Die Tür des Fluchtweges schien von noch niemandem benutzt worden zu sein. Unsanft klatschte der Überflieger dagegen und rutschte als Pudding an ihr herunter.
„Na prima! Das auch noch!", kochte er über.
Benommen schüttelte der Gestoppte das Anflugtrauma von sich und startete einen zweiten Versuch. Nachdem seine Lungen fast zum Hals heraushingen und einige Adern geplatzt waren, gab die Tür endlich nach.
Jetzt kam der ganze Rest der irren Masse brüllend und kreischend hochgerannt, ein unentwirrbares Durcheinander von Drängen und Quetschen. Jeder Durchgedrehte spürte sein letztes Stündlein. Wer auf den Boden fiel und liegen blieb, wurde zermalmt und als festgetretene Faser eines knöchelhohen roten Teppichs eingewirkt. Der rote Teppich – das Sinnbild aller Vorsätze, Wünsche und Träume von jenen, die in ihrem ganzen Leben nur vom Goldland quatschten und nicht handelten. Nur wenige Mächtige und Gewinner werden auf ihm wandeln ...
Alle, bis auf einen, blieben auf der Strecke zurück. Alex presste sich durch den schmalen Spalt und warf noch einen letzten Blick hinaus. Er traute plötzlich seinen Augen nicht. Über ihm hingen, weit entfernt unter der Decke, kugelige mannshohe Kapseln. Sie entfernten sich rasch von ihm. Irgendwann erfuhr Alex, wieso die Empfangskomitees solche Kapseln als Gameten bezeichneten. Unter sich erkannte er nur noch wirres Wimmeln. Vor wenigen Minuten noch befand er sich auf diesem Pfad und steckte jetzt in einer der Kapseln.
„Heute lassen die hier niemanden raus!", erinnerte sich Alex an die Worte des Erstlings, „... bis auf eine Ausnahme, mein Freund! Leb wohl!"
Plötzlich krachte die Tür zu. Blitzschnell drehte sich Alex zur Seite weg, denn von oben polterten Felsquader und mittelgroße

Steine herab. Sand rieselte im Staub. Hustend und von Schweißausbrüchen gebeutelt, setzte sich der verschüttete Alleingänger total erschöpft in eine Ecke.

Eine Luke in Kopfhöhe der Tür schlug auf und das verbissene kantige Gesicht eines kahlköpfigen Sicherheitsmannes zeigte sich.

„Rattenbastard! Dich kriegen wir noch!", schimpfte er, steckte den Lauf seines Jackhammer durch die Luke und ballerte damit wahllos durch die Kante. Instinktiv warf sich Alex um die nächste Ecke herum. Er hörte nicht auf den tobenden Wachmann, der wahrscheinlich ab heute seine Karriere als beendet sah.

Alex konnte über so viel Aufwand nur müde den Kopf schütteln ...

4. KAPITEL

Deine Augen sind Spiegel deiner Seele

Puuuh, war das knapp! An gefängnisartig klingenden Geräuschen registrierte Alex, wie die Sicherheitskräfte eilends die Tür verriegelten. Noch lange hörte er die gurgelnden, hallenden Schreie und das Klopfen und Kratzen von Millionen Sterbender – jämmerlich und grauenhaft! Plötzlich Totenstille. Lange horchte Alex auf irgendeinen Laut – nichts.
„Unheimlich das alles", dachte er, stand auf und sah sich um. Er befand sich in einer kleinen runden Kammer. Staubnebel sperrte die Atemluft. Eine kurze gelbe Kerze kokelte in der rechten Ecke. Schwere Steine lagen auf dem Boden verstreut und verbarrikadierten die Tür. Alex rüttelte an ihr. Sie bewegte sich keinen Millimeter. „Gefangen!", überlegte er im ersten Moment. Zweifel flogen ihn an.
„Blödsinn! Ich hab' mich entschieden! Wer sich entscheidet, nagelt hinter sich die Türen zu, Hintertüren eingeschlossen. Zu ist zu! Da gibt's nix mit Zurück!"
Alle die, die gewünscht, überlegt und gezögert haben, sind verzweifelt und blieben auf der Strecke! Ihre Chance hatten sie irgendwo, mal hier mal da, anklopfen gehört! Zumindest hielten sie nur die üblichen billigen Ausreden für ihre persönlichen Unzulänglichkeiten parat:
„Das geht nicht! Bist du bekloppt? Komm her! Bleib bei uns! Du bist ein viel zu kleines Licht! Das ist zu groß für dich! Du schaffst das eh' nie ...!"
So ein Schwachsinn! Ihm war das kleinkarierte Geschwafel von Neidern und Faulenzern plötzlich Schnitzel vom Ekelfleisch!

Alex hatte es bis hierher geschafft von vielen, vielen Tausenden, ja Millionen von Mitbewerbern, die aber alle versagten! Dabei war er ihnen nur ein paar Schritte, höchstens zehn Meter, voraus. Eine Nasenlänge! Dieser Abstand reichte, dass sie draußen bleiben mussten, während er drin war.
Währenddessen brannte die Kerze herunter. Leise zischend lösten sich Licht und Dunkelheit ab. Stille ringsum, erdrückende Stille. Der teuerste Sarg hätte nicht komfortabler alle Geräusche verschlucken können. Selbst das Nichts, das nicht Greifbare hatte sich ausgelöscht. Ein Vakuum der Immunität, fremd und unbestimmt. Festigten etwa konträre Abläufe seinen Selbsterhalt? „Suche ich mich selbst? Verfolge ich meinen Geist? Das soll das Leben in vollendeter Form sein? In Improvisationen vielleicht! Es gleicht eher einer groben linkischen Skizze ... Zumindest ist es der Atem der Seele ... Warum durchlebe ich so viele Extreme? Um mein Leben später kontrollieren zu können? Meine Lockerheit ist mir nützlich. Sie hilft gegen Anspannungen und gegen die Todesangst. Deshalb werde ich sicher weiterleben, um die Erinnerungen zu bewahren", blätterten sich Seite um Seite Ratgeberhandbücher in Alex' Brummschädel. Immer schwirrender drehten sich die Gedanken. Chaos legte plötzlich seinen Verwaltungsapparat lahm. Alex' Hirn kochte, wie bei einer Überdosis Campilit.
„Danger! Danger! Danger! Danger!", alarmierte pausenlos eine synthetische Stimme aus der Kommandozentrale. Zeitgleich versetzten penetrante, entsetzlich schnarrende Warnsignale, gekoppelt mit Hunderten von rotblauen Rundumleuchten seine Dateien in Gefechtsbereitschaft. Doch letztendlich hatte sich nur ein weiterer Kollaps losgetreten.

Alex erwachte aus einem katalonischen Stadium. Wie lange er schon hier lag, entzog sich seiner Kenntnis. In Mitleidenschaft gezogene Kameraden bezeichnen solche langfristigen Blackouts auch als Staffel-Spielfilmriss. Unter halb geschlossenen Lidern betrachtete er zaghaft seine nähere Umgebung.

„Ich bin in einem Bett? Ich liege tatsächlich in einem Bett! Es ist so weich! Ich habe noch nie in so einem Bett geschlafen. Ist es vielleicht ein Wasserbett?", mutmaßte Alex erfreut und drückte sich in das anpassungsfähige Medium hinein. Zäher als Wasser gab es nach, wie eine Art Geleeschaum, was auch immer. (An Wackelpudding jetzt zu denken wäre unterirdisch.) Das weiße, nahtlose Bettzeug duftete unberührt. Fremdartige Gewächse in silbernen Gefäßen schmückten die unmittelbare Nähe. Rechts neben dem Bett befand sich ein übermannshohes Fenster. Er genoss die blütenfrische Luft, die durch den halb geöffneten Flügel hereinströmte.

„Wo bin ich nur?", wunderte sich Alex. Vorsichtig schaute er sich um und lauschte.

Ein ferner, feiner, ja sphärischer Gesang drang an sein Ohr. Sanft ineinanderfließende Konsonanzen tauchten seine Sinne in eine atemberaubende Welt. Ihre klaren reinen Harmonien produzierten etwas, dass er meinte, schwerelos zu werden. Diese Musik war nicht gedacht für Arme, Beine oder Hüfte, sondern für genau da, wo sie hingehörte, nämlich unter die Haut, und alles, was sie dort anrichtete, musste schön sein. Er richtete sich im Bett auf und sog diese wohltuend befreiende Melodie in sich hinein. Eine neue Kraft durchflutete mit einem Male den gesamten Körper. Wie von allein stand Alex jetzt mitten in diesem unbekannten Raum von beeindruckender Größe. Er beschrieb ein helles rundes Atrium, in dessen Zentrum ein See lag. Wasserfontänen plätscherten. Den Fußboden hatte man in feinstem chilenischem Marmor aufwendig poliert. Filigrane Intarsien verkörperten Motive unbekannter, bisher nie erreichter Kulturen. Die Wände zierten kunstvoll behauene Reliefbilder und Bordüren, die von der Gnosis des Numens berichteten. Unmerklich strichen seine Finger darüber.

„Das Numen – du göttliche, unbegreifliche ...", flüsterte Alex von der zugleich Schauer und Vertrauen erweckenden Macht. Gänsehaut robbte über seinen Rücken.

Zwanzig Meter hohe, behauene Säulen von reinstem Smaragd und Diamant bildeten in Abständen von zwölf Metern rund um den See einen Arkadengang. Auf ihnen ruhte ein riesiger Glasdom. Man hätte mühelos den Big Apple samt den Central Park darunterstellen können. Dahinter entdeckte Alex die bunte Pracht von Korallenlandschaften, eingehüllt von dahinziehenden Schwärmen der Meereswelt. Dieser Wasserkosmos blieb in ständiger Bewegung, und dessen helles, lebendiges Farbenspiel verblüffte und erfüllte den Betrachter zugleich.

In der Mitte des Sees erhob sich eine kleine Insel. Alex lief durch die Arkaden bis zu einer Steintreppe, die zum Wasser hinunterführte. Unten legte er sein Gewand ab, sprang in die Fluten und schwamm zum besagten Land hinüber.

Staunend setzte er sich an den Uferrand und beobachtete das Leben über sich. So etwas Schönes hatte er noch nirgends zu sehen bekommen. Bei genauerem Betrachten glaubte Alex weit entfernte Türme und Gemäuer zu erkennen, die ringsum über der Kuppel standen. Hoch oben, genau in der Mitte des Doms, fielen jedoch Sonnenstrahlen herein. Vielleicht bildete er sich das alles nur ein. Viele Jahre mussten noch vergehen, ehe von Alex dieses Geheimnis gelüftet werden konnte.

Gespannt erkundete er das Ufer. Einzeln stehende, hohe exotische Pflanzen säumten den Strand. Hinter ihnen lag ein undurchdringlicher Dschungel. Verschiedene Laute unbekannter Tierwelten belebten ihn. Alex suchte nach einem Pfad, um irgendwie in das Innere der Insel zu gelangen – vergeblich, es gab keinen Weg. Damit gab sich der Ankömmling natürlich nicht zufrieden.

Er wählte den nächsthöchsten Baum aus und begann an ihm hinaufzuklettern. Nach einer Stunde gelangte er in dessen Wipfel und lehnte sich erschöpft in eine Astgabel. Hier oben hatte er einen weiten Ausblick über das gesamte Terrain.

Die Insel glich einem flachen, längst erloschenen Vulkankrater. Ein grüner Blätterteppich urwüchsiger Flora bedeckte ihn. In der Mitte hob sich über die Höhe der Kraterkante hinaus ein treppenförmiger, durchsichtiger Kegel, auf dessen Spitze ein runder Säulenbau funkelte. Unter seinem gewölbten Dach erkannte Alex drei sprudelnde Quellen. Ihre Wasser flossen über die Brunnen hinab zu den Treppen, wo sie sich in alle Richtungen verteilten, bis sie in jenem See endeten.

Nach geraumer Zeit trat der Besucher den Rückweg an und schwamm zurück. Erst jetzt fiel ihm auf, dass das Wasser überhaupt nichts damit gemein hatte. Die Flüssigkeit erfüllte den Dom mit fantastischen Düften. Unter ihrer Oberfläche perlte es unentwegt. Wer würde schon solch einer Badekur widerstehen? Vorsichtig trank Alex einige Schlucke. Welcher Zusammensetzung nach unterschied es sich wohl vom gewöhnlichen Wasser?

„Sekt – das ist allerbester Sekt!", rief er überrascht. Statt eine jedem wohlbekannte Wirkung von Alkohol zu spüren, bekam Alex eine innerliche Stärkung. Viel, viel später erfuhr Alex, dass es sich nicht um irgendwelchen Sekt handelte. Die eigene Vorstellungskraft stellte die gewünschte Geschmacksnote sowie Substanz ein. Unreines menschliches Gedankengut spülte sich heraus. Diese Reinheit verwarf Trübsinn, Müdigkeit und Zweifel. Krankheiten und Kopfprobleme wurden durch Vitalität und klaren Verstand von einem Moment zum anderen ersetzt.

Entspannt verließ der neue Gast nach einer weiteren Stunde den wundervollen See. Das musste der geheimnisvolle Jungbrunnen sein, den neugierigen menschlichen und wissenschaftlichen Suchaugen verborgen, unter den Fittichen der Seraphinen. Zwölf dieser herrlichen Wesen umringten unsichtbar diesen jungfräulichen Ort, geschaffen für einen einzigen Zweck: Treu ergeben der Schirmherrschaft in Ewigkeit!

In Gedanken versunken, zog sich Alex wieder an und ging langsam zurück zum halb geöffneten Fenster. Neugierig schaute er hinaus. Sein Atem setzte aus. Ein überwältigender Anblick ließ seine Beine zittern. Unsicher stützte er sich auf den Sims.

In Schwindel erregender Höhe schaute der Mann ungläubig auf den Teil eines riesigen Zitadellenschlosses, Kastellpalais – was auch immer es war, es blieb für den ersten Moment unbeschreiblich, aber es war gewaltig groß, so groß wie eine Stadt. Es wirkte wie eine mit den Felsen verschmolzene Großplastik. Weder links noch rechts registrierte sein Blick eine Grenze dieses märchenhaften Gebildes. Unerschütterlich ruhte sie auf einem Felsmassiv, das in seiner Höhe dem „Dach der Welt" glich. Über den Schluchten zwischen den Pässen spannten sich Tausende von Metern weite Brückenbögen, sodass sie vielerorts ungehinderten Einlass in die herrliche Bergwelt freigaben, ohne einen Schatten darauf zu werfen. Fest gegründet stand die Stadt und rang dem Betrachter Ehrfurcht und Respekt ab. Was hier erschaffen wurde, war bedeutender als jede Vorstellungskraft. Welche Macht konnte wohl diesen wuchtigen Bau in seiner Pracht und Herrlichkeit errichtet haben? Weder Burgwälle noch Schießscharten oder andere Verteidigungsanlagen verfälschten sie zu einer uneinnehmbaren Festung. Nein – dieser Ort kannte keine Feinde! In reinstem Edelgestein lagen Straßen, Mauern, Türme und Häuser. Ein funkelnder Juwel in edelster Vollendung! Ein Faszinosum, das das Fassungsvermögen des menschlichen Geistes an seine Grenzen zu sprengen drohte!

„Salomonnum! Der Sitz des Heldentums und des Ruhmes, von den Kindern des Sieges. Das Zuhause des Lichts und der Gerechtigkeit!", sprach eine Stimme mit Alex. Sie hörte sich an wie ein leiser, von unzähligen Kinderstimmen getragener Chor, ein Gewoge zerteilender flirrender Luftströme, die mit ihren Kräften vermochten, die Rhythmen aller Herzen zu bestimmen.

„Allmächtiger!", entfuhr es ihm. Bebend umklammerte er schweißnass den goldenen Fenstergriff. Ohne die Stärkung vor einigen Minuten wäre er mit Sicherheit jetzt vor Ergriffenheit zusammengebrochen. Etwas gefasster ließ der Betrachter die folgenden Eindrücke auf sich einwirken.

Langsam wurde Alex bewusst, wie groß man denken konnte, wenn man wusste, was man wollte. Zufriedenheit durchzog sein Gemüt, Zufriedenheit über den Sieg, von dem ihn so viele „Freunde", teils willkürlich, teils aus Mangel an Kenntnis, abzubringen versucht hatten.

Unter ihm zogen langsam dünne Wölkchen vorüber. Die Sonne darunter strahlte siebenmal heller als gewöhnlich in einem besonderen Licht. Sie begann gerade erst ihren Lauf. Der Mann musste sich demzufolge auf der Ostseite dieser Stadt befinden. Er schaute zur aufgehenden Sonne empor, und sie blendete seine Augen nicht.

Ein neuer Tag für Alex!

In einer Entfernung von etwa dreißig Metern zogen langsam und stolz drei große weiße Kraniche an ihm vorüber. Er bekam das Verlangen, ihnen hinterherzufliegen. Sinnend schaute er den Vögeln nach, bis sie im Azur verschwanden. Eine weiße Feder ließ sich auf dem Fenstersims nieder. Als Alex sie in den Händen hielt, erstrahlte sie im reinen Licht. Inmitten der pulsierenden Strahlen entdeckte er bei näherem Betrachten kurz das lächelnde Antlitz einer wunderschönen Frau. Er kannte sie nicht. Waren diese Kraniche Vorboten einer verheißungsvollen Zeit? Nachdenklich geworden, steckte der Mann die Feder ein.

Etwa zwei Meilen unter ihm lagen vor seinen Augen ausgebreitet wundervolle Gärten und Haine und ließen des Betrachters Auge in Freude erglänzen. In einer Entfernung von etwa achtzig Meilen sah er weitere, noch höhere Berge, deren schneebedeckte Gipfel blau-weiß majestätisch in den Himmel ragten. Wohl möglich schienen sie ihn zu berühren. Bei längerem Hinsehen stellte Alex zu seiner Verblüffung fest, dass diese grandiosen Gebirge sich ständig neu formierten und veränderten. Und dann, ganz weit im Süden, zwischen zwei zueinander laufenden Landzungen, sichtete er eine Bucht, deren Austritt sich mit dem gold glitzernden, endlosen Meer vereinigte.

Alex riss sich vom Fenster los und setzte sich hinüber auf sein Bett. Atemlos verarbeitete er diese neuen Eindrücke und konnte über so viel Herrlichkeit nur noch Stille in sich verspüren.

Eine geraume Weile später hörte der Mann wieder diese Musik, die ihn vorhin so sanft aus dem Schlummer holte. Sie drang links von ihm aus einer geschwungenen Arkade. Ihr gehobener

Klang verstärkte sich und übte unbesehenen Zauber auf die Sinne. Instinktiv folgte er der Melodie und blieb versteinert in der Arkade stehen.

Sein Blick schweifte in eine neue übernatürliche Welt. Alex drohte umzusinken und lehnte sich an die rechte Wand. Nach heftigen Atemzügen erholte er sich und ging langsam vorwärts. Aber der Mann kam nicht weit. Einige Schritte weiter sank er wortlos auf die Knie, verbarg sein Angesicht in den Händen und wagte nicht aufzublicken.

Alex befand sich in einer Galerie von unbeschreiblichem Format und Vielfalt. Das Hunderte von Metern hochragende Kuppeldach ruhte auf gigantischen Atlanten reinsten Bergkristalls. Ihre gewaltigen Formen glichen Königen und Karyatiden, jener Heldenmacht, die von Anbeginn an Herrscher und Kronzeugen unter dem Numen sein mussten. Zum Beginn des neuen Zeitalters werden sie wieder zum Leben erweckt. Majestätisch standen sie still auf achteckigen Sockeln. Sprachlos umschritt und betastete sie der Mann. Diese Plattformen hatten eine Höhe von zehn Metern und einen Durchmesser von circa fünfundzwanzig Metern. Demzufolge musste ihr Umfang mindestens vierundsiebzig Meter betragen.

Welcher Meister konnte imstande sein, diese Steine zu kunstvollen Reliefs zu meißeln und zu polieren? Wer vermochte in die märchenhaften Gravuren edles Gold und Platin zu legen? Immerhin bestanden diese Sockel aus Carbonado, dem härtesten und seltensten Edelstein – den Schwarzen Diamanten!

Als Alex an den gewaltigen Säulenfiguren vorbeilief, ergriff ihn eine unbeschreibliche Ehrfurcht, und er fühlte sich frei von jeder Beklemmung, Schuldgefühlen und Angst. Er verspürte die ungebeugte Kraft und Stärke einer unbesiegbaren Macht und Herrlichkeit.

Das Sonnenlicht brach sich spektral durch unvergleichlich hohe, schlanke Fenster und die kreuz-gewölbte Decke, die ebenfalls, wie der gesamte Bau, holokristallin sein musste. An ihr hingen in verschieden eingestellten Höhen und Abständen unzählige verrankte Leuchter und Lichte unbekannten mondänen Stils. Aus gediegenem Platin und anderen Metallen besonderer Güte hatten Virtuosen die Trägerelemente ebenfalls liebevoll in Detailformen hergestellt. Tropfenförmige Lüster unterschiedlicher Größe und von perfektem Design, bestehend aus Turmalin, Rubin, Jaspis und reichlich anderen seltenen Steinsorten, entsprangen der Reinheit, der meisterhaften Fertigung und Eleganz. Strahlen allen Lichts reflektierten in den zahllosen Gemmen und projizierten überall einen fantastischen Zauber sowie bewegliche Bilder. Für einen Augenblick glaubte Alex, in diesem Glitzern und Funkeln jene Atlanten lebendig gesehen zu haben. Jedenfalls erschauerte er unter der Vorstellung, dass sie mit ihren Blicken seine Bewegungen verfolgten.

Der Fußboden setzte sich aus den seltensten Mineralien zusammen und ließ in die darunterliegenden Räumlichkeiten tiefe freie Einblicke.

Egal in welche Richtung Alex seine Blicke lenkte – er schaute in meilenlange Gänge, Hallen und Räume, ohne ein Ende abzusehen, und hatte den Eindruck, sein Auge zoome die fernsten Winkel heran, um ihn durch das geheimnisvolle und wunderbare Ambiente zu geleiten. Und Alex ließ sich führen ...

In all den eminenten Räumlichkeiten gliederten sich Etagen übergreifende Oasenlandschaften mit andersartigen, vielleicht tropischen wie auch urzeitlichen Gewächsen ein. Wasserfälle nie versiegenden Ursprungs stürzten metertief durch natürliche Spalten oder über Klippen herab. Sie endeten in kristallklaren Weihern oder verloren sich, um der Stadt mit unzähligen pittoresken Wasserspielen zu gefallen, um dann schließlich vereint als Strom das gesamte Land zu begleiten. Entlang dieser Naturschauspiele führten verzweigte, breite Treppengalerien und Balustraden in andere Ebenen. Sie alle vereinigten sich organisch zu frei hängenden und selbsttragenden Gebilden, statisch nicht nachzuvollziehen, aber doch so wunderbar einzigartig. Durch die schnörkellose Eleganz und bestechende Funktionalität entlastete sich ein vielleicht beängstigender Druck des Betrachters und hob ihn auf in die Leichtigkeit und Gelassenheit.

Der Anblick war einzig! Man konnte wegen seiner unvergleichlichen Schönheit keine Parallelen zu namhaften irdischen Palästen oder Tempeln ziehen, denn selbst die fantastische „Atlantis" würde als öder Steinhaufen oder unbedeutendes Licht daneben belächelt worden sein.

„Das gibt's doch nicht!", wisperte Alex heiser und bekam vor lauter Aufregung einen trockenen Mund. Vorsichtig lief er weiter und erreichte eine untere Ebene.

Vor ihm rauschte ein Quellweiher. An seinem Rande stand unberührt ein Kelch aus feinstem Kauri-Porzellan. Verlockend lud er zur Erfrischung ein. Mit jedem Schluck reinigte sich der Körper des Mannes innerlich und balsamierte seine Seele mit jugendlicher Kraft und Energie. Das Gefühl, ohne Raum und Zeit zu verweilen, erfüllte ihn unstillbar.

Gestärkt erreichte Alex tiefer gelegene Ebenen. Während er unermüdlich entlangschritt, nahm allmählich die Helligkeit ab. Nach der meilenlangen Wanderung musste er sich jetzt seiner Schätzung nach im Inneren des Felsens befinden.

„Aaaaaaaleeeeexxx...xxx...xxx...!", warf sich ein Echo von den Wänden.

Der Wanderer horchte bei seinem Namen auf und verharrte angewurzelt. Erneutes Rufen blieb aus. Unbekümmert lief er weiter voran. Da – da hörte er wieder dieses synthetische lang gezogene Nennen seines Namens. Dieser Zuruf ließ den Wanderer erschaudern. Wie konnte ihn jemand hier kennen? Er war doch zum allerersten Male an diesem Ort. Jedenfalls folgte er diesen Rufen und erreichte überraschend ein unabsehbares Höhlenlabyrinth. Ungezählte Kerzen und Fackeln setzten sich plötzlich neben den Spiegeln in Brand. Der Ankömmling stand mitten in einem unterirdischen Spiegelsaal, winzig wie ein Samenkorn. Wo man hinsah, hatte man in den Wänden außergewöhnliche Kristallspiegel in den Alabaster gefasst.

Die sphärische Musik verstummte, und sonderbare Stille zog ein. Nur ein entferntes Murmeln der Wasserfälle meldete sich noch schwach. Alex schaute in den ersten Spiegel hinein und erschrak. Er konnte sich darinnen merkwürdigerweise nicht sehen.
„Hallo? Ist da jemand zu Hause?!", polterte Alex drauf los, als stände er am verstaubten Tresen eines Irish-Pub ohne Bedienungspersonal. Niemand antwortete ihm. Links von Alex lagen heruntergebrochene Stalaktiten herum. Kurz entschlossen griff er einen handlichen Stein heraus und schleuderte ihn gegen einen dieser vielen Spiegel. Dröhnend traf der Stein auf den Spiegel auf und zerbarst in kleine Stücke. Der Spiegel jedoch blieb heil. Im Gegenteil, eine Person erschien darinnen. Was Alex da anschaute, ließ ihn bleich werden. Überdimensional sah er sich, aber nicht genauso wie er selbst. Beim nächsten Spiegel erging es ihm nicht anders. Der Mann fuhr um Schritte zurück. Wieder ein anderes, ihm ähnliches Wesen schaute ihn an.
„Nein, das kann nicht sein. Das bin nicht ich!", erschauerten ihn aufkeimende Zweifel.
„Bist du auch nicht", antwortete auf einmal ein heiseres, durchdringendes, aber leises Zischen. Grauen und Entsetzen packten Alex. Verängstigt schaute er sich um. Die Figuren in den Spiegeln erstarrten ebenso. Sie waren alle so real, nicht spirituell.
„nicht – nicht – nicht – cht – cht – t – t – t!", verlor sich der Widerhall in kleiner werdenden Fetzen unheimlich in den entgrenzten Weiten.
„Wer ist da?", rief Alex, schwer atmend vor Bange. Keine Antwort. Er kam sich jetzt sehr verlassen vor, obwohl ihm die ganze Zeit wesensmäßig niemand, eher substanziell begegnet war. „da – da – da ... a ... a ...!", flüsterte es in Dolby Digital aus allen Spiegeln. Die langen Greifarme der Verwirrung schnappten nach Alex.
„Du – du – bist da – da – da...!", dröhnte es nun laut. Alex drängte zu einem weiteren Spiegel. So, wie er sich ihm näherte, kam diese Gestalt, die er sein sollte, auch auf ihn zu. Der Betrachter blieb zwei Meter davor stehen – und sie tat dasselbe. Er

drehte sich nach links – sie ebenso. Alles völlig identisch. Alex bemühte sich, klare Gedanken zu fassen:
„Beeinflussen schon Halluzinationen meine Sinne? Spricht die innere Stimme mit mir? Was oder wer wartete oder gar lauerte da auf ihn?! Warum sehen die Personen in den Spiegeln überall mir so unheimlich ähnlich und nicht gleich? Woher kommen sie, und was haben sie hier verloren oder schlichtweg zu tun? WER SIND DIE?! Wieso haben einige so einen sehnsüchtigen, hoffenden, aber festen Blick?
Und warum redet keiner direkt mit mir?", überlegte Alex. Sicher, bei Spiegelbildern ist das nun mal so!
Nein – diese Antwort wäre wirklich zu lapidar. Sie beinhaltete etwas anderes, viel geheimnisvolleres, etwas phänomenal Delphisches! Überall standen die Gestalten, Gespenstern gleich, jetzt in den Spiegeln und unterhielten sich, ohne die Blicke von ihrem Betrachter zu lassen oder ihre Münder zu bewegen. Alex registrierte zwar ihre Reaktion, realisierte sie aber nicht. Nach und nach hörte er durchdringendes Wispern vieler Stimmen. Es waren die Laute derer, die ihn nun unablässig und unverhohlen beobachteten. Vielleicht versuchten sie nun, mit ihm zu reden, doch der Mann verstand ihre Sprache nicht. Aus den leisen Gesprächsfetzen konnte er teilweise auf eine uralte, längst vergessene Sprache schließen. Mehr und mehr gesellte sich durchdringend der Rückhall hinzu. Alex hockte sich hin und schloss abermals die Augen.
„Du lebst in Illusionen deiner eigenen Welt! Trenne dich von diesen Hirngespinsten! Du vergeudest nur deine Zeit! Kehr endlich um! Geh wieder nach oben!", wurde es um ihn immer lauter.
Entgeistert über die plötzliche Eingebung riss er die Augen wieder auf, rannte aus dem Saal und wie von einem Magneten angezogen in einen der vielen Gänge hinein. Von einem Spiegel zum anderen, versuchte er mit Gestiken Kontakt zu den Personen aufzunehmen – vergeblich! Keine Reaktion! Stumm starrten ihn

die Wesen an. Eins davon mit besonderem Augenmerk. Dessen Statur überragte die anderen alle. Sein Pokerface schien in Stein gehauen. Vor ihm hob sich die magnetische Kraft auf. Die Beine des Mannes wurden bleischwer. In den Ohren rauschte das Blut. Überdies verstand er jedoch die folgende Warnung, die von jener Gestalt als tonloses, aber bedrohliches Zischen ausging:
„Veeeeeerschwwwinnnnndeeeee!!!"
Alex kämpfte gegen die plötzliche Gletscherwanderung auf seinem Rücken, und unverwandt blieben die Blicke auf ihn gerichtet.
Unverwandt ... verwandt ... unverwandt ...?
Blitzartig schoss es ihm durch den Kopf:
„Na klar! Warum bin ich nicht gleich darauf gekommen! Aber wieso denn das? Na, weil ..."
Ein starker Luftzug wehte plötzlich in abgrundtiefem, hohlem Röhren durch die gesamte Ebene. Im Nu blies er alle Kerzen und Fackeln aus. Die Dunkelheit umfing ihn mit höhnischem Lachen.
„Schönes Empfangskomitee!", empörte sich Alex, „Wenn ich schon den Mund aufmache, wie mir aufgetragen wurde, will trotzdem niemand mit mir reden!"
Der Mann wusste zum damaligen Zeitpunkt nicht, warum alles so sein musste und wieso es nicht „Das Empfangskomitee" in den Spiegeln war.
Als das Wispern erstarb, kroch dem ruhelosen Wanderer wieder ein beklemmendes Gefühl den Nacken hoch. Irgendetwas gefiel ihm hier immer noch nicht.
Alex meinte nach weiterer stundenlanger Wanderung die Orientierung verloren zu haben, da entdeckte er ganz weit hinten einen flackernden Lichtschein. Er ging darauf zu. Je mehr er sich diesem Schein näherte, hatte er das ungute Gefühl, sich mit jedem Schritt davon zu entfernen.
Plötzlich ging es nicht mehr weiter. Alex stand genau vor einem der riesigen Spiegel. Er drehte sich um. Da sah er zum zwei-

ten Mal diesen Lichtschein. Alex lief also in die entgegengesetzte Richtung zurück. Nach einigen Metern traf er wieder auf die Endstation Spiegel. Würde sich das Licht mitten im Raum befinden, hätte es sich durch die gegenüberstehenden Spiegel genau wie Alex verhundertfacht. Wo kam also dieser Schein her?

„Das kann doch wohl nicht wahr sein!", schnaubte er, ungeduldig geworden, nahm Anlauf, rannte auf den Spiegel zu und sprang ihn an.

Da stand sie vor ihm, diese Gestalt, die ihn vorhin so anklagend, höhnisch, fast grausam beobachtet hatte und in Alex Hunderte von Schuldgefühlen hochkochen ließ.

„Zum letzten Mal! Veeerschwinnndeeee!!!", donnerte sie. Plötzlich verzerrte sie sich zuckend unter grässlichen Lauten über den gesamten Spiegel. Weit öffnete sie ihren Mund und dröhnte unheilvolle Formeln in den Raum. Währenddessen mutierte der Mund zu einem riesigen Drachenmaul inmitten lodernder Flammen. In dem Moment prallte Alex auf die Spiegeloberfläche, und der Drache samt dem Feuer packte sich fort. Alex hatte das seltene Erlebnis, in einem Quantensprung zu sein, denn sein Spiegelbild verschwand urplötzlich.

Seltsamerweise zersplitterte der Spiegel nicht, sondern reagierte diesmal mit dem trägen Durchlass einer Götterspeise. Für einen Augenblick stumpften die Sinne des Reisenden ab. So spürte er auch keinen Schmerz weiter, als er sich auf einem schmalen Pfad von rotem, schmierigem Kopfsteinpflaster wiederfand. Benommen setzte sich Alex hin und sammelte die Gedanken zusammen. Sein müder Blick fiel dabei auf den Boden. Reflexartig zuckten die Hände zurück. Das Pflaster bestand aus aneinander gereihten Schädeln unzähliger Skelette. Dieser Schattenpfad verlor sich vor seinen weit geöffneten Augen in die Finsternis. Die mannesbreite Materie schien frei im Raum zu hängen und knarrte hohl vor sich hin.

Zum Überlegen, warum – wieso, blieb keine Zeit mehr.

Wie von Furien gepeitscht, rannte Alex los. Jeder Schritt betrug die Länge von dreien. Die Ursache dafür fand er unter seinen

Füßen. Sämtliche Schädel bewegten sich rollend und klappernd vorwärts. Ein eigenartiges Vorankommen in dieser Zeitlupe. Wo wollten sie hin? Was wollten sie Alex zeigen? Er blieb stehen. Magisch transportierte ihn das Förderband der Toten weiter. Sein stechender Atem hallte stoßweise durch das schwarze Etwas.

Der schmale Weg bog nach einigen hundert Metern plötzlich im rechten Winkel wahllos links wie rechts ab, endete abrupt und verlief in etwa drei bis vier Metern Tiefe wieder geradeaus. An jeder Wegbiegung hörte er das Weinen eines Säuglings, in das sich das entnervte Schluchzen der Mutter mischte. Diese ungeheuerliche Gratwanderung wiederholte sich in steter Abfolge, stundenlang und Nerven zersetzend.

Später fiel der Mann, kraftlos geworden, der Länge nach auf das Pflaster der Toten. Ungeschützte Körperstellen sprangen blutig auf. Von entsetzlichen Schmerzen begleitet, die seine Sinne betäubten, lugte Alex vorsichtig über den gefährlichen Rand des Weges.

Weit unten erkannte er einen großen Platz, umgeben von einer bizarren, düsteren Knochenstadt. Auf ihrer Fläche hatten sich Massen von Kreaturen eingefunden, die auf die Ankunft von Alex ungeduldig warteten.

„Das ist also das Empfangskomitee!", erschauerte der langsam verzweifelnde Mann, „aber ihr kriegt mich nicht! Jetzt noch nicht!", schrie Alex, von allen guten Geistern verlassen, zu ihnen hinunter. Unheimliches Gebrüll drang als Antwort aus der Tiefe. Wütend tobte die Leichenfauna auf dem Platz herum. Diese Bakterien hatten sich hier umsonst angesiedelt.

Für eine Pause war jetzt ein unpassender Zeitpunkt. Alex schnellte federartig hoch und legte einen 1000-m-Sprint in die entgegengesetzte Richtung hin.

Er kam nicht weit. Rechts, einige Meter unter sich, erkannte Alex einen verlassenen Schacht in einer Felsnische. Kurz entschlossen sprang er von seinem komfortablen Förderband herunter. Unsanft prallte der Rastlose auf dem Steinboden auf und rollte in den Höhleneingang hinein. Pulsloses Leichenlicht und Fäulnisgas empfingen ihn dort. Ein Schattendasein kam für Alex nicht in Frage, also setzte er sich wieder in Bewegung und rannte durch enge, endlose Korridore, einen klaustrophobischen Irrgarten. Spiegel gab's hier keine.

Plötzlich veränderte sich die Umgebung. Die Wände und Decken grenzten düster-schwarz und eklig-feucht ihre Abstände herauf und herunter. Der Fußboden hob und senkte sich fortwährend mit rasanter Geschwindigkeit, erdbebengleich der Stärke Neun auf der Richterskala. Aus den sich öffnenden und schließenden Spalten und Klüften drangen grausige Laute. Links und rechts hatten schreckliche Kreaturen in regelmäßigen Abständen große massive Türen ins meterdicke Mauerwerk eingebaut und sich im wild geschmiedeten Eisen mit ungeschlachten Figuren selbstdarstellerisch verewigt. Im Vorbeirennen streckten die missratenen Geschöpfe ihre verkrüppelten Gliedmaßen nach Alex aus und jammerten röchelnd und knarrend mit unartikulierten Lauten hinter ihm her. Was sie von ihm wollten? Seine Unsterblichkeit?

Eilig öffnete Alex die erstbeste Tür und stolperte hinein. Mit einem Schrei trat er ins Leere ...

Zappelnd an der pendelnden Tür über einem gähnenden schwarzen Loch hängend, sah er zu seinem Entsetzen einen meilentiefen Abgrund unter sich, in dem zähes Magma brodelte. Grummelndes Rülpsen im dämonischen Wortlaut grüßte unfreundlich aus dem Pfuhl. Giftige Schlackefontänen bespien den Neuankömmling. Die Sauerstoffzufuhr hatte man abgestellt. Flammenzungen krochen gierig leckend die Felsen empor – infernalische Willkommensgrüße!

Ein Knacken der maroden Tür rüttelte Alex aus der Lähmung. Sie stand jetzt sperrangelweit offen.

Der Mann trat sich von der schwarz verrußten Felswand weg, um mit Schwung auf die Schwelle zurückzukommen. Berstend rutschte der Rahmen aus der Wand. Steine splitterten, und mit krachendem Getöse fiel das gesamte tonnenschwere Stahlmonstrum in die Tiefe. Nach ewig hohlem Poltern verriet ein durchdringendes Zischen, wie sich das Magma um den Rest kümmerte. Schwer atmend hing Alex mit einer Hand an einem Felsvorsprung und wagte sich nicht zu bewegen. Er suchte über sich die Wand nach weiterem Halt ab. Nur drei Meter trennten ihn von der Öffnung, in der einst die Tür stand. Mit übermenschlicher Kraft zog er sich die Wand hoch und rollte sich keuchend in den Korridor hinein.

Ein gefährliches Fauchen drang aus der Tiefe. Sekunden später schossen grünblaue Stichflammen an der Öffnung vorbei. Hohnlachen, begleitet von markerschütternden Echos, durchkreuzten Alex' Hoffnungen auf baldige Beendigung dieser unangenehmen Situation. Er hatte keinen Bock mehr, hier seine Zeit zu verbringen.

Links von ihm befand sich aber die nächste Tür. Vorsichtig lauschend lehnte er den Kopf an und vernahm die grauenhaften Laute eines Foltercamps.

Eine Fensterklappe wurde geöffnet, und Alex blickte in die blutverschmierten Fratzen zweier Organchirurgen. Sie hielten Sezierwerkzeuge in den Händen und starrten sadistisch auf ihren festgeschnallten, vor unerträglichen Schmerzen schreienden Patienten, dem sie gerade die Bauchdecke geöffnet hatten. Seine Innereien hingen links wie rechts zuckend an der Pritsche herunter. Alex wurde schwindelig. Plötzlich schrie ihn einer der beiden Kerle an, rüttelte und schlug wie besessen mit einer Stahlspeiche an die Gitterstäbe. Ein Gemisch aus Blutschweiß und Crash-Eis rieselte Alex' Rücken herab. Schnell löste er sich von ihr und taumelte weiter.

Isolationsfolter beweist nur Vernichtungsinteresse, dachte Alex. Ständig zog es ihm den Boden unter den Füßen weg.

An der nächsten Tür hörte er das Wimmern und Weinen entnervter Menschen, die sich über das Ausmaß ihres Schicksals

entsetzten. Zu spät erkannten sie ihren Irrtum, einem Blender jahrelang ihr Vertrauen geschenkt oder sich ihm verschrieben zu haben. Alex hörte ihre grässlichen Worte, wie sie ihre Geburt verfluchten, und presste die Hände an die Ohren. Müde und fertig setzte er sich schleppend wieder in Bewegung.
Wie lange sollte er dieses grausame Spiel noch mitmachen? Er hatte Null Ahnung ...
„Mach einfach weiter", sagte er zu sich selbst.
„Weiter- weiter- weiter- weiter- ter- ter- er- er...!!!", lachte es schrill um ihn herum, als ob ein Dutzend Hyänen seiner Hilflosigkeit spotteten. Jäh fuhr ihm das Entsetzen durchs Mark. Sein Adrenalin schäumte. Alles tanzte um ihn herum, und schrilles Kaleidoskopgewitter brannte sich laserartig in seine Pupillen. Worauf habe ich mich nur hier eingelassen?, hämmerte es im Schädel des Gepeinigten. Das ist ja das reinste Gruselkabinett! Immer noch besser als tot, wie all die anderen Versager, trösteten ihn schwache Impulse der Selbsterhaltung.
„Tot? Bin ich nicht schon toooot?", hörte Alex eine rülpsende Stimme im tiefsten Bass laut verhallen.
Mit letzter Energie landete er bei diesem fragwürdigen Licht. Backofenhitze sowie nebliger Schwefelgeruch waberten hier. Alex' Lungen ächzten.
„Wo bin ich bloß?", hustete er.
Verschleiert erkannte er eine hohe, sechseckige Steinkammer. Jahrelang brennende Fackeln hatten die Wände verrußen lassen. Hier drinnen fühlte er sich gefangen wie in einem fensterlosen Turm. Das Licht rührte vom Flackern zweier ungewöhnlicher Hologramme. Langsam drehten sie sich in konverse Richtungen. Ihr bengalischer Schein kohärenten Lichts leuchtete die dunkle Kammer zuckend und schemenhaft aus. Knistern beherrschte die stickige Luft.
Langsam ging Alex auf diese beweglichen Gebilde zu. Er erkannte zwei auf Sockel gehobene, eigenartige Stühle von seltenem und unterschiedlichem Aussehen.

Der linke glich dem Sitz eines gewaltigen Tyrannen, wuchtig, böse und aus schwarzem Marmor. Kunstvoll herausgearbeitete, Furcht einflößende Fabelwesen und Zacken säumten gebieterisch und Macht gewohnt diesen Sitz. Eine große schwarze Kobra bewachte ihn und zischte wütend bei Alex' Ankunft.

Der andere Stuhl bedeutete jedoch das völlige Gegenteil: Ein durchsichtiger Thron aus geläutertem Gold. Sein Besitzer musste ein reicher, viel mächtigerer Herrscher sein als jeder andere von irgendeinem Land oder Planeten.

In einander abwechselnden Impulsen leuchteten die beiden Hologramme fluoreszierend auf.

Wo befanden sich ihre Originale? Gleichzeitig konnten sie sich nicht und niemandem original zeigen, denn viele, viele Welten, ja Galaxien lagen dazwischen.

Oder deutete es auf den Hinweis: Du hast die Wahl – Licht oder Dunkelheit? Du entscheidest(?).

Einem neuralgischen Punkt nahe, erkannte Alex von den Stühlen nur einige Umrisse. Wieso standen diese beiden Herrschersitze hier?

„... und es wurden Stühle gesetzt ...", schwirrte durch seinen Kopf. „Irgendwo hab' ich das schon mal gelesen ..."

Während Alex vor sich hin grübelte, meinte er wiederholt, von jemandem beobachtet zu werden. Heimlich ließ er den Blick durch die Kammer gleiten.

War da etwas? Nein – oder vielleicht doch?

Alex trat aus dem Lichtkegel, kniff die Augen zusammen und riss sie wieder auf. Im gleichen Moment knallte durch seinen Kopf ein Pistolenschuss, der, leiser werdend, sich hallend wiederholte. Funkenregen sprühten von der Decke und aus den Wänden herunter. Reflexartig presste er die Hände an den Kopf und warf sich auf die Steinplatten. Für Augenblicke verabschiedete sich sein Herz!

„Neeeeeiiiiiiiinn!!!", schrie er, auf dem Rücken liegend und mit den Füßen auf den Boden trampelnd, „Neeeeiiiinn ... ich muss sie alle befreien!"

Durch weiteres Schreien erkämpfte er sich die nötige Atemluft. Ein langes, ohrenbetäubendes Quieken, als wenn gerade ein wütender Keiler geschlachtet werden sollte, bekam er dafür als Antwort. Zischend schwappte brennendes Pech durch die Gangöffnung herein.

Alex sprang hoch. Unzählige Augenpaare beobachteten ihn aus dem schwarzen Nichts, wie entvölkerte Seelen, die im Licht ihre einzige Chance sahen. Die gelben, schwarz geschlitzten Augen tanzten mal hoch, mal runter, mal rechts, mal links, wie bei einem Raubtier, dessen Opfer jetzt fällig ist. Kalt, steril, unbarmherzig, dazu dieses ständige Grummeln, Bersten und Klopfen in der Tiefe. Oft klang es, als ob eingesperrte Menschen unter Tage um Hilfe schrien und unter Schlägen oder anderen Qualen wieder verstummten.

„Du musst dir das nicht antun. Du kannst gerne wieder zurück. Gehe einfach zurück, sonst wirst du nie in deinem Leben zur Ruhe kommen! Glaube mir, es ist für alle besser so", sprach auf einmal eine freundliche, tiefe, angenehme Männerstimme ihn an. Aus ihr hörte er Souveränität, Macht und Unabhängigkeit. Ihr Besitzer war ausgelernt genug, alles in seinen Bann zu ziehen. „Mein Blick reicht in deine Seele, und die Angst, die ich dort finde, werde ich benutzen, um dich zu besiegen! Hahahahaha ...!", hohnlachte sie gemeinsam mit den schauderhaften Augen und Echos ringsum. Alex sah sich als nächstes Opfer.

„Endstation! Alles aussteigen bitte!", plärrte eine Lautsprecherstimme an seinen Ohren. Zwei riesige und endlos lange ICEs rasten gegeneinander durch seinen Kopf hindurch. Das war selbst einem Hartgekochten wie ihm zuviel.

Seine Reise endete hier. Kraftlos schlug er auf einen der steinernen Sockel auf.

„Soll das in meinem Leben schon wirklich alles gewesen sein?", seufzte er, bevor die Besinnungslosigkeit ihn übermannte.

In letzter Sekunde spürte der Gequälte, wie die Umgebung mit ihm verschmolz. Er lokalisierte nicht mehr, auf welchem der Stühle er sich befand.

„Habe ich bis hierher alles richtig gemacht? Wie soll's jetzt weitergehen?", dachte er noch, als ungelöst das Unterbewusstsein ihn gänzlich vereinnahmte.

Damals bekam dieser Mann auf all diese Rätsel keine Antworten und blieb total sich selbst überlassen.

Ohne Halt und Plan fiel er abermals ins Koma ...

5. KAPITEL

Der Nächste bitte!

Vier Monate später ...

Während seines tausendjährigen Schlafes, Alex empfand ihn zumindest so lange, verlief alles ruhig, und es ging ihm relativ gut. Er wohnte mietfrei, hatte es warm und vergaß allen Stress – der absolute Lenz! Den ganzen lieben langen Tag konnte er schlafen, schlafen, nichts als schlafen. Essen und Trinken all-inclusive! Vom Allerfeinsten! Zufrieden ließ er einfach seine Seele baumeln und genoss den schönen Urlaub. Welch ein Glück auf Erden! Dabei legte der kleine Urlauber immer mehr zu und erhielt nach einer kurzen Zeit einen netten Kullerbauch. Alex streichelte ihn ganz stolz und machte sein Bäuerchen. Während er das wieder einmal tat, bemerkte er einen Strick. Seit geraumer Zeit wurde er für ihn gedreht und an seinem Bauch befestigt. Einerseits fühlte Alex sich dadurch sicher und geborgen, andererseits wollte er nun doch frei, eher ungebunden werden. Dieser plötzlich erwachte Freiheitsdrang überwältigte ihn, und er geriet darüber in völlige Panik.
„Was will ich mit diesem Strick? Woher kommt das Teil überhaupt?", fragte er sich erbost. „Ein Strick, ein Seil, eine Schnur, okay – und?"
Zunehmende Unruhe erfüllte Alex. Schlagartig erkannte er jetzt seinen Urlaub als beendet und sah sich erneut als Gefangener. Hektisch zerrte er an dem Seil herum, um es loszuwerden.
„Auuu ...!" Der stechende Schmerz fuhr ihm bis in die linke Zehe und ließ vor seinen Augen eine Supernova aufgehen. Die brachte ihn zur Besinnung. Sofort erinnerte er sich an die zurückliegenden Ereignisse.

„Soll mein Leben nur noch aus Schmerzen bestehen?", schüttelte er seinen kleinen Kopf. „Aha – verstehe! Man hat mich im Laufe der Zeit eingelullt, überrumpelt und dingfest gemacht!" So langsam begann der ungeduldige Schüler zu lernen und zu begreifen, danach zu suchen, was ihm fehlte oder ihn erfüllte. Dem ahnungslosen Anfänger wurde gezeigt, wo seine Defizite lagen, als Begründung dafür, dass es aussichtslos ist, hier fortzukommen. Sollte der Rekrut ein weiterer Proband von Erziehungsprozessen werden, die ihn nicht förderten, nicht weiterbrachten, sondern ihn klein halten sollten? Alex blieb scheinbar vorerst keine andere Wahl, als daran zu glauben, dass das einfach mal so ist. Wenn er doch zucken würde, hielt man sicher schon eine feste Bandage für ihn parat, mit der er später ruhiggestellt werden sollte! Genauso brauchte man ihn. Ein beträchtlicher Teil seiner Mitmenschen, unter anderem die Neider, Angsthasen, sekundären Freunde, also die späteren Feinde, waren daran interessiert, dass er bescheiden blieb, seinen Mund hielt, schön seine Steuern zahlte und immer ein schlechtes Gewissen bekam, wenn plötzlich in der Gegend die Bullen auftauchten. Genau die Einstellung behinderte sein Vorwärtskommen, seine Anlagen zu nutzen und auszubauen.

Man wollte ihn also jetzt ausbremsen – aha! Er sollte sich ein schlechtes Gewissen hineinprügeln und die Bestätigung finden: „So eine schöne neue weiße Weste, genauer gesagt: Zwangsjacke entspricht selbstverständlich der neuesten Mode! In ist, wer drin ist!" Oder so ähnlich.

„Jetzt nur nicht die Nerven verlieren, Alter! Irgendeine Lösung fällt dir schon ein. Na los, komm schon, lass dich nicht so betteln!", wurde Alex stetig ruheloser.

Es war wie verhext. Er hatte den Kopf nicht frei. Sein blockiertes Hirn meldete ihm nur seinen Urlaub zurück, mit der gönnerhaften Begründung: „Du hast es dir verdient! Es sind derzeit keine Kapazitäten frei für das Anlegen eines neuen Ordners, geschweige denn einer Datei in deinem Kopf! Tut mir leid ...!"

„Na, tolle Wurst – ein Kopfproblem …!"
„Schließlich habe ich genug damit zu tun, circa hundertfünfzig Millionen Dateien in der Sekunde anzulegen – blabla …!", verklickerte sein Hirnapparat ihm weiter in einem Fax. Fassungslos zerknüllte Alex den unleserlichen Wisch und warf ihn wütend in den Papierkorb.
„Hundertfünfzig Millionen Dateien in einer einzigen Sekunde? Pah! Wer das glaubt …!", spottete er und lief in seinem kleinen Zimmer auf und ab. Abrupt blieb der Überleger stehen. Soeben schlussfolgerte eine kleine Kombination irgendwo im Hinterstübchen, dass er sich gerade selbst verspottete. Irritiert betastete Alex von allen Seiten seinen Kopf. Er konnte gar nicht fassen, so eine spektakuläre Festplatte zu besitzen. Darüber grübelnd, nickte er wieder mal weg.
Inzwischen spürte der Urlauber merklich zunehmenden Platzmangel. Anfangs machte er sich keine weiteren Gedanken darüber. Seine Gewichtszunahme schob er weiter auf die gute Verpflegung. Den Mangel an Bewegung gab er weniger zu.
Es kam aber der Tag, wo sich eine penetrante Klaustrophobie einstellte. Den Termin ihrer Manifestation hatte sie angeblich früher festgelegt. Wütend darüber, übergangen worden zu sein, in ein größeres Appartement verlegt zu werden, tobte Alex in seinem winzig gewordenen Urlaubsdomizil herum.
„Ich glaub' es nicht! Ich werd' noch verrückt hier! Die haben mich in eine Gummizelle gesteckt!", kam er dahinter, und seine Gesichtsfarbe wechselte in Krebsrot. Entsetzt trat er um sich. Nach einer weiteren Attacke verschnaufte er und wurde etwas ruhiger.
„Langsam wird es eng für mich. Also brauche ich doch nur ein größeres Zimmer, mehr Spielraum! Was ist daran so schlimm? Also reiß dich jetzt zusammen!"
Gerade wollte er zum Hörer greifen, um einen Termin für eine Zimmerverlegung zu vereinbaren, da klingelte plötzlich das Telefon. Zögernd nahm er ab und vernahm am anderen Ende eine Frauenstimme:

„Hallo, schön, dass ich Sie jetzt erreiche – es war die ganze Zeit bei Ihnen besetzt. Ich soll Ihnen ausrichten, das Empfangskomitee wartet bereits seit null Uhr fünfundzwanzig auf Sie!"
„Ich danke Ihnen! Bis gleich", freute sich Alex. Erleichtert warf er den Hörer zurück auf die Gabel. Das eigentliche Gespräch hob er für paranoide Psychopathen auf. „Null Uhr fünfundzwanzig? Fünfundzwanzig Minuten für einen Traum? Oder lebe ich etwa schon so lange ...?"
Schnurstracks verließ er sein Fünf-Sterne-Appartement. Eilig wirbelte er das Hotelfenster auf und ließ sich schwungvoll an seinem Seil hinab.
Scheinbar hatte jemand seinen Ausbruch bemerkt. Kaum hatte er Boden unter den Füßen, kippten ihm mehrere Gestalten oben aus dem Fenster eine warme Flüssigkeit mit undefinierbarem Inhalt über den Kopf und warfen den schweren gusseisernen Zuber hinterher. Der Flüchtling konnte gerade noch so ausweichen. Sein Kopf wurde aber dennoch leicht von diesem polternden Ding gestreift. Alex zeigte den Typen oben am Fenster noch einen Vogel und verschwand in der russischen Winternacht.

Stella hatte atemlos zugehört. Sie konnte sich dennoch auf das Gesagte keinen Reim machen und vermied es, mir darüber Fragen zu stellen. Sie ahnte, dass die Lösungen all der Rätsel nicht lange auf sich warten ließen. Gegen Morgen verdrückten wir uns aus dem Nachtlokal ...

6. KAPITEL

Gestatten, Orlow! Alexander Orlow!

Er ist von hohem Wuchs – einsneunundachtzig.
Blaue Augen glänzen verschmitzt, in den Winkeln kaum sichtbare Lachfältchen gekerbt. Insgeheim verraten sie mehr über seine Draufgängereien.
Seine Ohren filtrieren die hellen, bunten Klänge seines Umfeldes, umgeben von einem dichten dunkelbraunen Schopf.
Die Nase hat sich an den Gegenwind gewöhnt.
Er hat immer ein Lächeln auf den Lippen.
Liebe Frauen wissen seinen Mund zu schätzen.
Furien und Hexen hassen und fürchten ihn.
Sein Teint wirkt manchmal blass. Der Pfad des Lichts lag in den Schatten verborgen.
Wärme und unendliche Sehnsucht senden seine Blicke.
Er ist nicht der Aufreißer-Typ, sondern besitzt eher eine verhaltene Ausstrahlung. Dieses Charisma ist sein persönlicher Sicherheitsbereich.
Sein Herz ist groß und weit.
Seine gepflegten Hände sind geschickt, fleißig und sehr zärtlich.
Jene Züge zeugen von russischer Aristokratie.
Seine Geduld und Güte werden von vielen Leuten unterschätzt und benutzt.
Uneingeweihte amüsieren sich hinter seinem Rücken.
Sie vermuten anscheinend, dass er nicht bis drei zählen kann.
Wie oberflächlich!
Akribisch verfolgt er Lügner, Lutscher und andere Lumpen bis in die letzten verrauchten Winkel oder lässt sie am Knie unten abtropfen.

Er ist nicht jedermanns Typ und will es auch nicht sein.
Sein Charakter ist schwierig. Viele verstehen ihn nicht.
Das liegt wahrscheinlich an ihrer Lüge, Dummheit, Kälte, Feigheit, Frechheit, ihrem Zorn, Hass, Neid, Götzendienst und Zank.
Die Welt um ihn ist jeden Tag voller Überraschungen. Er unterscheidet sie mit Wahrheit und Klarheit.
An seinem Gang sehen Sie bereits, mit wem Sie es zu tun bekommen. Ich habe noch nie so einen Mann gesehen, der sich in seinem schwarzen Anzug wie ein Panther bewegen konnte.
Seine Ziele beflügeln seine Schritte, denn sie warten ungeduldig auf ihn.
Herausfordernd und sicher ist sein Auftritt.
Bodenständig und solide erfüllt er seine Pflichten.
Gelassenheit hält sein Wesen im Gleichgewicht.
Blitzschnell entscheidet er und fragt nicht hinterher, ob es falsch oder richtig gewesen ist.
Er meidet die Schmiede des Hinterhalts und ihrer Niedertracht, mit ihren scheinheiligen Meistern bzw. Meisterinnen und ihren selbstbeweihgeräucherten Pharisäertümern.
Gute Hoffnung hält ihn jung und gelassen.
Sein ausgeprägter Humor ist nicht totzukriegen.
Mit seiner Ausgeflipptheit erfrischt er die griesgrämigsten Spießer und Skeptiker.
Jeden Zuhörer brachte er zum Lachen, jedem Abhörer das Grauen.
Einige Individuen wagten sich schon sehr weit vor. Unverrichteter Dinge zogen sie wieder ab.
Dieser Mann konzentriert sich nur nach oben.
Für Tränen braucht man Mut.
Das Klavierspiel erzeugt in ihm Frieden und Kraft.
Andere regeln ihre Ausgeglichenheit mit Thai-chi, Yoga, Tantra oder Pilates. Experten bevorzugen Kamasutra. Auch nicht schlecht, wem es gefällt.

Sie können mit ihm stundenlang über alles reden.
Manchmal redet er mit sich selbst.
Lange wurde ihm untersagt, Mensch zu sein! Nur Pflichten und keine Rechte!
Feinde wünschen ihn längst hinter Schloss und Riegel!
Wenn Sie ganz still sind, dann hören Sie irgendwo sein leises Kichern.
Er sagt: „Wenn du keinen leichten Treffer hast, wirst du auch nichts ..."
Denken Sie von ihm, was Sie wollen.
Es kann auch sein, dass er das ganze Gegenteil von dem ist, was hier steht.
Vielleicht – vielleicht aber auch nicht ...

„Entschuldigung! Kennen wir uns ...?"

7. KAPITEL

Mit Kostüm und Maske

Dresden, Cocktailbar, Montag, 23.45 Uhr, Alexander, Stella und ich

„... Zu diesem Thema werden aus gewöhnlichen Gesprächen, Talkshows, Heimatfilmen, Klatschzeitungen oder sonstwoher Begriffe, Dialoge, Testergebnisse und heiße Tipps aufgeschnappt, versuchsweise kopiert, ohne nachzudenken ins Leben installiert, wobei hinterher die Resultate zu wünschen übrig lassen," bemerkte Stella zu unserem heutigen Thema: Ist meine Beziehung leidenschaftlich? „Hast du schon mal dein Herz verloren oder eher so platonisch, wie bei den meisten Leuten? Oder hattest du wieder nur eine fantastische Beziehung, am Ende eine Kräfte raubende Beziehungsdramenmixtur?", fragte sie Alex plötzlich zu so später Stunde. Meinen Bruder nervte sichtlich dieses Thema, zumal er frisch geschieden war und Abstand davon nehmen wollte.

„Wieso fragst du mich das?"

„Ich nehme an, wir haben alle unsere Geheimnisse, und es ist wichtig, loyal zu sein."

„Ich gebe keine Interviews mehr!"

„Es kommt darauf an, wem man vertraut. Ich meine, ich bin deine Schwester ..."

„Die Frage ist wirklich persönlich. Sie bleibt aber für mich persönlich."

„Du bewegst dich so, wie du es selber zulässt ...", sagte ich.

„Du bist nicht mein Beichtvater!"

„Ach, komm schon! Du hast uns doch immer vertraut!"

„Dann erkläre mir, wieso es hier plötzlich ungemütlich ist?"
„Ich weiß! Es wird auch unbequem bleiben, wenn man diese Frage im Leben ständig beiseiteschiebt."
„Was verstehst du schon vom Leben?", brummte er und löschte den aufkommenden Frust mit einem Bananenweizen aus.
„Nicht viel! Ich dachte nur, du könntest mir dabei helfen?"
„Ich bin nicht von der Klatschpresse!"
„Es ist kein Wort von Liebe gefallen!"
„Stimmt, hätte ich fast vergessen. Alle reden und reden darüber, aber nur hinter vorgehaltener Hand, nicht öffentlich, verstehst du? Keiner plaudert so leicht über seine ... na, du weißt schon. Das Kerngehäuse ist nicht süß!"
„Du solltest mir doch nur meine bescheidene Frage mit Ja oder Nein beantworten, nichts weiter!"
„Okay, was wollt ihr hören? Von jenen Beziehungen mit verstimmten Hymnen wie: Oh Schatz – ich liebe dich! Oder: Du bist die Einzige auf dieser Welt – nur du allein ... und so weiter?"
„Zum Beispiel ..."
Das Bananenweizen hatte seine Wirkung nicht verfehlt.
„Da habe ich einige Beispiele, auf dem Niveau von Tretmühlen", entschloss er sich nun doch zu reden.
„Klingt beunruhigend lustig!"
„Das frisch verliebte Paar spaziert ineinander verhakt und umeinander gewickelt durch die Straßen und demonstriert somit allen Leuten, was wahre Liebe ist ..."
„Sprichst du jetzt von dir, oder ...?", fragte ihn meine Schwester.
„Ich spreche von der Realität, wie immer!", unterbrach er sie leicht unsanft. „Noch Fragen?"
Wir verneinten ergeben und lachten augurisch. „Während sie scheinbar glücklich ist ...", fuhr Alex fort, „... schließt sie die Augen und hängt als Klette an seiner Schulter, checkt aber nicht, dass seine Augen längst nach der nächsten Jule Ausschau halten, die seinen plump-vertraulichen Flirt mit einem sauren Lächeln quittiert, um danach in seinem Rücken die Augen nach oben

zu verdrehen und weiter gelangweilt die Schaufensterauslagen begutachtet. In ihrem Hinterkopf kreist aber immer noch der Gedanke: ‚Was für ein tolles Guppymännchen!'

Überhaupt sind Frauen, besonders in den Sommermonaten, einer kontinuierlichen Fleischbeschauung geiler Gaffer, aus dem Inneren ihrer verqualmten Fahrerkabine oder auf dem Rad- oder Fußweg entgegenkommend, ausgesetzt. Zitat einiger Exponate: ‚Man weiß überhaupt nicht mehr, wo man noch hinschauen und hinlaufen soll!' Nur besondere Frauen fühlen sich durch dieses Selektieren und Begutachten bestätigt, weil sie das auch so wollen ..."

Stella zog bei diesen Worten die Stirn in Falten und schloss für einen Lidschlag die Augen, aber sagen dazu wollte sie nichts.

„Okay, zurück zur Mixtur: Es folgen sinnlose Spiele ihrerseits wie: Joghurtfüttern mit dem hellblauen Plastiklöffel – aaaach ist das schön! Er frisst ihr aus der Hand; so zahm hat sie ihn schon unter Kontrolle. Anschließend kneift sie ihm wie einem Baby in die Wange und zwitschert mit vorgestülptem Mund und zusammengekniffenen Augen: ‚Nu – mein Schnuckelchen?'

Oder: In der Kneipe bestellen sie nur eine Mahlzeit mit zweimal Besteck und stochern sich gegenseitig die besten Happen weg – ooch, wie niedlich, diese Vorzeigebeziehungen! Von versalzten Kartoffeln, über's Falten-ins-Hemd-Bügeln zum Bierkasten-ins-dritte-Geschoss-Wuchten produziert die Angetraute künstlichen Stress auf Halde. Altklug streut sie in jedes Nachbargespräch ihren entbehrlichen Kommentar, wiederholt sich immerzu unpassend und quatscht natürlich von Stress, viel Arbeit und weiterem blöden Zeugs da. Zum Beispiel bei der Wäsche ist sie total überfordert. Mit dem leeren oder vollen Wäschekorb in der Hüfte (einige Wäschebratzen merken manchmal nicht, ob der Korb voll oder leer ist) fegt die unzufriedene Tippse wie eine Bekloppte über die Wiese von einer Leine zur anderen und gafft dabei in jedes günstig gelegene Fenster, damit sie auch von jedem Mitbewohner gesehen wird. Der Nachbarschaft erklärt sie zum dritten Mal, wie stressig ihr Waschtag abläuft, seitdem ein neuer Partner bei ihr eingezogen ist, als ob sie bei vier Tangas, drei Söckchen und zwei Push-ups die Kleidungsstücke von ihm oder von Generationen in die Trommel gestopft hätte. Dabei dreht sich das halbvolle rumpelnde Ding im Keller oder Badezimmer von ganz alleine. Nach der Plauderstunde auf der Etage lehnt sie erschöpft an der Küchenwand mit einer Tasse löslichen Kaffees in der Hand und beäugt giftigen Blickes die monatliche Fixkostenliste an ihrer Pinnwand:

Einkommen netto (beide)	2200.00 €
Miete (Zweiraumwohnung)	450.00 €
Leasingraten (Auto, beide)	700.00 €
Benzin (beide)	300.00 €
Strom	30.00 €
Telefon; Internet	30.00 €
Handy (beide)	40.00 €
Essen, Trinken (beide)	250.00 €
alle Versicherungen (beide)	170.00 €
Rechnungen (monatliche Raten)	180.00 €
Urlaub (monatlich gespart)	200.00 €
Gesamt	minus 160.00 €

‚Jeden Monat dasselbe Scheiß-Spiel! Wir kommen nie auf einen grünen Zweig!', schreit sie und lässt im Keller den Stromzähler rattern – absolute Vollmeise! Am nächsten Tag kommt der eingebrachte Singlegeschirrspülautomat an die Reihe. Sie kann den Alltag einfach nicht verwalten …"
„Zwei Drittel leben in Deutschland auf Pump – eine Volkskrankheit! Keiner will zurückstecken! Da bekomme ich Jetis in der Hose! Dabei wäre alles so einfach …!", regte ich mich plötzlich auf.

„Moment mal! Was ist mit denen, die ihren Job verlieren, sich vorher ein Haus bauten und andere Anschaffungen tätigten?", meldete sich Stella zu Wort.
„Ich meine nur die, die über ihre Verhältnisse leben, Schicksalsschläge ausgenommen!"
„Worauf würdest du verzichten, wenn jeden Monat das Geld fehlt?"
„Drei Jahre konsequent kurztreten, die Augen aufmachen und preiswerter einkaufen, Sonderangebote nutzen, mal auf den (Traum)urlaub verzichten, nur Gebrauchtwagen fahren, Sprit und Strom sparen und nach einer weniger teuren Miete Ausschau halten!"
„Macht zusammen ...?"
„Plusminus Null, aber es funktioniert, und ich habe keinen Schuldenberg am Ende des Jahres von fast 2000 €! Der wird ja sonst immer höher! Nach drei Jahren können das leicht 7000–8000 € werden, mit Rechtskosten. Übrigens: Es gibt keine zu hohen Kosten, nur zu wenig Einkommen ...!"
Vielleicht glaubte mir mein Bruder nicht, sondern dachte vielleicht, ich hätte jeden Bezug zum Geld verloren. Vielleicht sah das aber bloß so aus ...
„Gegen Mitternacht", setzte er fort, „wenn ihr Traummann von seinem Traumjob mit monatlich 6000 € brutto, in Wirklichkeit aber mit 600 € netto, sprich: Callcenter, Autoverkäufer, Abendstudium, was weiß ich, nach Hause kehrt, springt sie von der Couch herunter, auf der sie seit drei Stunden auf ihn bei einer Sitcom in der Glotze wartete oder telefonierte. Gurrend überrascht sie ihn mit einem Wahnsinns-Drei-Gänge-Menü: Halbes Glas stilles Mineralwasser (wegen der Blähungen), Light-Minuten-Terrine oder Schweizer Rösti an Sirup mit Vortags-Diabetiker-Joghurt. Sie selbst ist auf dem Bio-Trip, knuspert an einem welken Bio-Salatblatt und nippt am stillen Bio-Wasser. (Wie gesagt: Nur da, wo Scheiße draufsteht, ist auch Scheiße drin!)

‚Schatz? Was machst du?', fragt er plötzlich völlig entgeistert, als sie beginnt, sich eine ungeschälte Banane in den Mund zu schieben. Sie hält inne, beißt ab und sagt mit vollem Mund:
‚Was hast du? Wusstest du noch nicht, dass man bei den Bio-Bananen die Schalen mitessen kann?'
‚Nein!'
‚Sind dir noch nicht meine schönen neuen Bio-Gläser aufgefallen?'
‚Nöö ...!'
‚... und meine neuen Bio-Schuhe, mein neues Bio-Haarspray, das man auch für eine Bronchitis nehmen kann?'
‚Häää ...?'
Nach diesem leckeren Dinner maßt sich die Telefonistin an, ihren Callcenteragenten zu fragen:
‚Und – Schatz? Hab' ich etwas Feines gekocht? Hat's dir geschmeckt?' Darauf fragt er sie permanent:
‚Schatz? Liebst du mich?'. Wenn sie zum hundertsten Male mit ‚Ja!' antwortet, schlägt er wie ein Laubfrosch mit Rheuma drei Loopings im Wohnzimmer."
„Seine Freude gleicht dem eines lallenden Babys!"
„Und weil er momentan so super drauf ist, wird auch gleich eins gemacht, um irgendetwas zu beweisen. Vor lauter Erregung regt sich nichts bei ihm im Mittelstand. Mature – Mama textet ihn animierend zu, wie toll er doch ist, auch ohne der blauen Pille, und endlich, beim fünften Anlauf, beweist er mit Bierchensex seine ganze Manneskraft und schwitzt frei von der Leber den ganzen Saft um sich, sodass die Nachbarin auch noch etwas davon abkriegt! In diesem penetranten Affentheater fühlt er sich stark und meint der absolute King (Kong) zu sein! Ist Euch das auch schon aufgefallen? Ganz gestandene, sowohl Männer als auch Frauen, kennen niemanden mehr, sobald sie sich in festen Händen wähnen."
„Je verknallter die sind, umso größer wird ihre Multimediashow!"
„Aber dann, nach dem großen Krach, kommen sie alle angerannt und wissen auf einmal wieder, wo du wohnst! Diese XY-Chromosomen vergessen ihre Herkunft!"

„Danke für nichts!"
„Mit Bittbriefen und Schleimspuren versuchen sie deine Gunst zu erwinseln! Dir fängt es an auf den Sack zu gehen!"
„Eine Menge verrückter Scheiße kommt da auf dich zu."
„Der Lutscherpapa will an deine Kohle ran – ihm geht es ja jetzt so dreckig, obwohl er seinen Traumjob als bekleckerter Schlipsträger behalten konnte."
„Und Lutschermama?"
„Sie ist heißer als ein frisch gefedertes Huhn aus der Mikrowelle. Du fühlst dich dann wie von Primaten umgeben!"
„Nur Glucks- und Grunzlaute!"
„Wisst ihr, was ich mir wünsche? Die Leute sollten sich nur einmal so verhalten, wie ich es nie von ihnen erwarte!" Alex und ich schauten uns an.
„Warum sagt ihr nichts ...?"
„Vielleicht ist dies schon eine Antwort auf deine Frage?", meinte Alex.
„Okay, vielleicht riecht das schon wieder nach so einem esoterisch angehauchten Konzept zur persönlichen Bewusstseinskontrolle – sprich Gehirnwäsche."
„Na ja, für manche ist es ja doch eher eine Vakuumspülung, weil sie anscheinend beratungsresistent geworden sind; ist überaus beruhigend."
„Einige werten dieses Thema sowieso nur als kompletten Blödsinn!"
„Ich sage, wie viele vor mir: Grinse und halte es aus!"
„Und ich habe diesbezüglich mehr Kniffe vergessen, als andere je kannten!"
„Du nimmst mir's doch jetzt nicht übel? Manchmal bin ich eben nur noch peinlich! Es ist so schön, ein Schwein zu sein – stimmt's?"
„Dieses Verhalten habe ich mir bereits mit sieben Jahren angewöhnt. Schon in der Schule lief es nicht anders. Alle saßen im Klassenzimmer und ich eben draußen auf dem Gang, aber

nur die ersten zehn Minuten. Bis zur Pause war ich auf dem einen oder anderen Mädchenklo verabredet; mal mit Susi, mal mit Kathrin und insbesondere Ramona, die kleine süße Kaffeebohne mit ihrem Espresso-Charme. Anfangs tauschten wir ganz wild und aufgeregt Kaugummibilder. Später stellten wir einstimmig den ganzen Laden auf einschlägige Magazine, wassergefüllte Kondombomben, geklaute Fahrräder und Kippen um. Verschnittenen Koks in Tütchen gab's damals bei uns noch nicht, nur getrocknete Kirschblätter. Hätten wir, ehrlich gesagt, auch nicht benötigt!"
„Wir waren unsere eigene Droge!"
„Und an eine große Kohle brauchten wir auch nicht zu denken."
„Diese Alu-Chips waren keinen Pfifferling wert!"
„O Mann! Wo ist die Zeit bloß geblieben? Die späten Siebziger haben wir ausgepresst wie Limetten!"
„Ein guter Bulle ist eben wie ein guter Stier."
„Ist das nicht dasselbe?"
„Nein! Ist es nicht! Wenn du bei den Ladys landen willst, musst du oftmals deine Kerne riskieren ..."
Ich wiegte meinen Kopf auf den Schultern und schaute zu Stella hinüber.
„Was schüttelst du mit dem Kopf?", fragte mich Alex, „dir ist anscheinend nicht klar, wie die Sache läuft. Wie willst du klarkommen, wenn dich (solche) Primitivlinge fertigmachen?"
Ich zuckte kurz mit den Schultern, denn mein Leben bot mir bisher keine dieser Situationen.
„Stell dir vor, du bist im netten Urlaub, Jamaika, Barbados – herrliche Sandstrände, leckere Schirmchendrinks; überall unheimlich nackte, braungebrannte Bräute um dich, und irgend so ein Penner will eine von deinen Partyluderchen abzweigen. Was machst du da, he?"
„Sag du es mir!"
„Fühl' dich nicht bedrängt, mir sofort alles mitzuteilen! Okay, ich mache dir einen Vorschlag: Einer meiner Leute hier bringt

dir in den nächsten Minuten das Vetobook! Die Eintragungen bewerte ich nächste Woche oder wenn ich mal Zeit dafür habe." Wir mussten über sein Selbstvertrauen grinsen.
„Also pass auf, was du da machst!", ackerte mein Bruder weiter, ohne sich im Geringsten stören zu lassen. „Du gehst auf den Pussyboy zu, sagst diesem Strumpfhosenschädel, dass du hier der Daddy bist und er die Bande eurer Freundschaft überdehnte! Falls ein dummes ‚Ach leck' mich'-Gebell von ihm kommt, fragst du höflich diesen Gesichtselfmeter, ob er heute schon die Bordsteinkante geleckt hat! Wenn er so dämlich ist, dass es kracht, machst du ihm klar, wie er schnellstens seinen Arsch hinausschaffen soll, sonst machst du dir seine zusammen getrockneten Kerne zu deinem persönlichen Privateigentum – okay? Schaffst du das? Was ist? Schiebst du eher 'nen ruhigen Maik oder markierst du den Rambo ...?"
Ich stand wortlos auf und pendelte in die Richtung, wo die Tür zum Klo sein musste. „Geh' mal schön Gassi!", hörte ich ihn noch lästern, bevor sich die Tür hinter mir schloss. Instinktiv nestelte ich am Hosenbund, sah mich aber in einem kleinen Treppenhaus stehen statt in der Herrentoilette. Zu meinem Erleben musste ich, einem kleinen Hinweisschild folgend, mit der übervollen Blase noch in die nächste Etage steigen, um mich von dieser zentnerschweren Last zu befreien, die sich anfangs nur tröpfchenweise aus mir herauszulösen versuchte.
Als ich vom Klosett des Restaurants zurückkam, in dem wir seit Stunden saßen, fragte Alex noch sarkastisch:
„Und – Frieden am Zaun?"
„Klar, Mann – wir sind doch unter uns! Aber das Nörgeln macht dir langsam Spaß, wie?", erwiderte ich.
„Möchte sein! Hab' ich alles nur von euch gelernt!"
„Du meinst – gekupfert!"
„Meinetwegen – ist doch egal! Prost!"
„Hast du schon mal den Tag mit Lutschern verbringen müssen?", fragte mich Alex, während sein Blick auf eine Gruppe

Gäste an den anderen Tischen deutete. Ich verzog mein Gesicht zu einem geistlosen Fragezeichen. „Ja ja, hast schon richtig gehört, mit Lutschern!"

„Wie ist das gemeint?"

„Ganz einfach! Der Lutscher ist einer, der sagt nicht, was er denkt, und tut nicht, was er sagt!"

„Ach den oder die meinst du! Ist ja ulkig! Das müssen wir gleich mal näher untersuchen ..."

„Du sagst es! Sie gibt es wie den Sand am Meer, und sie vergiften die Umwelt, so eine Art Ölpest. Es könnte so schön sein, so schön – ohne sie. Aber leider vermehren sie sich mit einer Schnelligkeit, bei der selbst die Ratten darüber neidisch werden. Lutscher sind stolze Zweibeiner. Sie denken, sie wären aus ganz besonderem Holz! Ihre Doppelläufigkeit manövriert sie jedoch in Überlastungssituationen hinein. Das Gen dieser Fehlentwicklung unterstützt daher einen gewissen Prozentsatz der natürlichen Auslese. Blitzgescheite unter ihnen erkannten diesen Nachteil und versuchten ihn nunmehr mit der einseitigen Zuwendung einer Situation umzukehren."

„Die totalen Managementsnullen!"

„Lutscher sind das Letzte! Trotzdem gibt es ausgefeilte Individuen unter ihnen. Ständig triffst du auf sie: in der Masse, in der Szene, auf der Straße und in jedem Winkel – überall! Am Schlimmsten sind sie jedoch in Chef- und Vorstandsetagen unterwegs ..."

„Gib einem Dummen die Macht! Soviel Verlust kannst du gar nicht organisieren zu verarbeiten!"

„Wenn ich auf Lutscher treffe, sei es beruflich oder privat, wetzt sich bei mir irgendwo ein Messer in der Tasche! Ich habe derzeit einen ziemlich hohen Verschleiß an Klingen. Ein schwedischer Stahlkocher hatte neulich schon Probleme mit der Nachlieferung ... grins. Du erkennst einen Lutscher auf der Straße nicht sofort. Er tarnt sich geschickt und taucht in der Masse unter. Amateure dieser Sorte benutzen die für sie altbewährte Tarnfleck-Strumpfmaske mit Ratzefummel und Ärmelschoner.

Chamäleonartig hält er sich recht und schlecht über Wasser und gibt seinen öden Miss-Stand nie zu. Drahtig elastische Außenhaut bewahrt den glitschigen Glibber. Clever gibt er sich und ist scheinbar Herr der Lage, solange keiner seinen verdorrten Wurmfortsatz zu packen kriegt.

Sie fegen in gepimpten offenen Damencabriolets quer über rote Ampeln und müssen jedem stehen gebliebenen Hinterhergaffer zeigen, wo es lang geht und wie gut das ist. Dabei sitzen sie stolz erhobenen Hauptes hinterm Lenkrad mit der Sonnenbrille im Chaos-Look bzw. Pickelvorhang. Zurückgelehnt, den dünnen Arm auf der Tür, genießen sie die Sonnenseite ihres Lutscher-Daseins und wippen ihre Kokosnuss zum Takt der längst verhallten Hipp-Hopp-Klänge auf und ab."

„Voll die Checker und Player! Die legen 'ne tolle Brisanz auf der Bühne hin!"

„Ihr steifer Nacken duldet kein Rechts und kein Links. Nur aus den Augenwinkeln tasten sie listig und beflissen das Umfeld ab – windige Hunde! Leider endet ihre Fahrt in der Sackgasse, und diese Muttermilch trinkenden Fahrradfahrer heulen nachher am Tresen wie räudige Kojoten über das verrissene Leben."

„Als ob das Leben für sie ein Lotterieschein mit Gewinngarantie sein muss, der umherspringt, um anschließend, eingelöst, kofferweise durchnummerierte Banknoten nach links und rechts auszukippen!"

„Sie versuchen sich dadurch aus ihrem finanziellen Engpass und Popularitätstief herauszukatapultieren. Voll die Klauenseuche! Alle Lutscher haben sich durch ihr Benehmen einen Namen gemacht. Sie klingen durchweg gleich. Spätestens, wenn sie sich bei dir mit: „Gestatten, Wixer – Bernie Wixer!", vorstellen, weißt du, dass es an der Zeit ist, zu verschwinden. Bernie ist die Ableitung oder Beugung von Birne, den Rest kannst du dir denken!"

„Total bebirnt!"

„Der Lutscher hetzt von einem Termin zum anderen und macht sich unheimlich wichtig, weil er meint, unersetzlich zu sein. Mit

endlosem Blabla dekoriert er unpraktisch den Tagesablauf und glaubt in die Gänge zu kommen. Er kann machen, was er will, sich auf den Kopf stellen und mit der Wurstspalte Fliegen fangen – man erkennt ihn sofort: Leider ist da ein Kotstift in seiner Hose, der ihn verrät.
Wer kann schon sein borniertes Geschwule (dieses Wort finden Sie nicht im Duden. Es passt dort aber ganz gut zwischen Geschworene und Geschwulst hinein) erriechen? Die Chemie stimmt einfach nicht! Ich muss da weg oder er fliegt hinaus – bin da konsequent!Schlimm wird es, wenn der Lutscher versucht, mit Deos vom Sonderpostenkrabbeltisch im Kassenbereich aus einem Konsumtempel seinen Gestank zu kaschieren. Er lächelt frech darüber und schlüpft in seine wochenlang getragenen ausgeleierten Boxershorts ..."
„... Ohne vorher geduscht zu haben ...!"
„Das ist noch nicht alles. Die Lutscher unterscheiden sich ein klein wenig – man kann sie nicht alle in denselben Topf werfen. Den König der Lutscher erkennst du folgendermaßen: In einem Raum befinden sich circa dreißig bis vierzig Leute, aus welchem Anlass auch immer. Alle sind schick gekleidet und gut drauf. Jeder hat etwas zu erzählen, zu witzeln, nur einer nicht: Der hat etwas zu sagen – denkt er jedenfalls. Dabei ist dieser Tennisball zu dumm, um aus dem letzten Busfenster einer Kaffeefahrt zu winken! Der Lutscher knüpft also hier und da Kontakte und ist natürlich ganz selbstverständlich im Rudel mit aufgenommen. Exemplarisch gesehen, verschaffen sich einige ganz Dreiste optimalen Ausgleich zu ihrem Geiz und lauwarmen Junkfood, indem sie während der Mahlzeiten wie selbstverständlich mit einem spitzen Lächeln ihrer immer hungrigen Mäusegesichter die Pommes oder Obststückchen von den Tellern unter den erstaunten Augen ihrer Tischnachbarinnen süß naschend stibitzen, um sich ihren Ernährungszustand nicht weiter erheblich herunterzureduzieren. Alles locker, alles easy – tutti paletti! Schön ist das Fingerfoodleben! Dabei wissen diese Überlebenskünstler nicht,

dass sie längst zu den Mitessern (Schmarotzern und Blutegel) gezählt werden. Er fühlt sich sauwohl, der Lutscher ..."

„...!"

„Was?"

Ich konnte nicht sprechen. Mein Mund war zu voll und zeigte auf den übernächsten Nachbartisch.

„Es ist aber nicht so, wie es zu sein scheint, denn ein aufmerksamer Beobachter merkt, wie sich mittlerweile der Raum mit Ungeziefer füllt und der Rest der Belegschaft zu spät begreift, weshalb sie auf einmal angesteckt wurden. Ein Grippevirus hat alle überfallen! Der Virus der Affengrippe! Alle sind unheilbar durch den Skural-Index versaut und verseucht. Als Zecken sitzen sie fest im Pelz und lähmen das Gehirn. Die Marionetten ringsum verstricken sich grotesk in ihren hampelnden Bewegungen, fallen auf den Rücken und fuchteln hilflos mit allen Vieren in der Luft herum – grüne Maikäfer mit Diabetes! Niemand vollzieht nach, warum das Karussell nicht anhält, sondern immer schwindeliger dreht. Die Leierkastenmusik gibt noch ihren Senf dazu."

„Kein Wunder, wenn die grauen Zellen verbrennen."

„Lutscher sind gefährlich und vergiften mit ihrer Furcht die Menschheit. Sie wollen an die Macht und überziehen den Erdball mit ihrem klebrigen Loser – Sekret. Oder glaubst du wirklich, dass es den Leuten angenehm ist, während den Mahlzeiten im Fernsehen suggeriert zu bekommen, wie der Zahnbelag durch Plaque und damit übler Mundgeruch entsteht, wie appetitlich Haarschuppen sein können, wie Fuß- und Schimmelpilze die Haut zwischen den Zehen oder sonstwo zum Jucken bringen oder in der Nacht durch entsprechenden Schutz nichts mehr auslaufen wird ..."

„... und das immer und überall, selbst im Marmeladenglas, die hübschen Milben auf dich warten ...?", lud ich nach. Unsere Tischnachbarn snackten gerade irgendwelche Chips und rümpften ihre Nasen. Wahrscheinlich hatten sie uns die ganze Zeit zugehört.

„Was sagt ihr? Eklig? Pervers? C'est la vie oder schaltet die blöde Mattscheibe aus, die den Appetit und Verstand vergiftet. Prost!", rief Alex zu ihnen hinüber und widmete sich seinen nächsten Ausführungen. „Weiterhin wollen Lutscher den Preis nicht bezahlen und versuchen, doch an den Schatz zu gelangen, mit List und Tücke. Unkontrolliert fallen sie mit der Tür ins Haus, was ihnen ganz recht ist. Sie können sich dadurch den Rückzug freihalten, denn Verpflichtungen meiden sie wie der Teufel das Weihwasser! Oder sie delegieren gern. Sie sagen dir, wo es lang geht. Sie sagen dir, wie du zu gehen, zu stehen, zu lachen hast, was du essen sollst und wie du dich zu kleiden hast. Und du merkst nicht, wie sie dich steuern und dahin dirigieren, wo sie dich am liebsten hinwünschen, in die Gosse! Du bist blind vor so viel Freundlichkeit, Liebe, Vertrauen und Wärme. Ohne Widerrede akzeptierst du ihre Meinungen und bist nur am Schlucken, willenlos für den nächsten Akt. Falls du trotzdem nachdenkst und ihnen auf die Schliche kommst, gilt es alles zu beweisen. Sie werden dich zermalmen! Du bist ihr Feind, weil die Wahrheit deine beste Freundin ist. Die Wahrheit! Die Wahrheit wollen sie nicht hören! Sie stößt ihnen auf, wie galliges Sodbrennen nachts um halb drei im Bett. Und jede Minute zur vollen Stunde ist für sie mörderisch. Sie nisten sich bei dir ein, ähnlich zahlloser Milben, und tun sich gütlich an deinen Tränen, Schuppen und sonstigen Ausscheidungen, die deinen Ängsten entsprechen. Sie vergewaltigen deine Natürlichkeit, Ästhetik und Authentizität, die für eine Gleichberechtigung auf diesem Planeten stehen. So muss das für sie laufen! Die Genfer Konvention bedeutet für sie ein lächerlicher Scherenschnitt in einem leeren Panoptikum. Sie freuen sich, im Dunklen zu leuchten. Bei einem Missverständnis heben sie beschwichtigend beide Hände und treten einen Schritt zurück, ohne jedoch zwischen Daumen und Zeigefinger die Knarre fallen zu lassen. Nach einem kurzen Handgemenge halten sie dir diese Knarre an den Hinterkopf und verlangen mit einem: „Keinen Mucks, du Miststück!", ausdrücklich die Herausgabe dessen, was in deinem Kopf steckt. Und so klopfen sie täglich eine beschissene Situation nach der anderen für sich ab. Siehe zu, dass du nicht zur falschen Zeit am falschen Ort bist, sonst wird es nicht dein Tag! Oder hättest du Lust, wegen ein paar Verrückter dein Leben zu ändern?"

Alex machte eine kleine Verschnaufpause und fuhr weiter fort: „An sich sind sie ja ein ganz bescheidenes Völkchen – diese Lutscher! Sie geben sich zähneknirschend mit kleinen Dingen zufrieden, weil ja auch ihr Horizont kleinkariert gestrickt ist. Sie freuen sich zum Beispiel zum Geburtstag über ein Paar kurze karierte Socken ohne Gummi, eine Schachtel Weinbrandtrüffel oder über ein Handy (bei dem man noch ein Mountainbike oder einen Laptop dazukriegt oder sonntags den Tisch gedeckt bekommt) und andere ähnliche Sachen, die so ihr Leben erfüllen.

Manchmal setzt beim Lutscher der Verstand aus, soweit er diesen hat. Dabei spielen sich recht eigenartige und lustige Dinge ab. Hoch und heilig werden große Versprechen angekündigt – und – nicht eingehalten! Begeistert sind sie bei der Sache und lügen dir frech ins Gesicht, ohne rot anzulaufen! Der Lutscher probiert es mit der Verarsche. Er sagt sich: Ich tue mal so, als ob ...! In dem Augenblick hat er nicht nur die anderen belogen, was viel, viel schlimmer ist und was er nicht wahrhaben will – er hat sich selbst belogen!"

„Und dafür bestraft ihn das Leben!", meldete ich mich im Wort zurück.

„Falls du noch nicht infiziert sein solltest, bist du in einer guten Position. Du kannst in letzter Sekunde die Kurve kriegen, weil dir seine Unfähigkeit förmlich entgegenstinkt! Den Lutscher erkennst du außerdem an seinem abartigen Mundgeruch, hervorgerufen durch verdorbenes Denken, seine negative Einstellung und üblen Nachrede. Er ist nicht in der Lage, neues Denken anzunehmen für bessere, fortschrittlichere Ideen, geschweige denn sie umzusetzen!

Ständige eigene Vorwürfe, geboren aus seiner starren Meinung, entlassen ihn zum Stinker der Nation. Die ihm typische verhaltene, manchmal undurchschaubare, nicht nachvollziehbare Kreativität erstickt im vereiterten Rachen der Verschlossenheit. Sture, unbewegliche Hartnäckigkeit, gepaart mit lähmender Angst, fördern eine grüne, nach Aas stinkende Brühe aus Speichel und Gallensaft auf die böse gespaltene Zunge. Die kranke Peristaltik pumpt unentwegt literweise gastro-ösophagealen Reflux, sprich Magensäure, durch die Röhre. Sabbernd ergießt sich die Giftbrühe über den Mundwinkel sowie andere Schädelöffnungen und verläuft den dürren Gurkenhals, den verfetteten Taubenkropf oder den massiven Stiernacken entlang. Auf der Brust angekommen, versucht sich der Sud im Laufe der Zeit mit nicht verheilenden Ekzemen wichtig zu machen. Verzweifelte Lutscher scharren sich dauernd die verfilzten Stellen auf Brust und Rücken wund. Wenn der Saft gelierend austritt, bleibt er im Gesicht hängen. Viele Betroffene kratzen sich daher am Kopf ohne zu merken, welcher Blöße sie sich aussetzen. Bei jungen Exemplaren ist das Gift meistens dünnflüssig, um gleich hinunter in die Hose zu fließen. Männliche Exemplare erkennt man an permanentem Taschenbillard ..."

„Mal Taschensnooker, mal Taschenpool! Voll cool! Eine besonders bemitleidenswerte Spezies ..."

„Bezeichnenderweise geben solche Typen im Laufe des Tages immerfort Signale an die Umwelt ab. Das sind bei Männchen unmissverständliche Geräusche ohne Raumgefühl wie: lautes Husten und Rotzen, bellendes Lachen, blökendes Rufen, lästiges Telefonieren, das Knallen von Türen und Schubkästen, lautes Abstellen von Bierkästen und Flaschen, das Transportieren und Fallenlassen von Autowerkzeugen, wie Montierhebel, Nusskästen und diverser Spezialschlüssel, die nur zur Show am Arbeitsplatz herumliegen. Das Lutscherweibchen schreit beim geringsten Widerstand cholerisch los, schnattert dummes, zusammenhangloses Zeug, hängt sich als Tauchsieder in andere

Gespräche, wechselt je nach Ertragsaussichten die Seiten, verleugnet demzufolge beliebig mal den Vater, mal die Mutter, reckt ihre Nase nach den unterschiedlichsten lukrativsten Einnahmequellen aus, ist männerfeindlich eingestellt und verspottet mal gern das Männchen in der Öffentlichkeit. Oder noch ein Beispiel: Während man am Wochenende oder an Feiertagen auf der Terrasse nach dem Abendbrot entspannen möchte, tritt pausenlos ein degenerierter Lutscher aus der unmittelbaren Nachbarschaft sein selbst getuntes Moped an, um sich am Sound von mickrigen 2,1 PS zu ergötzen. Da für eine Fahrt der Sprit zwar reicht, oder für ihn viel zu teuer ist, bleibt das Fahrzeug also stehen und der Spaß wiederholt sich. Lutscherinnen pflegen an solchen Tagen ihre Terrassen dreimal zu fegen, ihre Rollläden wetterunabhängig oder aus welchem Grund auch immer dreimal hoch und runter zu lassen und mindestens drei anonyme Anzeigen zu verschicken."

„Oder sie beschneiden im Jahr fünfmal ihre Botanik im Grundstück, sodass im November nur noch kastrierte Baumstümpfe in die Luft ragen."

„Verbissen kaschiert der Lutscher sein Problem, indem er während der Kommunikation, zum Beispiel, krampfhaft Kunstpausen setzt. Pausenfüller, wie eventuell – sozusagen – vielleicht – halt – könnte, sind im dauernden Gebrauch seiner Wortwahl zu finden. Pass auf! Ich zeige dir gleich mal, wie das geht. Ich frage den Typen da drüben, wie spät es ist. Dann wirst du verstehen, was ich meine."

Alex stand wirklich auf und ging zum bezeichneten Nachbartisch.

„Entschuldigung, können Sie mir bitte sagen, wie spät es ist?", fragte er höflich in die Runde und zwinkerte mir zu.

„Jaaaa – äääh ... Augenblick mal, es könnte jetzt eventuell, sozusagen ... zehn nach zehn oder halt ... nee, warte mal, ich glaube ... meine Uhr ist halt stehen geblieben. Wieso denn das halt auf einmal? Ach nee! Ich hab' sie halt verkehrt umgemacht ... 'tschuldige! Jetzt ist es genau ... zwanzig nach sieben – halt eben ..."

„Danke! Schönen Abend noch!", verabschiedete sich Alex und setzte sich zurück auf seinen Platz. „Siehst du, genau die passende Uhrzeit für einen Lutscher und „Halt-Quatscher"! Die Zeiger seiner Uhr hängen wie Mundwinkel nach unten, statt zehn nach zehn – nach oben, wie es richtig um diese Zeit gewesen wäre. Apropos „Halt": Ich hatte mal ein Gespräch mit so einem bebrillten Eierkopp, nebst Fusselbart. Bei ihm war gerade Hochkonjunktur des Begriffes „Halt". Ungefähr eine halbe Stunde habe ich mitgezählt, dann musste ich einschreiten. Ich hatte das blöde wichtigtuende Halt-Gesabbel satt! Der Drops brachte es in dieser Zeit auf zweihundert Mal! Doch der Loser hatte das nicht einmal bemerkt! Ich fragte ihn, was eigentlich sein „Halt" bedeuten soll. Natürlich bekam ich sein chronisches Achselzucken als kompetente Antwort. Da erklärte ich es ihm. „Halt" bedeutet: Stoppschild! Parkplatz! Gefahrenzone! Sackgasse! Bedürfnisanstalt! Verrichtungszelle!

„Aber ‚Halt' bedeutet doch ‚eben' oder so?!", meinte er daraufhin.
„Klar!", sagte ich. „Aber was ist dann mit denen, die in ihrem Sprachgebrauch ‚halt eben' verwenden?"
„Meinen diese Leute vielleicht etwa ‚eben eben'? Was ist denn das erst für ein hirnrissiger Kokolores?"
„Eben! Bei einem Lutscher ist alles zu spät – wie beim Schwein vorm berühmten Uhrwerk, was stehen geblieben ist! Die Hautevolee unter den Lutschern verwendet sehr oft folgende unsinnige Sätze in Interviews, Kursen und Events: Das macht halt keinen Sinn ...!"
„Richtig wäre ja: Das ergibt keinen Sinn!"
„Oder: Wir sind halt auf dem richtigen Weg! Der Name ist sozusagen Programm ...! Bei Gericht bist du ein Hund. Dort sagen sie zu dir schon mal: ‚Behalten Sie Platz!'"
„... Oder: Geben Sie Gas! Na machen Sie schon! Geben Sie Gass! Dies blaffende „Gass", das vor den ein, manchmal zwei Ausrufezeichen steht, ist ein Befehl, der jeden kritischen Gedanken aufspießt."

„Mit beteiligten oder gekauften Nick- und Klatschaffen, Claqueure genannt, verscheuchen sie Misstrauensanflüge von Novizen und Rekruten."
„Erbschleicher, Heiratsschwindler, Amokläufer, Kinderschänder, Menschen- und Tierquäler, Zocker, Organhändler, Gammelfleischverteiler und profilieren sich zu den Hardlinern dieser aufsteigenden Lutscherliga. Tja – die meisten erkennen sie erst, wenn es bereits zu spät ist ...!"
„Weil diese Sorte eben so gerissen ist. Doch noch mal zurück zu den weniger klugen Typen. Und so vegetiert das Fröschchen deprimiert Stunde um Stunde vor sich hin. Den ganzen Tag über ist der Lutscher irgendwie müde, reißt die große stinkende Klappe dauernd auf und streift saft- und kraftlos im Goldenen Käfig hin und her oder verursacht eine Sturmflut im 5-Liter-Eimer. Anstatt auf die Idee zu kommen: Raus aus diesem verdammten Käfig!"
„Anstelle mal zu schauen: Was mache ich überhaupt hier?"
„Leider sind seine Sinne benebelt, von Weinschorle, Cola-Weizen, Alko-Pops, Salzgebäck, Kiffe oder Popcorn ...!"
„Meist haben sie nur ein Wort dafür: Lecker! In jedem dritten Satz: Lecker! In jeder zweiten Werbung: Lecker!"
„Du meinst „Lecka?"
„Lääggaaaa!"
„Leeggeeee!"
„Leck' mich am Aaaasch!"
„Wenn sie wüssten, wie erotisch das ist, endlich ein Motiv zu haben, sich in Bewegung zu setzen, um die Abkürzung in ein neues, besseres Land mit mehr Lifestyle zu ermöglichen!"
„Ach nöö! Mir reicht das, was ich habe, sagen sie und wälzen sich im angenehmen Gefühl, so 'ne Art Komfortbedürfnis, auf dem am Hintern angeflanschten Kanapee, um sich tagtäglich eine Daily-Soap oder vielleicht einen hundertprozentig migränefreien Porno nach dem anderen reinzuziehen ..."
„Hör auf! In so einer Höhle hatte ich mich vor langer Zeit mal verlaufen!"

„Wo treibst du dich denn rum?"
„Das frage ich mich auch manchmal, aber da gerätst du schneller rein, als dir lieb ist!"
„Erzähle!"
„Das ist wirklich sehr lange her, kurz nach der Wende! Ich musste zu einem Termin in die Neustadt, das Hecht-Viertel war's, glaub' ich! Ich parkte den Wagen, stieg aus und dachte: ‚Na toll! Hier wohnt doch keiner mehr!' Ich lief die halb verfallenen Häuserreihen entlang und suchte die Hausnummer.
‚Wen suchen Sie denn?', keifte mich eine uralte Hexe mit einer Fistelstimme aus dem Erdgeschoss an. Ich erschrak fast zu Tode.
‚Tschuldigung, wohnt hier eine Frau Kaszmitrjowaljmsko, Elena Kasz...?'
‚Hää? Wer? Hääää? Was woll'n Se?' belferte sie ungehalten und wäre fast aus dem Fenster gefallen.
‚Kasz-mi-trjo-wa-ljm-sko!', wurde ich ungeduldig und laut. Einige Fenster in den Fassaden öffneten sich, und verschlafene, missmutige graue Fratzen zeigten sich neugierig.
‚Ach die Katzekotzi ...!'
‚Kaszmitrjo ...!'
‚Jaajaa! Die wohnt ganz oben!', gackerte die Alte. ‚Gehn Se hier die Treppe hoch, verstehn Se, bis ganz noff, in de Mansarde, verstehn Se?'
‚Ja, alles klar, danke ...!', brummte ich.
‚De linke Tür!'
‚Was?'
‚Die wohnt in der linken Tür! Verstehn Se, da is keen Schild dran!'
‚Okay! Vielen Dank!' Nun wusste jeder im Hecht-Viertel, wo und zu wem ich hin wollte. Ich betrat schleunigst das Treppenhaus, um mich den neugierigen Blicken aus den Fenstern zu entziehen und schlug die Tür hinter mir ins Schloss. Hier roch es nach ranzigem Fett, muffigen Ausdünstungen und Krieg. Ich drehte rechts am Schalter, und ein flackerndes Licht erhellte fade

den Treppenaufstieg. Den ausgetretenen Stufen folgend, wagte ich mich nach oben. Dabei unterließ ich es sorgsam, das ekelhafte Geländer zu berühren. Hinter der dritten Tür bellten heiser ununterbrochen mindestens drei Tölen. Dazwischen mischten sich die erfolglosen Versuche der Besitzerin, die aufdringlichen verwöhnten Biester ruhigzustellen. In der zweiten Etage roch es verstärkt nach Knoblauch und Zwiebeln. In der dritten stand rechtsseitig eine der vier Wohnungstüren offen. Aus der renovierungsbedürftigen Wohnung strömte der Duft teuren Parfüms. Eine große, reife Frau, nur mit einem knappen glänzenden Seidennegligé bekleidet, summte vor sich hin und zog am Korridorspiegel ihre Lippen nach. Als sie mich bemerkte, hielt sie inne und tastete mich mit forschenden Blicken von oben bis unten ab. Ich nickte höflich zum Gruß und wollte gleich weiter nach oben gehen.

‚Guten Tag, Kleiner! Was kann ich für dich tun?', sagte sie mit einer Stimme, die mich als Moussetrüffel in ihrem Mund zerschmelzen ließ. Gleich darauf formten sich ihre vollen Lippen zu einem aufgeweckten Lächeln. Die weiße Perlenkette ihrer makellosen Zähne zeigte sich. Flink huschte ihre Zungenspitze über die Lippen. Meine Sprachlosigkeit machte ihr unerhörten Spaß. Ich stand wie versteinert, aber ich schaute sie genauso von oben bis unten an. ‚Was ist, Kleiner? Hast du noch nie eine Frau gesehen?' Bei diesen Worten öffnete sich vorn, wie rein zufällig, ihr Negligé und überließ mir hin und wieder Vorstellungen ihres reizenden Körpers. Wahrscheinlich hatte sie vorhin auch heimlich aus dem Fenster gesehen und insgeheim gehofft, mich hier anzutreffen. Die ausdrucksvollen, verführerischen Augen sprachen jedenfalls Bände während ihrer kleinen Show. Als die Frau drei Schritte auf mich zukam, beleuchtete das Korridorlicht ihre Silhouette. Das dünne Hemdchen darauf verschwand beinahe. ‚Was für ein Vollweib!', dachte ich und schluckte an einem halbgaren Hefekloß. Sie setzte ihre Vorzüge bewusst mit einem eindeutigen Tänzchen in Szene, folterte und briet mich minuten-

lang in meinem eigenen Saft. Plötzlich lachte sie auf und drehte sich von mir weg. Ich löste meine Füße vom Fußboden, an denen Power-Strips zu kleben schienen, und wollte mich schon aus der angehenden Affäre ziehen, da stellte sie ihr rechtes Bein auf die Kommode und rieb sich demonstrativ den Knöchel. Während dieser provokanten Haltung streckte sie mit Genuss, wie eine Katze, ihren sagenhaften Po nach hinten und fragte: ‚Kleiner? Kannst du mir mal behilflich sein ...?'
Mir wurde schlagartig heiß ab der Brust aufwärts, doch ich antwortete sehr zur Erleichterung für mich selbst:
‚Madame, ich bin spät dran. Ich habe einen wichtigen Termin bei ihrer Obermieterin, Frau Kaszmitrjowaljemsko ...!'
Sie nahm das Bein herunter und wandte sich mir zu.
‚Bei der kleinen Schlampe von oben ...?'
Den abfälligen Unterton konnte sie schlecht unterdrücken.
‚Wieso Schlampe? Kennen Sie diese Person?'
‚Wer kennt die nicht! Man kann ja nachts kaum schlafen, bei dem Krawall, den die veranstaltet!
‚Was für'n Krawall?'
‚Hörst du nicht, wie laut das da oben ist? Die zieht jede Nacht 'ne andere Orgie ab mit all den Typen, die bei ihr ein und aus gehen! Da, hörst du es?'
Von oben drückte undefinierbares sack-tretendes Speed-Core-Gehacke in den Hausflur. ‚Das ist ja wahrhaftig nicht zum Auszuhalten!'
‚Woher kennt ihr euch?'
‚Wir haben eine Zeit lang zusammen gearbeitet. Sie wollte ständig etwas von mir. Das ging mir tierisch auf den Zeiger. Ich bin hetero und nicht lesbisch oder bi!'
Zweifelsohne schickte mir diese wundervolle Frau Angebote, doch ging ich momentan nicht auf sie ein. Ich glaube, das machte sie irgendwie rasend.
‚Was machen Sie denn beruflich?', fragte ich demnach, wie ein ahnungsloses Kaninchen.

‚Hör auf mit dem „Sie"! Ich bin Corinna!'
‚Ein wahres Vergnügen! Ich heiße Konstantin!'
‚Schön für dich! Wie ich schon erwähnte: Wir haben mal zusammen gearbeitet. Da waren wir noch im selben Theater. Ich bin Sängerin!'
‚Im Chor?'
‚Solistin! Coloratursopran ...!'
Stolz schwang in ihrer Stimme. Allmählich wurde mir einiges klar, und sie schien das auch gleich zu merken. ‚Jetzt verstehst du, warum ich mir nichts daraus mache', sagte sie und zupfte an ihrem Negligé. ‚In den Garderoben rennen wir alle splitternackt herum, sowohl wir als auch die Männer. Das interessiert dort keinen, das ist normal, verstehst du, Kleiner?'
Ich nickte sehr verständnisvoll. Sie wollte mich verwirren. Nun ließ ich mich auf das Spiel ein und schaute ihr nur noch ins Gesicht. Doch ausziehen wollte ich mich jetzt nicht.
‚Seit ihrer penetranten Anmache bin ich woanders engagiert! Ich weiß es noch wie heute, damals zur Inszenierung des „Maskenball" von Verdi ging sie mir sogar während der Generalprobe unter die Klamotten! So geil wie diese Schlampe war keine Ratte!'
‚Wieso hast du das niemandem gemeldet?'
‚Keine Chance! Sie nahm sich alles, was nicht bei „Drei" auf den Kulissen war, vom kleinen Trompeter oder Hornisten aus dem Orchester bis hoch zum Intendanten! Im Theater nannte man sie „Das Samenklo", und in der Stadt redete man vom „Blasewitzer Blaswunder"!'
‚Widerlich!'
‚Für sie doch nicht! Sie wäre im Pornogeschäft bestens aufgehoben! Wie ich von einer Kollegin erfuhr, kam sie in den letzten Wochen nicht zur Probe.'
‚Vielleicht ist sie krankgeschrieben?'
‚Gibst du dich mit solchen Schlampen ab, ja ...?'
‚Nein, sorry! Versteh' mich nicht falsch! Ich bin vom Drogendezernat!'

‚Uiii! Ein Bulle?! Na, da wird sich die kleine Schlampe aber freuen!', frohlockte sie mit einer deftigen Portion Hohn. Insgeheim klingelten bei ihr die Alarmglocken: Ich könnte meinen Kollegen von der Sitte einen Tipp geben.
‚Sie weiß nichts von mir! Pscht – Betriebsgeheimnis!', beruhigte ich sie.
‚Wenn du mit deinem Besuch fertig bist, schaust du noch mal bei mir rein?'
‚Wenn nichts dazwischen kommt! Ich muss los ...!'
‚Ich mache uns inzwischen einen ...?'
‚... Espresso!'
‚Mit wenig oder viel Schaum?'
‚Schön viel Schaum!'
‚Bis gleich!'
Erleichtert schloss ich ihre Tür und rannte bis in die oberste Etage hinauf. Vor der Tür wartete ich einige Sekunden. Mein Puls raste und klopfte zum Speed-Core. Dann klingelte ich obligatorisch. Niemand kam. Ich wusste hundertprozentig: Frau Kasz ... musste zu Hause sein! Also probierte ich es mehrmals und hämmerte gegen die Wohnungstür. Sie gab nach, denn sie war nur angelehnt. Ich lugte vorsichtig in die Wohnung und schaute mich um. Kalter Kiffegestank schwängerte sich mit Fettdünsten. Der Korridor lag farb- und trostlos im Dämmerlicht. In der Ecke standen verlassene Hundenäpfe. Darüber hing ein Foto mit zwei Pitbulls darauf. Sie hießen Bolle und Nebukadnezar.
‚Klasse!', dachte ich und zog meine Waffe. ‚Hoffentlich schlafen die auch schön!'
Die erste Tür rechts führte mich ins Bad. Jedenfalls war es einmal eins. Eine Dreckschleuder, wie sie im Buche stand! Die Fußbodenfliesen bedeckte ein Menschen- und Hundehaarteppich. Im Waschbecken ruhte eine ausgeworfene Pizza. Ich schätzte ihr Alter auf drei Tage. Fön und Kamm, völlig verfilzt, gesellten sich dazu. Ein verschmierter Spiegel baumelte darüber. In der Dusche verstreuten sich gebrauchte Fixbestecke. Dem WC-Becken fehlte

seit Wochen eine Desinfektion. Die weiße Keramik konnte nur erahnt werden. Dutzende leere Klopapierrollen sammelten sich dahinter. Werbeprospekte und Zeitungen lagen als Alternativen zum Abwischen eines Hinterns bereit. Eine Einkaufsplastiktüte diente als Sammelbehälter für die ausgediente Damenhygiene, woran die Hunde sicher des Öfteren schnüffelten oder hin und wieder damit spielten. Ich hätte fast in die wäscheüberfüllte Badewanne gekotzt. Das wäre sicher niemandem aufgefallen. Der Krawall machte mich fast krank. Ich schlug die andere Richtung ein und landete in der sogenannten Küche. Überall lagen Coladosen, Bierflaschen und standen halbleere Kaffeetassen herum. Ein angefressenes Champignonbaquette verkümmerte auf dem klebrigen Tisch. Massen von Fliegen schlugen sich um seine Reste. In der Mikrowelle schimmelte ein Tankstellenfastfood vor sich hin. Im halb geöffneten Kühlschrank daneben stritten sich kleine Bewohner mit dem Schimmel um die Vorherrschaft auf der schmierigen Wurst. Nudeln der letzten Woche klebten an den Fliesen über dem verkrusteten Herd, Überbleibsel eines Scharmützels. Gesammelter Kaffeesatz gammelte für einen zweiten Aufguss in einer Schüssel. Schlagartig musste ich zu der Lärmkiste, um sie endlich abzustellen. Ich rannte angewidert ins Wohnzimmer. Meine Ohren samt dem Verstand waren taub von dem Gedröhne ...
Ungläubig starrte ich auf den Fernseher. Tonlos flimmerte eine sinnlose Talkshow auf der Mattscheibe herum. Wütend knipste ich ihn aus und rutschte an seinem fettigen Knopf ab. Vom Ekel geschüttelt wischte ich meinen Daumen ab und entsorgte sofort das Taschentuch zu den anderen. Übrigens verstreuten sich über dem gesamten Tisch gebrauchte Tempos und Kippen. Einen Aschenbecher suchte ich vergeblich. Dafür stand neben dem Tisch zu diesem Zwecke ein verzinkter Wassereimer. Der Gestank wurde unerträglicher. Was machte ich bloß hier? Dann sah ich mich erneut um. Zimmerpflanzen vermisste ich. Die randvergilbten Wände waren in großen, mit Totenköpfen

und Fantasiegebilden bedruckten Tüchern ausgeschlagen. Eine blöde Pinnwand mit scheinbar wichtigen, längst verfallenen Terminen von Jugendamt, Arbeitsamt, Polizei und Gericht verdeckte recht und schlecht einen riesigen Fettfleck in Augenhöhe. In der abgewohnten Schrankwand standen verstaubte, geschmacklose Nippes. Unter ihnen, in den überquellenden Schubfächern, zeigten sich Videohüllen von Gewaltfilmen sowie Schlagringe jeder Sorte. In anderen Fächern daneben lagen überfällige Rechnungen, Mahnungen und Inkassoschreiben.

Mein Blick fiel wieder auf die Couch. Dort hatte sich etwas bewegt. Näher kommend entdeckte ich ein deckenverschnürtes menschenähnliches Bündel.

‚...llo – halloo! Ich – rede – mit – Ihnen! Hören Sie schwer ...?!'

Ich schrak zurück. Eine verwahrloste fette Frau älteren Jahrgangs und mit zahnlosem Mund schrie mich an. Ihre Spucke mit Chipresten flog mich an.

‚Ich rede mit Ihnen ...!'

‚Guten Tag! Ich höre etwas spät! Kein Wunder bei dem Krawall hier!', brüllte ich zurück und zog endlich den Stecker.

‚Wer sind Sie! Was machen Sie hier?! Ich hol' die Polizei! Ich hol' die Polizei!!!'

‚Ganz ruhig! Ich bin die Polizei!'

‚Was! Moment! Ich kann sie nicht hören!'

Ehe ich dachte, ob die Alte vielleicht keine Ahnung hatte, diesen Krawall selbst abzustellen oder taub war, zog sie Wachsstöpsel aus ihren Ohren heraus.

‚Ich bin die Polizei!', wiederholte ich mich.

Die Alte sackte in ihr seifiges Sofa zurück. Erst jetzt fiel mir ihre Kleidung auf. Sie trug einen speckigen, Farben verwässerten ausgebeulten Jogginganzug finsterster Generationen. Meine Versuche, diese Frau möglichst wenig anzuschauen, gelangen und ich wies mich aus.

‚Ich suche eine Frau Elena Kaszmitrjowaljemsko! Kennen Sie diese Frau?' Ich hielt ihr ein Foto von der gesuchten Person unter die Nase. Als sie das Bild nehmen wollte, steckte ich es ganz schnell wieder ein.

,Elena? Elena, meine Tochter? Die habe ich seit Tagen nicht gesehen!'

,Wie lange ist das jetzt her?'

,Eine halbe Woche vielleicht?', sinnte die Alte nach und steckte sich einen angekokelten Strutzel in den zahnlosen Mund. ,Ich bin nur eine alte Frau, die vom Hundefutter lebt! Tun sie mir nichts!'

,Darf ich mal das Fenster öffnen?'

,Das Fenster bleibt zu! Ich bin krank! Habe Husten und andere Krankheiten!', krächzte sie, würgte klebrigen, widerstandsfähigen Glibber hervor und versenkte ihn in einem der herumliegenden feuchten Tempos. Ich kämpfte tapfer, bis mir die Augen tränten. Das war zuviel! Ich musste schnellstens den Besuch abbrechen, die Kammerjäger holen und diese Mrs. Korpulenta in ein Krankenhaus einweisen lassen. Meine Suche blieb für heute erfolglos. Ohne das weitere Gejammer der unglücklichen Frau zu beachten, wählte ich schleunigst alle Notrufnummern durch und verabschiedete mich so schnell, wie ich gekommen war. Ich gab den Fall an einen Kollegen ab – ich habe einen empfindlichen Magen!"

„Ach komm schon! Wegen den paar Maden und Hundehaaren in der Kaffeetasse ...!", scherzte Alex. Mein Gesicht legte sich in leichte Falten. Ich bestellte ein Bananenweizen zum Wegspülen.

„Im Nachhinein erfuhr ich, dass diese Kaszmitrjowaljemsko ihren Job verloren hatte und zur Entziehung musste. Kurz bevor ich dort auftauchte, hatte sie zusammen mit ein paar Leuten ihre Mutter betrunken gemacht und in diese Bude abgeschoben, wo ich sie vorfand. Das war sozusagen die Zweitwohnung ..."

„... und frühere Drogenumschlagplatz!"

„Die Tochter wusste seit Längerem von dem hübschen Sümmchen auf der hohen Kante der Mutter und ergaunerte es für den Eigenbedarf. Zudem war sie Diabetikerin, bettlegerisch und auf Hilfe

angewiesen. Der Tochter war das jedoch alles scheißegal! Schlussendlich nistete sie sich mit ihrer Gesellschaft in das Elternhaus ein und überließ die Mutter ihrem Schicksal. Das schöne Leben hatte noch nicht richtig begonnen, da flog es aber schon auf!"
„Und wie kam das Ganze raus?"
„Dreimal darfst du raten ..."
„... Die Sängerin?"
„Du sagst es! Nachdem sie die Mutter ins Krankenhaus abtransportierten und ich aus der Mansardenbude geflohen war, klingelte ich nochmals bei Corinna und verabredete mich mit ihr auf einen späteren Zeitpunkt. Mir war jeder Geschmack an dem Tag vergangen!"
„Und? Hast du?"
„Was?"
„Na, habt ihr's getan?"
„Erst wollte ich die Wahrheit herausfinden und danach mich eventuell bei ihr bedanken!"
„Tue nicht so erwachsen! Dir hat doch der Zahn bis hierher getropft!"
„Meinetwegen! Zuvor sollte Corinna alles über sie herausfinden, was sie konnte. Das ließ sie sich nicht zweimal sagen, schon aus Rache nicht! Wenn sie etwas witterte, verfolgte sie es wie eine Bulldogge!"
„Auch dir zuliebe, glaub mir, auch dir zuliebe!"
„Wie heißt's: Der Kavalier genießt und schweigt!"
„Da halte ich ab heute auch meinen Mund!"
„Okay, am ersten Tag gingen wir ins Musical und den zweiten ins Bett. Und bei diesem ersten Mal blieben wir gleich vier Tage. Abgesehen davon fand ich heraus, dass diese Kaszmitrjowaljemsko nach außen hin als biederes, zurückgezogenes Fräulein bekannt war."
„Die meisten von ihnen wissen, dass die Maske, hinter der sie sich verstecken, völliger Unsinn ist. Erst wenn sie ihnen abgenommen wird, weiß jeder, was sie für Menschen gewesen sind ..."

8. KAPITEL

Der Garten Eden ist nicht für Jeden

Jahre später ...

A4 Dresden-Görlitz, 17.35 Uhr

Mit 280 km/h fegte Alex auf der Überholspur der dreispurigen Autobahn entlang. Die Bäume in der Landschaft verwandelten sich links wie rechts in Gartenzäune. Je höher die Tachonadel krabbelte, umso leiser fauchten die 500 PS unter der Kühlerhaube. Doch Alex hatte dafür jetzt weder Blick noch Ohr, sondern musste zu einem längst überfälligen Termin. Ungebremst donnerte er in den Königsberger Tunnel hinein. Keine zwei Sekunden später knipste ein „Starkasten" sehr teure Fotos von ihm.
„Juuhhuuu! Das könnte euch so passen!", röhrte Alex auf und hieb mit der Faust auf sein Nummernschild. Vor Antritt der Fahrt hatte er das vordere Kennzeichen in weiser Voraussicht abmontiert. „Das waren mindestens 1000 Euro und ein Jahr Fahrverbot, die euch Pennern durch die Lappen gegangen sind ...!"
„Hallo! Ich bin's!", meldete sich eine Frau über die Freisprechanlage, so, als ob sie eben erst vor zehn Minuten schon mal angerufen hätte. Alex zuckte zusammen und ließ fast vor Schreck das Lenkrad gehen. Mit ihr hatte er nun überhaupt nicht mehr gerechnet. Der schwere Sportwagen drehte sich mehrfach um die eigene Achse und schoss torpedoartig zum Tunnelende hinaus. Glücklicherweise hielt sich zu dem Zeitpunkt kein weiteres Fahrzeug in seiner Nähe auf. In weißen Betonstaub gehüllt, zwang er den widerspenstigen Boliden in die Fahrtrichtung und atmete auf. „Hallo –?"

„Anna – du? Grüß' dich ...!"
Alex brachte vor Verblüffung keinen vernünftigen Satz zustande. Die Überraschung war perfekt. Die beiden hatten sich vor geraumer Zeit im Internet kontaktiert, ellenlange Mails geschrieben, Bilder geschickt und plötzlich nichts wieder voneinander gehört. Diese Frau am Telefon fand er bereits im Web zum Anbeißen schön. Doch seine Mails blieben plötzlich unbeantwortet. Lange hatte Alex auf ein Zeichen gehofft.

„Wie geht's dir, mein Lieber?", flötete sie in Lerchenlaune. Alex liebte den unverwechselbaren Klang ihrer glockenhellen Stimme.

„Den Umständen entsprechend ... gut", taute er langsam auf. Noch unlängst dachte er, weder in ihrem Handy noch in ihrem Gedächtnis unabrufbar zu sein, aber die momentane Situation überzeugte im Gegenteil.

„Entschuldige, wird nicht wieder vorkommen – Indianerehrenwort!", schwenkte Anna die weiße Fahne.

„Wir können uns am Montagabend treffen. Da habe ich frei!", schlug Alex nach einer kurzen Aufwärmphase vor.

„Wie spät und wo?"

„Zwanziguhrdreizehn – ‚Café European Zone'!", scherzte er, und sie lachte herzlich mit.

„Okay – gebongt! Ich bin da – Ciao ...!"

„Tschüss – bis dahin!"

Der Montag kam und Alex hatte Dutzende Hummeln im Hintern. Zur besagten Zeit setzte er sich ins vereinbarte Lokal und wartete. In diesem Café trifft sich täglich sowie nächtlich die Szene, ein Kommen und Gehen, wie in den anderen zahlreichen Kneipen der Dresdner Neustadt. Rund um die Uhr sind seine Öffnungszeiten. Jede weitere Minute spannte seine Geduld straffer.

Eine Frau von mittlerem Wuchs, vielleicht 1,59 cm, platinumblond, braungebrannt, im feschen Outfit gekleidet und im schönen Make-up betrat das Lokal und schaute sich nach allen Seiten um. Zielsicher steuerte sie auf Alex zu und begrüßte ihn, als kenne sie diesen Mann schon seit Jahren als einen guten Freund.

Ihre wasserhellen Augen und ihr süßer Mund redeten eine wundersame Sprache. Schmale, kleine gepflegte Hände gestikulierten. Alles veränderte sich um sie herum. Ihre Aura wirbelte wie eine Mikrojetstream durch den Raum ...
„Sie ist's! Sie ist's wirklich ...!"
Alex frohlockte innerlich. „Irgendwie ist sie ein wenig durcheinander ..."
Vor reichlichen zehn Minuten hatte Anna mit ihrem Wagen eine Reifenpanne, und sie musste den Rest des Weges zu Fuß zurücklegen. „... irgendwas ist immer!"
Anna blieb agil und sprach laut. Fast alle im Lokal konnten hören, was für ein Problem sie mit ihrem Wagen hatte.
„Versucht sie jetzt kleine Verlegenheiten zu vertuschen?"
Nebenher klingelte ständig ihr Handy, und sie trug geschäftig einen Termin nach dem anderen in ihren Kalender ein.
Alex beobachtete das Geschehen pausenlos. So etwas hatte er in seinem ganzem Leben noch nicht erlebt, was sich da eben vor seinen Augen abspielte. Wie gebannt verfolgte er ihre Bewegungen. Dabei ertappte er sich und entspannte seine Sitzhaltung, indem er durchatmete und sich lässig zurücklehnte.
Anna schaltete das Handy aus, wählte aus der Karte ihr Getränk und beruhigte sich ein wenig. Die Bedienung nahm von den beiden Gästen die Bestellung auf:
„Einen Kalifornischen Rosé, halbtrocken bitte!"
Alex hatte etwas mehr Durst bekommen.
„Ich nehme ein großes Diesel."
Der folgende Small-Talk nährte sich von ihren bewegten Geschichten mit Achterbahnen und Zwischenstationen.
Annas Heimat lag im Norden des Landes, direkt im Küstengebiet. Ihr Beruf verschlug sie seit geraumer Zeit hierher nach Dresden. Sehnsucht lag in ihren Augen, als sie davon erzählte.
„Was für ein Zufall ...!", dachte Alex. Ausgerechnet übermorgen wollte er dahin in den Kurzurlaub fahren. „... hätte ich das etwas eher gewusst ...!"

„… und grüß' mir ‚die alte Blaue Dame' – sie hat es sich verdient." Damit meinte sie „ihre" Ostsee.
Alex versprach es ihr. Die Abreise sollte schon am übernächsten Tag sein. Zu gern wäre Anna mitgefahren.
Nach Stunden hatten die zwei Internetbekannten alles um sich herum vergessen. Viele Menschen scheitern am Blind Date. Sie behaupten:
„Bei solchen Treffen finden stets unpopuläre Dinge statt, wie persönliche Geschichtsanalysen, finanzieller Striptease oder die ominöse spießige UWMDSB-Frage (Und was machst du so beruflich?) taucht auf." Einerseits findet man durch die oben genannten Dinge schnell heraus, ob man eine(n) Spießer(in) vor sich hat. Ich wäre jedenfalls in zehn Minuten wieder zu Hause. Andererseits ist das völliger Blödsinn, wenn man sich zum Date sehr gewöhnlich benimmt. Von ‚schönem' Augenzwinker, in-die-Weltgeschichte-Umhergestarre und verklemmtem Klappehalten bekommt man nur Körbe. Denn eine gegenseitige, genauere, objektive Begutachtung zu solchen Treffen findet erst statt, wenn es gerade ein klein wenig funktioniert zwischen den beiden, gerade anders als bei allen anderen Dates …
Zwischen zwei und vier Uhr saßen die beiden alleine im Lokal und erzählten sich inzwischen Bände.
„… Mein Traum ist ein rotes Käfer-Cabriolet mit schwarzweißen Ledersitzen, großkariert müssen sie sein …", schwärmte sie.
Es wurde fünf, sechs Uhr früh. Halb sieben erschrak Anna: „Ach du liebe Zeit – gleich sieben – ich muss um acht im Büro sein!"
„… und vorher müssen wir noch den Reifen wechseln", bemerkte Alex.
Sie bezahlten und hasteten zum Wagen. Nach dreihundert Metern erreichten sie den kleinen roten Flitzer, der verlassen unter einer Laterne stand. Während Alex das defekte Rad in aller Eile austauschte, scherzte er:

„Weißt du was? Du kannst hier keinem Typen erzählen, dass wir die Nacht durchgemacht haben. Die denken, wir haben ein Rad ab – und du kannst denen nicht mal widersprechen!"
Laut und ungehalten lachten die beiden auf.
Passanten an der Straßenbahnhaltestelle drehten sich mit finsterer Miene nach ihnen um. Finsterer Miene? Ach was! Sie zogen eine Fresse! Und was für eine! Als ob es um die Zeit schon etwas zu lachen gäbe. Also ehrlich mal: Wer lacht denn hier um diese Uhrzeit! So eine Unverschämtheit! Wann kommt denn hier nun endlich diese blöde Bahn! Der bekloppte Chef meckert sonst wieder, wenn ich zu spät komme!
Das Gelächter der beiden hörte nicht auf. Schwarze Hände, schwarze Gesichter, weiße Zähne!
Nachdem das Vorderrad gewechselt war, verabschiedeten sie sich:
„Wir telefonieren ...!"
„Alles klar – bis bald! Und halt die Ohren steif!", witzelte Alex ihr hinterher.
Aufs Neue lachten beide.
Ein Abschied wie unter guten Freunden, mit einer Nuance tapsiger Zuneigung. Vielleicht mischte sich Verlegenheit zu einem ungewollten, aber innerlich gewünschten Bussi auf die linke und rechte Wange des anderen darunter. Der Wunsch rief danach, aber die beiden Nachtschwärmer unterließen es. Keiner wollte in den ersten Stunden zu weit gehen. Sie waren geprägt, ähnlich gebrannten Kindern, die vorerst lieber ihre neugierigen Finger von den bösen Zündhölzern ließen. Und so trennten sie sich mit ein klein wenig Wehmut in den Augen.
Anna startete den Wagen und winkte Alex zum Abschied. Dann wendete sie zur gegenüberliegenden Straßenseite und wollte nochmals winken, doch ihre Blicke suchten im morgendlichen Dämmerlicht vergeblich nach ihm. Von einer Sekunde auf die andere blieb der Mann spurlos verschwunden.

A 10, Berlin–Rostock, 12.00 Uhr

Dauerregen trommelte gnadenlos auf die Frontscheibe des 88er Fiesta, mit dem Ziel, die Sicht auf die Autobahn möglichst unmöglich zu gestalten. Die Scheibenwischer erledigten stur und unnachgiebig ihren Job und schaufelten literweise die Wassermassen über die Kante. Alex' Augen versuchten vergeblich, die Nacht zu durchdringen. Stella, Alex' jüngere Schwester, hielt sich auf der Omaseite am Angstgriff fest.
„Kannst du nicht ein bisschen langsamer fahren?!", flehte sie ihn zum x-ten Male an.
„Wieso – ich fahr' doch nur Zwanzig! Oder ist vielleicht auch dein Tacho hinüber?", knurrte Alex und tippte aufs Gaspedal. Jaulend drehten sich die Reifen im Aquaplaning. Der Angstgriff, der nur noch an einem Zwirnsfaden hing, riss ab.
Erst fünf Stunden später zog das Unwetter nach Südosten ab. Rechts, am Fahrbahnrand, erkannte Alex endlich einen Parkplatzhinweis und befolgte ihn. Eine Rast war überfällig und willkommen.
„Wo sind wir überhaupt hier?", blickte sich Stella um.
„Irgendwo in der Walachei – keine Ahnung", antwortete Alex, holte die Karte zum Vorschein und zeigte auf einen Punkt. Um den neu gebauten Autobahnabschnitt zu nutzen, der einige Kilometer Abkürzung versprach, wählte Alex diesmal die andere Route. „Da ... da sind wir", errechnete er aus der Fahrtzeit und dem ungewohnten Durchschnittstempo. „Noch hundertfünfzig Kilometer bis zur Küste – na dann los!"
Zügig leerten sie ihre kalt gewordenen Kaffeebecher, stiegen in den Wagen und setzten die Reise fort.
Nach weiteren drei Stunden hielten die Urlauber wieder auf einem Parkplatz, diesmal unweit eines Strandüberganges in Ahrenshoop, einem hübschen, verbastelten Nest auf der Halbinsel Darß.
„Na, da haben wir uns ja auf was eingelassen", sagte Alex kopfschüttelnd, während er die dahineilende Wolkendecke beobach-

tete. Der Wind blies draußen in Orkanstärke. Dicke Klamotten waren also angesagt. So gut es in dieser fahrbaren Sardellenbüchse ging, suchten die beiden den Winterlook hervor, zogen sich um und wagten sich hinaus. Nur ihre Nasenspitzen schauten neugierig heraus, als die beiden meereshungrigen Nachtwanderer zum Ufer hinunterliefen.

Unheimlich und wild empfing sie die Natur. Die See tobte meterhoch und warf ihnen ihre schwarzen Wellen brüllend entgegen. Hier, an der Westküste, raste der Sturm gewaltig und unterdrückte das Atmen.

„Wir sind wohl auf dem Mond gelandet!", schrie Alex und bekam als Antwort einen 5-Liter-Eimer Sand in den Mund gestopft. Die Geschwister hielten es hier keine Minute aus, und so stapften sie nach einer kurzen Erkundung in ihren Skaphandern, wie zwei Astronauten, zurück zu ihrem Mondfahrzeug. Auf der Weiterreise lachten sie über den ersten Eindruck, den sie vom Strand bekommen hatten.

„Schönwetterurlaub machen kann jeder!", spottete Stella und bohrte sich den Sand aus Nase und Ohren.

Spät, aber glücklich, langten die beiden endlich an ihrem Urlaubsdomizil an. Vor ein paar Jahren kauften sie in der Nähe von Wieck eine verlassene Fischerkate. Direkt am Bodden verbarg sie sich in einer kleinen Schilfbucht. Je nach Zeit und Geld bauten sie die Hütte in ein gemütliches Ferienhaus um. Während der Umbauten fanden sie die alte Hausnummer 34 auf dem Dachboden. Ein kleiner Traum aus Fachwerk und Reeddach erfüllte sich. Darin richteten sie sich heute provisorisch ein und fielen erschöpft in die Kojen. Lange noch toste der Wind im rauschenden Schilf, auf glucksenden Wellen und den Träumen der urlaubsreifen Menschen.

Im nächsten Morgen lag Waffenstillstand in der Luft. Kein Lüftchen regte sich. Früh weckte eine Spätsommersonne die Halbinsel. Ihre goldenen Strahlen fielen durch die kleinen Fenster direkt auf die Nasen der beiden Schlafenden. Stella wachte zuerst auf und blinzelte in den Morgengruß. Auf der Terrasse über dem Wasser bot sich ein herrlicher Blick über den gesamten Bodden. Sie dehnte sich wie eine Katze und weckte ihren Bruder.

„Ein schönes, ausgedehntes Frühstück ist für uns beide jetzt gerade gut genug, meinst du nicht auch?", triumphierte Alex und übernahm sofort die Vorbereitungen für einen 5-Sterne-Brunch. Neben geräuchertem Wildlachs an Basmatireis, Zitrone und Knoblauch, geröstetem Kräuterbaquette mischte er noch einen knackigen Salat aus Rucola, Fenchel, Löwenzahn, Brunnenkresse, jungen zarten Mangoldblättern, Kerbel und Petersilie mit einem French-Dressing zusammen. Dazu gab's jede Menge indischen Tee. Trockener Sekt krönte das Mahl. Stella ergötzte sich:

„Wie die Zeiten sich doch ändern! Früher gab's nur zwei Pott Kaffee und ein paar selbst gedrehte Zigaretten als Frühstück ...!"
Anschließend beschlossen die beiden Urlauber, mit den Mountainbikes an „ihren Platz" zu fahren. Sie freuten sich auf den einsamen Strand, dem sie nunmehr seit fast dreißig Jahren treu blieben. Eine Wegstrecke von circa sieben Kilometer, quer durch ehemaliges Sperrgebiet, ein Jagdgebiet der nostalgischen Republik und Privileg des einstigen Politbüros, trennte sie vom Ziel. Vorbei an großen Farnen, meterdicken hohen Eichen und Buchen, dem „alten Meerufer" sowie tückischen Morasten, radelten die beiden Urlauber durch die prähistorisch anmutende Wildnis. Manchmal hatten sie das Gefühl, auf dem Weg zur Küste bergab und zurück bergan zu fahren. Diese Täuschung entstand durch die leichte Schräglage aller Bäume. Ihre Wipfel zeigten durchweg in die Ostrichtung, bedingt durch ganzjährige auflandige Winde und Stürme.

Die Westküste empfing sie viel freundlicher als gestern. Einladend lag vor ihnen die See. Nur hier und da wälzten sich gemächlich einige Wellen ans Land. Und keine Menschenseele weit und breit. Hier lag ihr Strand, ihr Platz, weit abgeschieden, vielleicht noch unentdeckt von jedem ominösen Ferientrubel. Die Ligen der Hobbysegler und -taucher, Alles-oder-Nichts-Surfer, Drachen- und Dünensteiger, Postkarten- und Laptopschreiber, Filme- und Buntebildchenmacher, Promenaden- und Seebrückengänger, Eis-am-Stiel-Lecker, Bratwurst- und Fischspezialisten, Textil- und FKK-Anhänger sowie Sonnenschutzfaktor 5–500-Eincremer verliefen sich nicht bis hierher. Dieses Ufer bedeutete keinen Strand, um zu sehen und gesehen zu werden. Kein Stück sozialisierte befriedete Küste, an der man sich recht und schlecht wohlfühlt, wo der Mann bei der Ankunft als Familienoberhaupt als erstes mit dem Sonnenschirm das Zentrum markiert und anschließend mit Decken und Handtüchern das Revier absteckt. Routinemäßig setzt sich das Paar Seite an Seite, wie auf einem Sofa, zusammen und schaut in dieselbe Richtung, gleich dem zu Hause in den Fernseher oder Kamin – hier ist das Meer! Doch hier sah man ein vielleicht letztes unberührtes Fleckchen auf dieser strapazierten Erde, die sich ihre Zerstörer in ihrer knallbunten Welt gewissenlos schönzureden versuchen. Alex unterstrich mir, im Grunde nichts gegen eskalierende Menschenansammlungen zu haben, verwies jedoch auf die störungsfreie Zurückgezogenheit, die dem alltäglichen Herdentriebsgetümmel eigentlich mit nichts ersetzt werden kann. Nur wenige Superreiche schätzen die Ruhe genauso und haben auch die Mittel dafür, noch ganz andere Plätze dieser Welt aufzusuchen und zu bewahren.

Herausgespülte Bäume übersäten das Ufer und verwilderten den Strand. Die Abrasion ließ sich durch nichts aufhalten. Jahr für Jahr, Stück um Stück kämpfte sich das Wasser zum „alten Meerufer" zurück, das nur noch ein paar hundert Meter entfernt war. Jetzt lag alles in friedlicher Spätsommerruhe. Gegen Mittag brannte die Sonne noch ziemlich heiß. Kurz entschlossen legten die Geschwister ihre Sachen ab und rannten ins Meer. Alex sprang mit einem Satz in die Wellen – und wieder raus. Tausende Nadeln pieksten seine Haut. Stella schien die Eiskälte nicht zu stören und amüsierte sich über den Gefrierzustand ihres Bruders. Hinterher erfuhren sie durch Einheimische von der nur acht Grad „warmen" Wassertemperatur. Schnell frottierten sie die „Entenpelle" und schlüpften wieder in ihre warmen Sachen. Hernach folgten sie einem bekannten Instinkt, dem ewigen Spazierengehen am Ufer, ein Balsam der Sinne.

Weitläufig blieb Alex verwundert stehen. Nahe dem Wasser stand, im Sand vergraben, eine einzelne tiefrote, halb aufgeblühte Rose. Sofort erinnerte er sich an Annas Gruß. Stella hatte er noch heute früh davon erzählt. Nachdenklich steuerten sie darauf zu.

„Zufall, oder ...?", meinte Alex indessen.

„... hat sie nur jemand vergessen mitzunehmen?", entgegnete die Schwester, die das alles sehr nüchtern betrachten konnte. Nicht wie Alex, der seit vorgestern wieder mal über beide Ohren verliebt zu sein schien.

„Ohooooh! Testosteroooohon!"

„Mag sein", sagte Alex, ohne weiter darauf einzugehen und setzte sich nahe dem Wasser hin. Langsam schloss er die Augen und versuchte an nichts zu denken. Er konnte beobachten, wie sich alle Gedanken plötzlich wehrten, ignoriert zu werden, wie sie sich gestärkt und vermehrt in den Mittelpunkt drängten. Ein normal beschäftigter Mensch wirft am Tag circa 50000 Gedanken aus. Jetzt schien dieselbe Anzahl in einer Minute zu stehen, ein Wirrwarr entfesselter Energien, Blitzen gleich. Er ließ den Gewittern freien Lauf. Interessant, wie sein Unterbewusstsein so plötzlich ums Überleben kämpfen konnte. Doch Alex schaltete alles, was Unterbewusstsein hieß, in seinem Kopf ab und konzentrierte sich nur noch auf eines: auf die Sprache und Rede des Wassers. Jetzt hörte er die Wellen deutlich rauschen, viel deutlicher als sonst. Jede einzelne Welle, ja fast jeder einzelne Tropfen, sprach mit ihm in einer tiefen, ausgeglichenen leisen Frauenstimme. Er genoss ihre Worte, eine Balance mondialen Gleichmuts und Stärke von der Natur sowie der Zeit. Tief schloss er sie in sein Herz. Seine Augen öffneten sich. Alex bewunderte die leichten Glissaden der alten „Blauen Dame".

„Ja – das werde ich tun. Ich verspreche es dir, so gut ich kann ...", sagte er, zu ihr gewandt. Glücklich verabschiedete er sich von ihr. Einige Minuten blieb der Mann noch sinnend stehen. Er bemerkte nicht, dass Stella ihn die ganze Zeit über beobachtete.
„Ist alles in Ordnung mit dir? Deine Augen glänzen so?", forschte sie lächelnd.
Während er ihr das gerade Erlebte erzählte, näherten sie sich wieder dem Wasser. Sie bückten sich nach den vielen bunten Steinen. Schon als Kinder sammelten sie diese Steine, immer und immer wieder. In einfacher Faszination schienen sie zeitlos transportiert, poliert oder einfach nur dazuliegen, seit Anbeginn aller Gezeiten.
„Wie alt mag der hier sein?", fragte Alex seine Schwester und bohrte mit den Fingern um einen halb vergrabenen Stein herum. „Komm, hilf mir mal! Der ist größer als ich dachte ...!"
Stella kam herzu und trug, genauso vom Fieber gepackt, den Sand und die Steine ringsum ab. Die eiskalten Wellen neckten sie dabei.
„Das ... das gibt's doch nicht!", stotterte sie und machte eine Pause.
„Dir scheint's genauso zu gehen wie mir ...!"
Sie trauten ihren Augen nicht, denn beide hatten einen äußerst seltenen Bernstein, gleich groß einer Männerfaust, freigelegt. Die Geschwister jubelten wie Kinder über ihren großen Schatz laut auf, beruhigten sich aber gleich wieder und ließen unbemerkte Blicke in die Runde schweifen. Ohne Zögern ließen sie den Stein in der Strandtasche verschwinden.
So spazierten die beiden Urlauber sorglos weiter und unterhielten sich über die vielen Erlebnisse, die ihnen dieser geheimnisvolle Ort in ihrem Leben bereitete. Und während ein Wort das andere ergab, setzten sie sich auf einen knorrigen entwurzelten Baumstamm, der bis zur Hälfte ins Wasser ragte. Eine Pause entstand, und sie schauten aufs Meer hinaus.

„Seltsam ...", flüsterte Stella und strich sich das Haar aus dem Gesicht. „... dreißig Jahre ist es nun schon her, seitdem wir das erste Mal hierher gekommen sind ..."
„Da waren wir noch so klein ...", unterbrach sie ihr Bruder und hielt seine rechte Hand kniehoch über den Boden.
„Ja, und mir ist, als wäre es erst gestern her."
„Rückblicke zu nehmen und gleichzeitig am bezeichneten Ort gegenwärtig zu sein, halten eben besonders jung!"
„Deswegen sehen wir auch so jung aus!"
Sie lachten bei dem Vergleich, aber irgendwo hatte seine Schwester ja teilweise recht.
„Doch die Zeit bleibt leider nicht stehen", sagte Alex. „Sie vergeht an schönen Tagen schneller als an schlechten. Sieh nur ...!"
Gelassen setzte der Glutball auf den Horizont auf und verwandelte die Luft in ein orangeblaues Potpourri. Dankbar nahmen sie dieses Geschenk von der Natur an und verabschiedeten sich von ihr, nachdem die Sonne hinter dem Meer versunken war.
Wieder zu Hause angekommen, tippte Alex folgende Botschaft ins Display seines Handys: „... und die alte „Blaue Dame" umarmte ihn sanft und sprach: ‚Du bist klug genug, um sie zu behüten. Bewahre sie, wie einen Schatz.' Dann gab sie ihn wieder frei und versank in den Wellen ..." Klopfenden Herzens drückte er auf „Senden".
Fünf Sekunden später summte Annas Handy daheim auf ihrem Tisch.
„Nicht mal zum Wochenende hat man seine Ruhe! Was wollen die schon wieder von mir!", stöhnte sie benommen, fuhr aus ihrem Schläfchen hoch und las die Nachricht ...
Eisberge schienen gebrochen. Gänsehaut befiel sie augenblicklich. In ihrem Inneren wandelte sich das Klima für Sekunden in Sprachlosigkeit. Bedächtig setzte sie sich wieder auf ihre Couch und wählte Alex' Telefonnummer. Unendliche Freizeichen verhinderten den Kontakt. Nervös nestelte Anna eine Zigarette aus dem Etui und setzte einen Espresso an ...

Wie freiwillig gezwungen, telefonierten sie von nun an täglich mehrere Stunden.
Der Tag des Wiedersehens kam mit großen Schritten, und beide fieberten ihm entgegen. Schützlinge im ersten Casting schwitzen dagegen leichter.
„... ich werd' mich verlieben! Ich weiß, dass es geht ...", sang Anna ihr Lieblingslied während der Autofahrt und rauchte dabei ihre niedlichen Vogue menthols.
„Schmetterlinge, so groß wie Bettlaken!", flüsterte sie und lehnte verträumt an seiner Brust. Seit der Ankunft hielten sie sich so fest und spürten das unglaubliche Gefühl, immer füreinander da zu sein; ein Schwingen und Zirpen, ein paradiesischer Garten! Und Alex wusste, dass sie füreinander geschaffen waren.
Wie wir wissen, hatte Alex jede Menge bis jetzt durchmachen müssen. Einfühlsam balsamierte Anna das wunde Herz ihres Geliebten, eine einmalige Therapeutin. Alles Glück sog er in sich hinein.
Jeder Tag brachte die beiden näher zum Paradies! Ihm fehlten oft die Worte. Ein völlig neues Lebensgefühl! Das muss man einfach erlebt haben!
Jeden Wunsch lasen sie voneinander in den Augen. Ob Regen oder Schnee – Alltagsgrau gab's nicht mehr. Sie verschenkten sich.
Die von Alex gedichteten überschwänglichen Reime erreichten Annas Herz. Ihr Feedback stellte seine Sinne auf den Kopf. Sie überraschte ihn mit ihrer wundervollen und fantastischen Art. Egal, zu welcher Tages- und Nachtzeit sie sich begegneten, es war ein ständiges Geben und Nehmen. Ein Traum schien für Alex endlich wahr geworden.
Anna und Alex ließen sich füreinander fallen. Manchmal passierten da eben sehr spontane Dinge. Nur wer das gewisse Hochgefühl kennt, weiß, dass es glücklichen Menschen egal ist, wo, wie viele und wann plötzliche Intimitäten stattfinden können. Ob Telefonzelle, Kühlerhaube, Strandkorb, Parkbank, Hängematte,

Straßenbahn, Hochstand, Flugreise (1. Klasse), Aufzug, Tiefgarage, Swimmingpool, Nachtbar, Supermarkt usw. oder vielleicht eventuell daheim im Bett, alles wurde in Beschlag genommen.
„... is' mir buggi!", lachte nur schelmisch Anna in ihrer Mundart. Eine wunderschöne Zeit! Seine Freunde gönnten ihm das Glück ...
An einem Donnerstag leerte Alex wie jeden Tag seinen Briefkasten. Aus den nervigen Werbeprospekten lugte ein Brief von Anna hervor. Ihr letztes Wiedersehen lag berufsbedingt mittlerweile eine Woche zurück. Gespannt öffnete er ihn und las:

Mein lieber Alex,

ich brauche keinen Menschen, der mich eingrenzt und verbiegt, sondern ich wollte einen Mann, der mich einfach nur liebt, so wie ich bin. Ich danke dir für unsere gemeinsame Zeit und werde ab heute meinen Weg allein weitergehen.

Anna.

Alex erhielt einen Keulenhieb. Sein Lächeln gefror. Herzschläge setzten aus.
Das Blatt Papier in seinen kraftlos gewordenen Händen durfte hoffentlich nur ein böser Traum sein! Er überflog es mehrfach und schüttelte den Kopf.
„Nein! Das kommt nicht von dir! Das wurde dir diktiert!"
Nach einigen Minuten erholte er sich einigermaßen, und etwas gefasster schickte er ihr einfach diese SMS: „Ich habe dein Schreiben zur Kenntnis genommen und wünsche dir in deinem Leben alles Gute."
Er erhoffte, durch seine gespielte Gleichgültigkeit ein Zeichen von seiner Liebsten.

Fünf lange Tage verstrichen. An einem Mittwoch meldete sich plötzlich Anna am Telefon:
„Hallo, mein Schatz! Können wir reden ...?"
„Hallo Anna ..."
„Kann ich heute zu dir kommen?", drängte sie. Dabei war er noch völlig durcheinander.
„Ja – aber erst abends, so ab achtzehn Uhr ..."
„... Warum geht's nicht jetzt? Ich muss dir dringend was erklären", hakte sie nach. Noch konnte der Mann nicht fassen, dass Anna bei ihm anrief. Er hatte die letzten Tage nur geweint, nichts als geweint. Seine Gesundheit wälzte sich im aufgeriebenen Zustand.
„Nein – ich bin ... ich bin dazu nicht in der Lage ... es tut mir leid!", brachte er mühsam hervor und legte auf. Als Anna den Besetztton im Handy hörte, fiel sie fast in Ohnmacht.
Am nächsten Tag versuchte sie es ein zweites Mal, und Alex sagte für halb eins zu.
„Bis dann ...", beendete sie das kurze Gespräch. Ein erneuter Schwächeanfall kündigte sich bei ihr an.
Pünktlich klingelte sie. Anna stand wirklich draußen vor der Tür. Alex öffnete. Schatten und Blässe lagen über ihrem Antlitz. Nach einem müden Gruß wollte sie ihm sofort um den Hals fallen. Er wich zurück. Ihm war einiges unklar. Lautlos brach sie in Tränen aus. Schluchzend krampfte sie sich eine viertel Stunde an seiner Brust fest ...
Langsam gewann die Frau ihre Sprache zurück. Sie setzten sich ins Wohnzimmer und unterhielten sich. Alex vermutete aus dem Gespräch, dass da sich etwas Stärkeres neben ihm behauptete, sagte ihr aber nichts davon. (Die meisten Zuhörer oder Leser meinen an dieser Stelle natürlich: Alex ist, wie alle Männer, eifersüchtig gewesen! Doch hier waren offenbar ganz andere Kräfte am Wirken. Jemand hatte mit ihm seit Langem ein ungewöhnliches Problem.) Nach diesem aufrichtigen Gespräch trafen die beiden eine Abmachung.

Die darauf folgende Zeit verlief traumhaft schön. Alle Wunden schienen verheilt zu sein und von Sorgen keine Spur. Doch keinen Monat später kam alles anders. „Leb' du dein Leben – ich leb' meins!" Eine knappe SMS verbot jeden weiteren Kontakt mit ihr, kälter als jede Eiszeit!
Für Alex brach die Welt auseinander. Von Weinkrämpfen geschüttelt, begleitet von Schockzuständen und Unzurechnungsfähigkeiten, packte ihn das kalte Fieber. Seine Augen scheuten das Tageslicht. Essen und Trinken fielen aus. Nach nur vierzehn Tagen magerte der Mann auf sechzig Kilogramm herunter und sah einer Leiche ähnlich. Freunde beobachteten besorgt seinen weiter verfallenden Gesundheitszustand und alarmierten die Ärzte. Einer davon, der sich auch als sein Freund ausgab, konsultierte unter anderem eine Wahrsagerin. Ihr Palantir (Glaskugel) explodierte in jener Nacht in tausend Splitter. Die echten Hintergründe blieben jedoch ganz andere.
Vierzehn Tage später rollte keine Träne mehr über seine Wangen, alles war leer. Alex dehydrierte. Hinter dicken schwarzen Augenringen flackerte stumpf ein trübes Licht aus den Höhlen. Entzündete pergamentdünne Haut umspannte seinen Schädel. Als Schatten seines Selbst wanderte er nachts, rastlos, bei Wind und Wetter durch alle Straßen, während der Schlaf geisterhaft vor ihm her floh. Mehrfach legte sich Alex hin, nur um einfach zu sterben. In seiner Verlassenheit fragte er sich ständig, was er falsch gemacht habe. Von Anna erhielt er keine Antwort.
Alex vergaß jedes Zeitgefühl. Im unermüdlichen Umherirren und nach stundenlangen Hilferufen trat die Angst herein und brachte den Tod mit. Die Rufe des Verlassenen verloren sich in einem immer lauter werdenden A-capella-Gesang. Vor dem geistigen Auge spulte sich sein Leben mit rasanter Geschwindigkeit rückwärts ab.
Eines Tages war es dann soweit. Alex lag sterbend in seinem Haus, zusammengekrümmt, fiebrig zitternd, mit zerschmetterter Seele. Rings um ihn erstrahlte Licht, blendend weißes Licht.

Lachende aufgezogene Lakaien präsentierten ihm seine Sünden auf Silbertabletts. Viele davon hatte Alex längst vergessen. Im Erstaunen darüber erstarrte er in eigener Hilflosigkeit und Verzweiflung. Die bleierne Last, die den Sterbenden da planierte und den letzten Reuetropfen aus seinen Augen herauspresste, kannte keine Gnade. Danach schloss jemand die Präsentation. Das Licht ging aus. Seine Nerven gaben auf. Einem einsamen Lebensende gegenüberzutreten ist schon schlimm, aber nicht zu wissen weshalb, ist so unerträglich, dass selbst das höhnische Gelächter des Todes verstummt. Hoffnungslos krallte sich der Mann in die Kissen seines Bettes hinein, als stellten sie das Leben dar, aus dem er jetzt fortgerissen werden sollte. Widerwillig röchelte Alex den letzten Odem aus.

Sanft fiel der weiße Vorhang, der, wer weiß wie lange, mit beklemmender Orientierungslosigkeit blendete.
„An dieser Stelle sagt man wohl: Danke ...!", murmelte Alex erleichtert, „aber ich glaube, die Wahrheit ist schwerer zu ertragen als das Licht ..."
Seine Augenlider gaben nur zögerlich nach. Das Blickfeld beherrschte zunächst nur verschwommene Konturen beweglicher Bilder. In Nebelschwaden getaucht, immer deutlicher werdend, traten sie hervor.
„Träume ich das nur, oder was ist hier los?", flüsterte Alex.
Er sah weit vor sich Anna in einem wallenden, durchsichtigen Kleid. Mit ausgebreiteten Armen und ihrem typischen Lachen in den Augen sprang sie federleicht auf ihn zu. Unter ihr lag ein herrlicher Strand. Links von ihr die spiegelglatte See flüssigen Goldes. Eine rasch aufgehende Sonne begleitete die Bewegungen ihrer Erscheinung. In Zeitlupe kam sie näher. Ihre großen Augen leuchteten seltsam in den Farben des Meeres unter goldgefüllten Lidern. Sanft durchzogen sie Schimmer von Bronze, die Glut ihrer Sehnsucht und Leidenschaft. Ihren Lippen entflohen leise Echos, vermischt mit glockenhellem Lachen:

„Mein Liebling ... mein Liebling ... Liebling ... mein ... mein ... Liebling ..."

Der Mann breitete ebenso seine Arme aus und lief ihr von Freude überwältigt entgegen. Genau wie sie befand er sich in diesem ungewöhnlichen Schwebezustand. Es dauerte sehr, sehr lange, dass sie einige Meter vorwärts kamen. Zeitweise blieben sie sogar auf der ein und derselben Stelle, obwohl beide fast schwindelig vor Glück liefen ...

Doch da geschah es: Anna näherte sich plötzlich. Ihre Gestalt wuchs dabei riesenhaft an. Alex blieb stehen und staunte, als sie durch ihn hindurchging. Fassungslos schaute er sich nach ihr um. Und sie rannte weiter, immer weiter. Anna befand sich bereits draußen auf dem Wasser. Dort sank sie ein, trunken vor Wonne im Kelch des Champagners und verloren, einem einsamen Goldsplitterchen gleich.

In Alex' Brust trat sich eine Steinlawine los. Seine Knie knickten ein. Der Träumende erkannte schemenhaft, links am Ufer, einen unbekannten Baum in großer weißer Blütenpracht. Er ahnte nicht, dass schon vor ihm zwei Menschen denselben Baum vor sehr, sehr langer Zeit besuchten. An dieser Stelle ist nicht von irgendwelchen ausgestorbenen Urmenschen die Rede, sondern von den ersten Menschen, von Adam und Eva.

Jenen beiden Menschen war es damals untersagt worden, von den Früchten dieses Baumes zu essen. Von der Schlange verführt, verletzten sie das Gebot und aßen trotzdem davon. Seither blieb jedem Menschen der Garten zum Paradies verschlossen. Jeder, der einigermaßen im Buch der Bücher gelesen hat, kennt die Geschichte auf den ersten Seiten von der ersten Sünde und erkennt vielleicht, warum alles so und nicht anders kommen musste auf dieser Welt ...

Und alle Blüten lösten sich von den Zweigen, schwebten, vom Winde getragen, hinaus an die Stelle, wo Anna unterging. Lange verdunkelten sie den Himmel, schneiten herab, bis sie sich in Form eines riesigen Tropfens auf die kleinen goldenen Wellen verteilten. So trieb der weiße Blütenteppich langsam fort, bis er für immer verschwand. Traurig wandte sich der Zurückgelassene ab. Sein Liebling hatte sich nicht mehr nach ihm umgedreht, sondern blieb für immer ein Traum. Anna hatte nie zu Alex gehört, obwohl er stets fest daran glaubte. Umso größeren Schmerz bereitete ihm nun diese neue Enttäuschung.

Reisende soll man nicht aufhalten, heißt es oft, und das Leben von Anna entschied sich für den Transit.

Der Selbsterhaltungstrieb sortierte und transportierte die Gedanken des einsamen Mannes augenblicklich durch verschiedene Zeitfenster.

Als Alex sich erneut umwandte, stand er plötzlich in einem gewaltigen Bau von purem Kristall, jenem geweihten Ort, in dem er sich damals mutterseelenallein befand. Oder vielleicht doch nicht?

„Nichts ... nichts ... nichts bleibt ... bleibt so, wie es ist ... ist ... ist ...", raunte tonloses Geflüster um ihn herum. Gleißendes Licht flutete die Halle.

Erschrocken zuckte die Hand nach seiner Brust. Die Wunden in Herz und Gewissen klafften schlimm.

Es erschienen drei große junge Männer von unbeschreiblicher Schönheit und majestätischer Ausstrahlung, stolze Fürsten des Numens. Die Arme gerade nach vorn gestreckt, stützten sie flammende Schwerter in den Boden. Die Herrscher trugen weiße nahtlose Gewänder, von denen unsagbare Kräfte ausströmten. Ihre wasserklaren Blicke versanken tief hinab auf den Grund aller Seelen ins Herz hinein. Jeder Sterbliche lieferte sich ihnen aus. Alex zerging in ihnen wie Wachs. Sofort verstand er, was sie zu ihm sagten. Da gab es kein Wenn und Aber, Wischi-Waschi oder irgendwelche andere Scheinargumente mehr. Nur Bitten der Vergebung lösten sich von der Zunge.

Prüfend schauten ihn die drei Gebieter an. Dann übergab einer von ihnen Alex eine schwere Schriftrolle und wartete. Er bedankte sich und betrachtete das Siegel der Schrift.

„Ein russisches Familiensiegel ...", dachte sich Alex und entrollte das feine Pergament, bis zu einer Überschrift in großen goldenen Lettern:

„DIE MIT TRÄNEN SÄEN, WERDEN MIT FREUDEN ERNTEN."

Alex sah auf, aber von den drei Herren fehlte jede Spur. Verwirrt schaute er um sich, in der Hoffnung, ihnen zu begegnen.
Er rollte das Pergament weiter auf.
„Alexander ... Orlow ...", flüsterte der Mann seinen Namen lesend. Er legte die Schrift auf den Fußboden und rollte sie bis zum anderen Ende auf. Über zweihundert Meter lang und einen Meter breit lag die Rolle da, vollgeschrieben mit Tausenden von rätselhaften Buchstabengruppen, aber alles in kalligrafischer Perfektion. Er vermutete in diesem undefinierbaren Buchstabensalat Abkürzungen wichtiger Mitteilungen, eine Art Brief oder einen Code.
Alex bückte sich nach flachen, tellergroßen Bernsteinen und fixierte damit die Rolle. Dabei fiel ihm ein Stein aus der Hand und blieb auf der Mitte des Pergaments liegen. Beim genaueren Betrachten durch den Stein hindurch entdeckte er des Rätsels Lösung. Wie von Zauberhand traten plötzlich aus dem dicken Pergament zusammenhängende Worte und farbige dreidimensionale Figuren heraus. Mit Auflegen eines zweiten Steins auf den ersten erkannte er exakt Profil und Gesichtszüge des Betreffenden. Sofort konnte Alex zu den abgebildeten Personen Namen, Blutgruppen, Familienzugehörigkeiten und dessen Berufe bestimmen, detaillieren sowie Querverbindungen abrufen.
Mit Rechts-Links-Drehbewegungen des Steins auf den befindlichen Namenspunkten erhielt Alex jede weitere familieninterne Auskunft. Somit fand er schnell und präzise die aktuellen Aufenthaltsorte der lebenden und verstorbenen Seelen seines Stammes.

‚Eine Datenbank des Himmels, aber vielleicht auch ... der Hölle ...!', erschrak Alex und fuhr zurück. Etwas gefasster begann er systematisch die Rolle abzuarbeiten.

Und so folgten der Name seines Vaters und seiner Mutter, der Name des Vaters seines Vaters und der Name der Mutter seines Vaters, der Name des Vaters seiner Mutter und der Name der Mutter seiner Mutter und ...

Bedächtig lief er an dem Pergamentstreifen auf und ab und las ständig neue Namen. Sie reichten bis in die Anfänge der Menschheit. Viele davon klangen wohlklingend, einige fremd und andere exotisch.

Kraftlos sank Alex auf die Knie. Sein Körper stützte sich schwer auf das entrollte Geheimnis.

„Meine Leute! Mein Stamm! Ich halte gerade meinen gesamten Stammbaum in den Händen!", rief er völlig erschöpft.

Mit einem Schlag wurde ihm bewusst, mit welcher Aufgabe er heute betraut wurde. Wochenlang beschäftigte er sich damit. All diese Personen darauf harrten geduldig und bangend seiner Entscheidung. Er, der letzte seines Geblüts, fühlte sich dennoch mit dieser Mission überfordert. Klein und niedrig stand er nun in dieser gigantischen Stadt mit dieser verantwortungsvollen Aufgabe und resignierte:

„Wo soll ich hin? Wie soll das funktionieren ...?"

Gleichzeitig verspürte der unentschlossene Mann durch diesen Auftrag aber auch ein Gefühl von Glück. Nur ganz wenige Menschen sind dafür bestimmt, Familiengeheimnisse zu lösen.

Alex schüttelte staunend den Kopf. Dabei erinnerte er sich an jenen herrlichen Weiher, woraus er schon einmal vor sehr langer Zeit einem Kauri-Kelch Wasser entnahm, um sich zu stärken.

Eilig rollte er das Pergament zusammen und stieg aufgeregt die vielen Ebenen hinunter. Tatsächlich! Der Kelch stand noch so, wie er ihn verlassen hatte. Durstig geworden, beugte er sich über den Rand und schöpfte. Dabei entglitt ihm das Pergament, roll-

te über den Rand und fiel hinab ins Wasser. Sofort löste es sich in Nichts auf.
Ärgerlich über seine Unvorsichtigkeit, wollte er aufbegehren, ließ aber davon ab. Er kannte jetzt die Bedeutung des Inhalts und wusste nun, worauf es ankam. Grübelnd darüber, wie er am besten weiter verfahren sollte, lief er stundenlang durch die riesigen Galerien, bis er in den Raum trat, worin das Bett stand, in dem er damals erwachte. Bleierne Müdigkeit überkam ihn, so dass er vornüber in die weichen Kissen fiel und sofort einschlief. Alles hatte sich bis jetzt tonlos abgespielt.

Der plötzliche Krawall in seinen Ohren verwirrte Alex und ließ ihn hochschrecken. Seine linke Hand patschte in eine dreckige Pfütze. Todmüde versuchte er sich aufzurichten. Einigermaßen ortete er sein Umfeld:
„Wo befinde ich mich, in dieser Dunkelheit, Kälte und Nässe?"
Schneeregen fiel aus der schwarzen Nacht herab. In verrosteten Fallrohren gurgelten und tropften monoton die Abwässer. Mehrere Meter vor Alex waberten stinkende Nebel aus den Gullis. Die dahinter liegende Passage führte zu toten Winkeln oder endete in verlassenen Gängen, in denen sich Modergestank und „dezente" Urin-Noten von Köterpisse verfestigten.
Der Ankömmling hörte schnelle Schritte und erkannte mehrere konturlose, zwielichtige Gestalten. Laut gestikulierend kamen sie näher. Alex ahnte nichts Gutes. Fieberhaft schaute er sich nach einer Fluchtmöglichkeit um. Der Mann steckte in einer Sackgasse aus gemauertem Backstein fest. In einiger Distanz, über einer Lieferrampe, entdeckte er links eine rettende Tür. Gedankenschnell sprang er hoch und rannte darauf zu. Sein Körper wäre fast in der Tür verschwunden, da surrten pfeifend ein knappes Dutzend Ninjasterne zentimeternah am Kopf vorbei und hackten ins splitternde Türholz. Eine Handvoll davon durchdrang seine Kleidung und nagelte ihn fest.
Plötzlich packte ihn etwas von hinten an der Jacke.

„Hiergeblieben!", brüllte einer der Typen Alex wütend mit überschnappender Stimme an. Dabei spuckte der Widersacher seinen gelben stinkenden Geifer durch die Kante. „Ohne Pass kommt hier niemand durch, kapiert? Wo ist dein Pass? Los! Gib ihn her!", forderte er, hysterisch geworden, und schnappte mit seiner Krallenpranke nach dem Hals seines erschrockenen Opfers.

Hinter dem Brüllaffen bauten sich inzwischen acht weitere Gorillas auf und kamen bedrohlich näher. Das handverlesene Dream-Team hielt in seinen Fäusten jene Werkzeuge umklammert, die sich zum Auseinanderschrauben von Menschenknochen bestens eigneten.

Der erste, ein mittlerer Frankenstein-Verschnitt mit Dutzenden von Karbunkeln und Grützbeuteln an Kopf und Genick, schwang rostige Motorradketten über seinem kahlen verschorften Schädel. Der nächste, ein mumifizierter Rocker, hatte seine Nunchakus mitgebracht und rotzte zur Begrüßung grünen, durchwalkten, ekelhaften Priem vor die Füße. Der Übernächste protzte mit einem verbeulten Alu-Baseballschläger, den am Ende nette Kupferdornen zierten. Rechts neben ihm stampfte der vierte Kumpan heran und wedelte mit den Vorderfüßen, wie ein Maikäfer, der sich gerade aufpumpt. Er hielt das Hybrid einer Kettensäge oder Heckenschere von solcher Größe in seinen Pranken, dass Alex meinte, er wolle den gesamten Regenwald von Borneo allein in eine Mondlandschaft umwandeln. Neben ihm stand ein dürres, drahtiges Gestell von einem Männchen, das immerfort nervös mit seinen „Butterflys" in der Luft herumfuchtelte. Eine quer über sein Gesicht verlaufende eitrige Narbe verlief hoch zu seinem linken Auge. Ein Leukom oder Graefe-Zeichen entstellte das Organ fürchterlich. Dabei kamen lauter pfeifende und zischende Giemenlaute aus dem geöffneten Maul, einem verfaulten Jauchenschlund! Die schwarze, dornig gepiercte Zunge leckte über seine gesamte Totenfratze und verteilte ein klebriges Sekret, an dem sich fette, rotgelbe Maden der Dasselfliege wabbelnd sattfraßen. Voll und schwer patschten sie herunter, übersäten den gesamten Hof und robbten zum nächstbesten Opfer, an dessen Köperöffnungen und Gangränen sie sich gemütlich einzunisten versuchten, um in aller Ruhe die Pest auszubrüten.

„Oooh – wie ich sehe, seid ihr alle angehende Gärtner und kommt geradewegs vom Praktikum einer Bonsai-Baumschule?", fragte Alex das Team grinsend.

„Üüüiihh ... blöde ... uuüüüiihh ... Frage ... mpfpff!", grunzten und grienten sie nickend.

„Lasst mich raten: Friedhofsgärtner?", grinste Alex frech weiter.

„Wir werden dir jetzt mal zeigen, was wir in der Baumschule alles gelernt haben! Die Würmer können sich schon mal ihre Lätzchen umbinden, während sie auf dich warten ...!"

Aus den Mäulern der missratenen Spezien tropfte eine schlickrige Zersetzungsflüssigkeit. „Es ist angerichtet! Auf iiihnnn ...!", lachte der Borneohäcksler gallig auf.

Wie auf Knopfdruck stießen alle Gorillas einen heiseren Grunzschrei aus und fielen über ihn her. (Über die krassen Details der Grundsatzdiskussion können Sie im Drehbuch nachlesen. Meistens steht bei einer derartigen Szene aber nur: Kämpfen!)

Der Schluss fiel jedenfalls so aus: Nur einer aus dem zusammengewürfelten Haufen blieb am Leben. Die anderen hatten sich durch ihr merkwürdiges Spielzeug selbst berestet – wie Double you Punkt Busch einst warnte: ‚Messer, Gabel, Schere, Licht ...!'

„Gib's endlich auf! Deinen Pass! Los!", geiferte der Übriggebliebene in Alex' Gesicht. Der übel riechende „Lattenrost" mit seinen kleinen Haustieren hielt ihn fest im Würgegriff. Zunehmend traten seine Augäpfel hervor, und die Ohnmacht eilte herzu. Pausenlos fielen ihm die glitschigen Maden seines Gegenübers ins Gesicht. Der Ekel mobilisierte seine letzten Kraftreserven und zog die Füße an den Körper.

„Wahrscheinlich hast du 'ne Profilneurose – nimm das hier, Spaßvogel!", brüllte Alex, in Rage gekommen, und knallte ihm dabei die silberbeschlagenen Stiefelhacken unter die sabbernde

Kinnlade. Knirschend pulverisierte sein morsches Kieferngebälk und verabschiedete sich rauchend aus den verschmalzten Schädelöffnungen. Wortlos nahm der Tierliebhaber Abschied und fiel mit lautem Scheppern vornüber. Der Aufprall ließ ihn zu braunem Pulver zerfallen, um sich hinterher in einen wimmelnden Haufen Ratten zu verwandeln. Quiekend stoben die kleinen Nager auseinander.

Angewidert spuckte Alex zwei fette Maden von der Zunge. Sie klatschten an die gegenüberliegende Salpeterwand und spritzten breit. Nachhaltig würgte er sich den bitteren Geschmack aus dem Rachen. Vornübergebeugt ließ er die endlosen Speichelfäden abtropfen und meinte, die im Magen befindlichen Karbitsteine hervorbringen zu müssen. Die Augen tränten. Die Knie schlotterten. Seine Kopfhaut zog sich zusammen und die Kleidung kratzte fürchterlich. Keine Kraft der Welt half ihm, sich diesem erbärmlichen Zustand zu entziehen. Minuten später trötete er sich ausgiebig die Nase aus, wo noch eins der Tierchen steckte. Trotz der Umstände überlegte er fieberhaft weiter.

Er musste so schnell wie möglich weg hier – aber wohin? Wohin? Nirgends fand er einen Hinweis, an welchem Ort er sich befand.

Einer Eingebung folgend beschloss er, aufs Dach dieses Gebäudes zu steigen. Insgeheim rechnete er sich aus, dort oben weitere Informationen über diesen unbekannten und unheimlichen Ort zu erlangen oder sich einfach einen Überblick zu verschaffen.

Er rannte in Richtung Treppenhaus.

‚Es muss ein Hotel aus tiefster Spekulantenzeit sein ...!', jagte ein Gedanke durch seinen Kopf. Notdürftig hatten einstige Belegschaften die überwiegende Anzahl der zerstörten Fenster im unteren Drittel mit Sperrholz und Aluminiumblechen verrammelt. Der finstere Flur führte ihn zu den Treppen. Erstaunt blieb er vor den ersten Stufen stehen und schaute nach oben.

„Auch das noch! Haben die hier keinen Aufzug?!", brummte Alex, als er kein Ende absehen konnte.

Das Treppenhaus beschrieb eine aufwendige Säulenskulptur, eine gewaltige Röhre mit ineinandergreifenden etagenspezifischen Stufenbrücken und Spiralen aus durchsichtigem Kunststoff. Zu damaligen Zeiten, als hier noch der volle Pomp mit Glanz und Glamour herrschte, meinte die ausgesuchte Beleg- und Kundschaft auf jenen Brücken schweben zu können. Für dieses Randgefühl nahm man saftige Eintrittspreise. Ein reservierter VIP-Platz kostete zwischen 12000 € und 15000 € pro Nase, pro Nacht; ohne Musik, Getränke, Buffet und Mädchen. Die Teilnehmerlisten der Kundschaft blieben strengstens geheim. Jetzt lagen die Reste dieses Glanzes am Boden zerstört herum und bildeten einen übermannshohen Splitterkegel. Nur an der runden Außenwand hingen noch gut erhaltene betonmassive Stufen, die sich scheinbar endlos, wie in einem Leuchtturm, in die Höhe schraubten. An den Innenkanten der Treppenspiralen waren noch vereinzelte Reste der Aufzüge und Geländer erkennbar. In der Mitte dazwischen hing aus dem Nichts von oben ein gigantisches Stahlpendel herab. Seine Aufgabe bestand darin, die Schwankungen des Wolkenkratzers auszugleichen, die die Windkraft an der Außenfassade hervorrief. Die feuchten Wände verzierten vor langer Zeit Halbgewalkte überall mit Graffiti und sakralen Zeichen. Der Wind heulte laut und hohl hindurch. Es zog hier wie Hechtsuppe!

Traniger Gestank penetrierte die Atemluft. Sämtliche Türen zu ehemaligen Etablissements waren längst entfernt worden und in den herumstehenden und -liegenden Tonnen in Asche verwandelt. Schwarze Öffnungen glotzten überall stumm zu Alex herüber. Umgeworfenes, meist zerstörtes Mobiliar hatten versprengte Obdachlose ausnahmslos verstreut. Über die Jahre hinweg sprach jedes Zimmer seine eigene Sprache. Einen Kommentar darüber zu äußern ließen sie einfach nicht zu, sondern schickten ihre eigenen Leute ab, die einstigen Bewohner – ihre Geister! Die Geister der schmutzigen Geschäfte der Korruption und Prostitution. Die Dämonen des tausendfachen Zwanges und Mordes! Und ihre Opfer schleppten sie mit an. Leise verfolgten sie den neuen Besuch.

Vorsichtig schaute er in eins der schwarzen Löcher und schrak gleich wieder zurück. Weit hinten im Zimmer, an der Decke, schwebte in Ketten und Lederriemen bandagiert, mit dem Kopf nach unten, eine weibliche Gestalt. In zerrissener Lingerie pendelte sie langsam um ihre eigene Achse. Irgendjemand hatte ihr platinblondes Haar abgeschnitten und über dem Fußboden verteilt. Das verschnürte Paket empfing ihn bei seinem Eintritt: „Alexxxx ... Aleeexxxxx! Ich bin chier!!! Chiiiier! Komm su mir! Su miiiir!!! Es wird dir gefallen! Hab' ich mich nicht chön gemacht für dich, Alexx? Für diiichch! Du weißt auch warum – Alexx! Genießen wir unchere Zeit! Du wolltest mich doch chaben – chaben – chaben – chaben – chabäänn – bäänn – bääännnnn ...!!!", bellte Annas verknebelte Lollipopstimme durchs gesamte Haus.

Alex' Blut bekam die Temperatur eines zu kaltgestellten Rosés, der vergeblich versuchte zu atmen. Gänsehaut befiel ihn schauderhaft. Bei genauerem Hinsehen stellte er mit Entsetzen fest, wie sich unter seiner Haut etwas hin und her bewegte. Seine Poren weiteten sich plötzlich, und alle Körperhaare versuchten sich in schwarze ölige Federn zu verwandeln, bildeten sich jedoch genauso schnell wieder zurück. Er hob einen zerbrochenen Spiegel auf und schaute hinein. Mit einem Schrei ließ er ihn augenblicklich wieder fallen. Ein gefiederter Dämon zwang ihm seinen Blick auf. Nie gekannte Ängste überschwemmten ihn regelrecht. Seine Wahrnehmungsfantasie erwies sich als zu echt.

„Was ist? Spielst du: Ich bin schwer zu kriegen? Oder reichst du mir den Giftbecher!", schrie Alex seinen einstigen Liebling an. „Alex ... Alexx! Lass mich! Hörst du! Geh ...!", rief Anna mit plötzlicher Wut. Sie wand sich in den Ketten wie eine Made in ihrem Kokon. Sofort sprang der Mann herzu, um ihr zu helfen. „Verpiss dich ...! Siehst du nicht? Ich bin schon beschäftigt! Hau endlich ab!"

„Es ist deine Entscheidung ...!"
„... Jaajaa – es ist meine Entscheidung! Und es ist die Falsche ...!"
Für Alex war es das Beste, endlich zu verschwinden, denn rings um das wütende Paket herum züngelten grüne Flammen.
„Reiß dich zusammen! Langsam wird mir dieser Mist zu kompliziert!", flüsterte er sich neuen Mut zu und lief rückwärts hinaus. Seine linke Ferse verfing sich an einer Fußbank, und der Mann fiel rückwärts der Länge nach hin. Gellendes Gelächter setzte ein ...
„Eine Scheißgeisterbahn hat mir gerade noch gefehlt ...!"
„Das ist hier keine Geisterbahn! Das sind wiiiiir!!!", brachte ihn ein vielstimmiger Chor, wer weiß woher, augenblicklich zum Schweigen. Benommen rappelte er sich auf und rannte um sein Leben die Treppen hoch. Er rannte, stolperte und rannte weiter – wie besessen.

Doch plötzlich endeten die Stufen – einfach so. Ein Teil war durch den maroden Zustand im Laufe der Zeit auf zwei Etagen über ihm abgebrochen. Hier und da lagen die Trümmer verstreut. Alex schaute hinauf zum frei hängenden Anschluss der restlichen Treppe und überlegte fiebernd weiter. Total außer Atem und in schwitzender Verzweiflung stand er ratlos in der zugigen Luft ...

Von unten drangen schlurfende Geräusche herauf. Ein kurzer präziser Blick durch den Röhrenschlund verriet Alex, dass er von etwas Unbekanntem verfolgt wurde. Fremde schwarze Schuppenhände krallten sich höher und höher um die Fragmente des Handlaufs.

‚An der Außenwand muss es doch eine Notleiter geben ...', reflektierte er und stolperte in die nächste Tür hinein, um an den Fenstern des angrenzenden Raumes danach zu schauen.

Als er in eine der vielen ehemaligen Suiten kam, saß auf dem Fußboden eine Gruppe von vielleicht acht, neun blutarmen abgemagerten Kindern unterschiedlichen Alters und starrten ihn seltsam und stumm an. Überall kokelten tropfend Gedenk-

kerzen. Alex prallte zurück und schaute die dürren Gestalten alle der Reihe nach an. Verblüfft registrierte er, dass ihn ihre tiefliegenden Augen glasig-weiß, ohne eine Spur Lebendigkeit, beäugten. Ehe er sich besinnen konnte, riefen diese vergessenen Kinder mit verzerrten, sogenannten Taschenbänderstimmen zu ihm:
„Was ist? Wir sind noch da! Wir bleiben! Wir haben hier auf dich gewartet – Aleeex ...!"
Ihre dünnen Ärmchen streckten sich in seine Richtung. Dabei verdoppelten sie die eigene Länge. Anstatt der Hände wucherten greifende Tentakel heraus, die fast den Besucher berührten. Wie vom Donner gerührt starrte Alex auf das Horrorszenario, das ihn genauso fixierte, mit seltsam verrenkten Köpfen und Gesichtsentgleisungen. Mitten auf ihren großen weißen Augäpfeln bewegten sich stecknadelkleine schwarze Pupillen. Aus ihren Mündern, Augen und Ohren quollen plötzlich blutige Sekrete heraus. Schlagartig stieg das Blut im Raum auf Knöchelhöhe an. Die Augen der Kinder glichen jetzt schwarzen Billardkugeln. Anstelle der Zahl 8 erkannte der Eingetretene dämonische Fratzen in ihnen.
„Ihr müsst hier raus! Kommt schnell ...!"
„Wir können nicht! Wir sind nicht Kinder der Mühle ...!"
„Wieso?!"
„Wir sind ungeboren ... ungeboreeen un- un- gää- gää- boo-boo- räänn ...räään ...räään ...!!!", sprangen, den zu Stein Verwandelten markerschütternde Echosilben allseitig an. Zeitgleich löste sich, aufgeschreckt durch diesen Höllenlärm, eine schwarze Traube Fledermäuse von der Decke und griff an. Sie nagten und kniffen ihn an seiner Haut, wie Dutzende hungriger Geierschnäbel.
Alex verschenkte keine Sekunde und sprang zum nächsten Fenster.
„Da – die Außentreppe! Nichts wie raus hier ...!"
Getrieben zerrte er an dessen Flügel. Er ließ sich einfach nicht öffnen. Irgendjemand hielt dagegen. Das war dem Hotelbesu-

cher zuviel. Kurz entschlossen warf er sich selbst zum Fenster hinaus.

Keinen Augenblick zu spät! Berstend flogen die Glassplitter um ihn herum. Durch alle Öffnungen spie das Hotel unter lauten gurgelnden Geräuschen des sich Übergebens den blutigen Siff des Missbrauchs, den giftigen Ausfluss der Rache und den Schlick von Urin und Kot aller Ängste heraus. Diese nach Ammoniak stinkende Schlacke klatschte in umliegende Hinterhöfe und Straßen hinein, schwappte blasig und glucksend um die Häuserreihen herum und ließ alle Keller volllaufen. Ein Rattenmeer quoll aus der Tiefe und suchte entsetzt das Weite.

Die unvollkommenen Erschließungsachsen dieser Geisterstadt versanken nunmehr in totale Zerrüttung. Viele Chancen für ein Wachstum verpokerten sich jedoch vor der großen Pleite. Die unvollendeten Gestaltungsebenen wurden demzufolge schon vor Jahrzehnten nur noch von Fälschern, Hackern und verirrten Strichern frequentiert. Und die glänzenden Schenkel der Straßendirnen, denen der Crack bis zum Haaransatz stand, tanzten seit vielen Jahren nicht mehr flammend hin und her. Es gab hier schon immer eine Menge Verrückte. Die ehemalige Stärke dieser Stadt lag in den Menschen, die sie bewohnten. Ganz früher war es in dem Viertel hier so sauber, dass, wenn einem Kind ein Marshmallow runterfiel, es diesen getrost weiter essen konnte. Menschen waren aber schwach und schnell verführt. Der Handel mit Informationen über die Kunden boomte. Ausbildungen von Schläfern, Maulwürfen in verbotener Rhetorik, Manipulationen sowie den Scorings ließen die Benchmark brillieren. Aus den Angaben über Zahlungsmoral und Konsumverhalten erstellten Auskunftsdateien ohne Wissen der Beteiligten Bonitätszeugnisse. Mit den ermittelten Score-Werten, auch Kopfnoten genannt, unterteilte eine ganze Branche die Gesellschaft in solvente und insolvente Kunden. Das mathematische Verfahren errechnete bis zu 300 verschiedene Merkmale über jeden Einzelnen und erstellte eine Matrix des Makels. Ein Blick in den Computer verriet dem

Banker, zu welcher Schicht und in welche Schublade das Kreditvertragssubjekt gehörte. Spezialisten privater Unternehmen kassierten beim schwunghaften Handel mit Kundenprofilen und verschanzten sich gern bei Nachfragen hinter dem Geschäftsgeheimnis. In bodenloser Abhängigkeit eigneten sich die Unterschichten bestens zu Drecksarbeiten oder ließen sich willig als Kanonenfutter verheizen. Ihre Aktien wurden lanciert. Abgezockte Führungskräfte beruhigten die Massen durch Makulaturen. Mit gefälschten Übernahmefantasien schworen sie auf Öl und Gold, wo sie aber insgeheim wussten, dass Wasserressourcen eines Tages viel wertvoller als ein alter krummer Hotdog sein würden. „Bei dieser Nummer gibt's eine Menge Geld zu verteilen! Wir haben schon Schlimmeres geregelt!", versprachen die aufgeblähten Schlipsträger, die bald aussahen wie fleischgewordene Überziehungskredite. Unkalkulierbare Risiken verteilten die Bankrotteure sowie Ruinatoren, und unvermeidbar bildete sich in vielerlei Hinsicht evolutionär sowie langsam so manche Zäsur. Selbst Diamanten wärmten einen Aktienhalter nachts nicht. Hinterher wischten sie sich ihren Bonzenarsch mit den frisch gedruckten Geldscheinen ab. Die Zivilisation gehört dem, der stärker ist, wusste schon Attila. In institutionellem Rahmen wurde veranlasst, die Preisstabilität als wichtigstes wirtschaftspolitisches Gut auszurufen. Doch das Data-Mining crashte. Und so taten die Bösen nur das, wovon die Guten nur träumten. Banken in einer dienenden Funktion gab es nicht viel. Ihre spekulativen Exzesse entzogen die Zustimmung und Akzeptanz der Massen. Sie erlagen der Glaubwürdigkeitskrise, trotz etwaiger Legitimationen neuer Ordnungsmodelle unter internationalen Verabredungen. Doch die Regeln blieben rudimentär oder wurden nicht neu justiert, sondern unterlagen weiteren individuellen Freiheitsrechten, eine weichgespülte Blaupause des marktfundamentalistischen Systems. Konsum hieß die neue Religion! Wilde Meuten stritten sich am Futternapf. Proportionen gingen verloren, vielleicht auch Maßlosigkeiten, kurz gesagt: Gier beherrschte den Dschungel der Börsen, und bestimmte Eliten verloren ihre gute Erziehung. Mit der Zeit verstanden alle ihr Leben als eine einzige Zuzahlung. Die Ideale verkümmerten. Diesen Preis schluckten sie verzweifelt, einem räudigen Köter gleich, aber in subjektiver Wahrnehmung, denn hoffen durften sie stillschweigend. Die damalige Politik mit ihrer Regenbogenkoalition besaß keine Macht über multinationale Konzerne. Zocker von Bulle und Bär feierten sich grundlos, weil sie in den Hierarchien verankert waren, im Rampenlicht standen oder gar ins Rampenlicht drängten.

„Jungchen! Wirtschafts-Englisch ist eine der schwierigsten Sprachen der Welt ...!", fragten die besorgten Eltern ihre Nestflüchter, die ungeduldig nach Oxford, Havard und anderen Eliteschulen ausschwärmten.

„Aber sie ist der Schlüssel zum Paradies!", lachten sie nur hämisch über ihre trivialen Ansichten. Ohne regulatorischem Wesen kehrte das anrüchige halbverhungerte Personal die Treppen von unten nach oben und überließ die Finanzmärkte ohne tragfähige Geschäftsmodelle der Selbstregulierung, natürlich unter den Argusaugen von Pseudowächtern. Ihrer fachmännischen Meinung zufolge legten sie gesteigerten Wert auf den Vergleich zwischen ihrer Wahrnehmung zur Verantwortung des Debakels und der unverantwortlichen Freigabe von Informationen dieses Systems. Damit bekam jede weitere Debatte darüber eine größere Balance. Man konnte das Pferd zur Tränke führen, aber man konnte es nicht zwingen, zu trinken. Darüber hinaus verunsicherten sie den Mob und Snob mit vorsätzlichen Spielchen, wie Preise rauf – runter, runter – rauf an allen möglichen Zapfstellen, hier 0,52 % weg von der und der Steuer, da 1,208 % wieder drauf, damit sie vom eigentlichen Thema ferngehalten und auf Null gestellt werden konnten. Es sollte so weit kommen, dass man abends in der Kneipe, nach der Arbeit, nichts mehr normal besprechen konnte: „Keine hard facts bitte mehr, und halten Sie am besten jetzt die Schnauze!"

Als schließlich ein Crash den anderen jagte, blieben den süchtigen Spielern und Schmarotzern nur begrenzte Möglichkeiten: Entweder musste man sich eine neue Identität geben oder eine Pistole in den Mund stecken und abdrücken. Das war mehr als finster!
Alex knallte mit der linken Schulter auf die stählerne Treppe und polterte bis zum nächsten Absatz hinunter. Benommen stand er wieder auf und schaute gehetzt hoch.
Splitter, Abschaum und Unrat flogen ihm nur so um die Ohren. In der Luft schwelte die Pest, und deren stinkender Unflat klemmte sich eitrig um Alex' Hals. Trockene Hustenanfälle blockierten die Atemwege.
Dann kamen sie – und sie wirkten quicklebendig, nicht wie Zombies in einem überholten Gruselschocker. Sie waren in ihrer Substanz weder das eine noch das andere – aber eines vermochten sie bestimmt gewesen sein: Wiederholungstäter, Kinderschänder, Meuchelmörder, Kannibalen und andere kranke Schlitzer. Einst zählten sie zu den heimlichen Gewinnern dieser Welt, entkamen, wie Alex, den Verliesen der Verlierer. Doch vor ihren Instinkten kapitulierend, degenerierten sie zu jämmerlichen Versagern. Alle waren da! Alle wollten ihn! Hunderte – Tausende! Sie kamen, um sich an ihm festzuklammern – die letzte Chance, ihre schwarzen Seelen freizukaufen, mit neuem Opfer!
Stumm wuselten sie, wie ein Schwarm gereizter Kakerlaken, zu ihm herauf. Nur ihre schnellen schlurfigen Schritte konnte man als zwitscherndes Gerassel vernehmen, dass näherkommend, ohrenbetäubend wurde. Dazwischen gellten vereinzelt helle Schreie, hervorgerufen aus ekstatischem Dopamin und Adrenalin, ihre Freude darüber, endlich die Lösung all ihrer Probleme gefunden zu haben. Angriffslustig im beseelten Fanatismus strömten die irren Scharen in geballter Dröhnung hinter ihm her.
Alex wurde sekundenlang von lähmender Angst übermannt. Nichtsdestotrotz normalisierte er für Sekunden mit einem Willen aus Stahl seine Herzfrequenz. Endlich rannte er die ramponier-

ten Eisentreppen empor, mechanisch – wie eine programmierter Cyborg, angetrieben von Wut und Entschlossenheit!
Doch das Dach war noch so weit! Der Wolkenkratzer unterteilte sich in etwa zweihundertdreißig Etagen, und der Verfolgte befand sich erst in der Höhe des siebzigsten Stocks. Wie besessen sprang er in die Treppen und wuchtete sich am Geländer hoch.
Gnadenlos folgten die Kakerlaken. Plötzlich, er musste wohl in der hundertachtundzwanzigsten Etage gewesen sein, las er ein Reklameschild an der Hauswand. Scheppernd schlug es von Schneeregenböen geschüttelt gegen die Glasfassade.
In großen Lettern stand verwittert: „PARADISE". Das Hotel trug noch den längst abgeschriebenen Namen.
„Unter – einem – Paradies stelle – ich mir – wahrhaftig was – anderes vor!", keuchte Alex auf den letzten Stufen stoßweise hervor. Aus den Augenwinkeln bemerkte er, wie sich das Schild linksseitig von der Wand löste, um pendelnd nach oben zu zeigen.
Auf dem Dach angekommen, blickte er zurück auf den überquellenden ratten- und kakerlakenverseuchten Haufen unter sich. Oha! Hatten die zum frühen Morgen schon schlechte Laune!
Hier oben pfiff es widerwärtig. Der Wind kam ablandig und tobte böse auf die See hinaus. Ihm blieben nur Sekunden zur Entscheidung. Alex rannte zum anderen Ende des Daches und schaute hinab in die Tiefe. Zum anderen Ende?
Erst jetzt fiel ihm die außergewöhnliche Plattform der Bedachung auf. Sie hatte den Grundriss eines Dreiecks – des Zeichens aller Verwerfung! Die stählernen Eckpunkte dienten zu Konjunkturzeiten als Hauptträger eines luftigen Bordells, einer zehngeschossigen Penthousekugel aus Glas. Von dieser gewaltigen Kugel lagen nur noch unzählige Glassplitter herum. Die geschwungenen Riesenstacheln bohrten sich vierzig Meter hoch in den schwarzen Himmel. Eine Spitze des Grundrisses zeigte hinaus aufs Wasser.
Das Gebäude profilierte sich seinerzeit zu einem der bestbesuchten Strandhotels. Es entstand direkt am Meer und stellte in seiner architektonischen Qualität damals eine absolute Novität,

das weithin sichtbare Wahrzeichen dieser fragwürdigen Stadt dar. Eine echt emotionale Immobilie!

‚Hm! Macht, Mord und Korruption sind keine Basis für ein echtes Paradies', beutelten sich die Gedanken im Hirn des Gejagten. Mit Fassade und Ablenkung ließen sich Menschen aufs Neue täuschen. ‚... und mit Speck fängt man jede Maus ...'

Etwa fünfhundert Meter unten kochte wütend die Brandung. Auf den anderen beiden Seiten rückte das umliegende Häusermeer in kulissenhafte Ferne und markierte kaum wahrnehmbar seine Umrisse. Alex erfuhr durch die konturierten Silhouetten einen neuen Eindruck von entgrenzten Räumen. Selbst jetzt versteckte feige die Stadtlandschaft ihr Attraktionspotenzial vor jenem elitären Ausblick, der vor Jahren scheinbar selbstverständlich entstand, aber voraussichtlich für den folgenden Benutzerkreis reserviert wurde.

Hinter Alex' Rücken jaulte plötzlich ein fanatisches Gebrüll hunderter Kehlen auf. Jetzt waren sie auch oben angelangt. Der ganze Abschaum hatte ihn verfolgt und sich hier eingefunden. Legionen von Verlierern und was es sonst noch in dieser Kategorie gab, füllte den Wolkenkratzer bis unter das Dach aus. Langsam kamen sie in geduckter Haltung näher, ohne einen Gedanken an Schonung zu verschwenden.

Immer stärker und größer verlangten sie, an seiner Kraft saugen zu dürfen, wie ausgetrocknete Vampire. Langsam zogen sie ihn hinunter auf ihre Verliererstufe. Die Brut lähmte seinen Verstand, mit ihren mitgebrachten toxischen Cocktails von Schuldgefühlen, Hysterien und Zwanghaftigkeiten. Schreiend und johlend kreiste die homogene Masse ihr Opfer ein. Ein Aufgehen dieser individuellen Befindlichkeit wallte in Fieberschauern durch den geschwächten Körper des Alleingelassenen.

Endlich kam etwas Ruhe auf den Platz. Sie schienen nun vollzählig zu sein. Schweigend starrten sie Alex von allen Seiten an. Nur der Sturm mit vereinzelten Schneeflocken heulte zwischen ihnen hindurch.

Rechts von ihm bildete sich plötzlich eine Gasse und machte grunzend einem Typen Platz, der hier anscheinend das Sagen hatte. Seinem Aussehen nach zu urteilen, konnte dieser Vermutung durchaus beigepflichtet werden.
Seine Statur, so hoch wie breit, bedeckte ein schwarzer, schwerer Mantel. Unter der fettigen Kapuze versteckte sich eine halb zerfressene deformierte Visage. Sie schien dem Ebenbild eines riesigen Holzwurms vergleichbar (Anobium punctatum, um genau zu sein). Langsam entblößte der Mutant sein abgrundtief hässliches Aussehen. Aus den Augenhöhlen glühten finster und drohend drei rote Glotzäpfel, so groß wie die Eier des Straußes, mit quer liegenden schwarz geschlitzten Pupillen zu Alex herüber. Hinter den hervorspringenden blauen Hornlippen bleckte ein speicheltriefendes schadhaftes Gebiss, in dem Parasiten und Würmer ihr Zuhause fanden. Dahinter verbarg sich ein Wolfsrachen, aus dem ununterbrochen Grunzlaute hervorbrachen.
‚Von jedem ein bisschen schleppst du mit dir rum ...', dachte sich Alex, ... wahrscheinlich leidest du an einer paranoiden Persönlichkeitsspaltung! Mal sehen, was du von mir willst. Ich stehe hier jedenfalls in einem Riesenscheißhaufen und habe dafür nicht die passenden Stiefel! Fuck!'
Unter dem geöffneten Mantel war die Ausgeburt mit einer undefinierbaren, wahrscheinlich selbst kreierten Ausstattung bekleidet; eine Mischung von abgewetzten Stahl- und Lederapplikationen. Ein Gestank nach Buttersäure und Schwefel verfilzte die Luft.
Bedrohlich näherte sich das Scheusal Alex und blieb stolz drei Meter vor ihm stehen. Geringschätzig ließ der Unhold den Blick an seinem Gegner herabgleiten und zischelte unverständliche Formeln, während Alex als viertausend Jahre alter Gletscherklumpen verharrte.
Ein lang gezogener Siegesschrei des Scheusals unterbrach die Musterung. Alex zuckte zusammen, tat aber so, als wäre er von der selektierten Mutation unbeeinflusst. Der Anführer

verstummte mehrfach röchelnd. Schuld bekam sein klebriger Speichel, an dem er sich fast verschluckte. Glattweg spuckte er den grünen Schlamm quer über dem Platz aus, hinüber zu den anderen Anwesenden. Er zählte die Menge einer halb gefüllten Badewanne, die dort, als sie auftrat, fünf missratene Kerle von den Beinen riss. Danach schaute er in die Runde und brüllte mit tiefer, aber heiserer Stimme in die Masse:
„Schaut her! Seht ihn euch an! Das ist Ihre Majestät, Lord Orlow! Alexander von Orlow! Das ist der Kerl, der sich einbildet, als Einziger davonzukommen! Kennt ihr ihn ...?"
„Jaaaaaa ...!!!", schrie der gesamte Haufen so laut, als hätte man bei einem Fußballweltmeisterschaftsfinale nach der zweiten Verlängerung endlich das entscheidende Tor im Kasten.
„Das ist jetzt unser Künstler! Früher war er nur als Hartz-IV-Penner bekannt!", lachte der Anführer. Die Masse ringsum johlte und pfiff. „Weißt du, wer ich bin?"
Klar wusste Alex, wen er da vor sich hatte, doch zollte er seinem Gegenüber nicht den mindesten Respekt.
„Das ist eine gute Frage, auf die ich leider im Moment keine Antwort weiß! Woher sollte ich dich kennen?! Bist du ein ungebetener Gast? Und was wollt ihr hier? Ich habe euch nicht gerufen!", schrie Alex in die Runde hinein.
Alle verstummten mit einem Schlag. Der Anführer lachte laut grunzend auf. Das offen stehende Maul triefte nur so.
„Natürlich weiß er von nichts. Wie immer, Grütze im Schädel ...!"
„Grütze! Grütze! Grütze! Grützä! Grützäää ...!", riefen die Massen in Sprechchören und warfen ihre geballten Fäuste in die Höhe. Der Anführer gebot mit einer flüchtigen Handbewegung Ruhe.
„Nächste Frage: Weißt du vielleicht, woher ich komme? Ich gebe dir einen Tipp: Es ist nicht der Himmel!"
Alex schaute betrübt an sich herab.
„Nein, es ist nicht der Himmel ...", wiederholte er tonlos die entsetzliche Wahrheit des Bösen.

„Helft ihm auf die Sprünge!", grinste der Gegner kopfschüttelnd. Aus der Menge lösten sich zwei mit Warzen übersäte Gestalten und humpelten heran. Gierig beäugten sie Alex mit ihren ebenfalls geschlitzten Fratzen.
„Halt!", gebot Alex mit ausgestreckter Hand. Die beiden stutzten und schauten halb fragend, halb protestierend zum Anführer hinauf. Drohendes Gemurmel und Gegrunze rollte kurz durch die Menge.
„Keiner von euch Grützbeuteln fasst mich an!", bekräftigte Alex entschieden. Höhnisch lachend wackelte der Anführer mit seinem hässlichen Schädel, als schüttle er einen lästigen Hornissenschwarm von sich.
„Okay – du willst mich also nicht verstehen. Vielleicht hilft dir das! Ich habe ein nettes Geschenk für dich mitgebracht! Du weißt doch: Kleine Geschenke erhalten die Freundschaft. Das hier ist meins! Extra für dich!"
Die Menge pfiff und kreischte, wie auf einer Kinki-Palace-Party.
„Zeigt es ihm!", befahl das Scheusal und schnippte mit seiner verdreckten Schuppenhand.
Es kam Bewegung in die Masse. Ein knarrendes Geräusch und das rhythmisch grölende Rufen der angestochenen Meute übertönte das Jaulen des immer schärferen Schneesturms. Ungefähr zwanzig Mann schafften keuchend und grunzend ein rollendes Holzgebilde heran. Das runde Ding hatte einen Durchmesser von etwa zehn und eine Dicke von zwei Metern. Es schien von ganz allein zu rollen. Die Typen hatten alle Hände voll zu tun, um es abzubremsen. Unter laufenden Flüchen und Gebell stemmten sie sich in dessen rechte Seite, hoben es aus und kippten es vor Alex um. Krachend splitterten Holzteile ab. Ein Zittern durchlief das Gebäude. Der Fußboden sackte einige Zentimeter weg. Betonträger knirschten in den darunter liegenden Etagen und ließen Fragmente wegplatzen. Durchbrochene verrostete Armierungseisen ächzten freigelegt auf. Entsetzen packte Alex. Er wich einige Schritte zurück.

„Ich wusste: Dieser Strohhalm wird dir gefallen!", höhnte der stinkende Riese und verschränkte siegessicher die ausladenden Pranken vor seinem schuppigen Brustpanzer.
Alex starrte auf sein „Geschenk" wie auf eine Leinwand in einem falschen Film. Langsam umging er es. Die Umstehenden machten ihm Platz.
Vor ihm lag ein abgebrochenes Mühlrad mit knarrenden, ruckartigen, unnachgiebigen Drehbewegungen. Ohnmächtig hockte er sich davor. Das Rad war über und über mit einer dicken Salzkruste überzogen, mit der Menge aller Tränen.
‚Das Salz der Erde ... der Zeitpunkt ist gekommen ...', dachte Alex und berührte eine der vielen Kammern. Im Nu überzog das Salz seine Hände. Ein Gruß von Freunden, Geliebten und allen anderen Betroffenen, die gelitten und sich geopfert hatten? Unsicherheit und Traurigkeit befielen ihn. ‚Habe ich meine Aufgabe zu Ende führen können ...?'
Wut begann in ihm zu kochen, Wut über seine Handlungsunfähigkeit, nichts mehr erreicht zu haben.
„Zurück in die Zukunft!", hohnlachte der finstere Gebieter. Die Masse tobte wiehernd.
„Hinweg mit dir und deiner Brut, damit endlich Ruhe wird!", zerbiss knirschend Alex Hassmotivationen zwischen den Lippen. In seinen Augen aber standen Flammen.
„Was sagst du da? Du Narr! Weißt du nicht, mit wem du da redest? Ich bin Mammon!", dröhnte er, „Maaaaaammoooon ...!!!"
Unter den donnernden Echos der Straßenschluchten wanden und zitterten die umliegenden Bürotürme wie Pappeln hin und her.
„Was du nicht sagst! Ich hoffe, das wird jetzt keine Zeitverschwendung! Du hast nämlich Dreck unter der Tribüne, Mr. Populär!"
„Was glaubst du überhaupt, wer du bist?!", donnerte der Führer jetzt außer sich.
Alex behielt die Fassung. Öffentliche Demütigungen steckte er weg wie USB-Sticks.

„Schon wieder derselbe einschüchternde Ton! Vor langer Zeit, da sah ich dich in einem der Spiegel!"
„Schlaues Bürschchen! Ich sehe, du denkst mit!"
„Das sagen alle zu mir!"
„Bist du nicht der Bengel, der sich damals nicht entscheiden konnte?"
Das Theater belustigte alle außer dem Bengel. „Ich habe aus dieser Kammer die beiden Stühle mitgebracht. Wie du siehst, bin ich sehr hilfsbereit und großzügig. Das sagen auch alle!", höhnte er und gab den beiden wartenden Dienern ein Zeichen. Humpelnd schleppten sie die schweren Sitze heran und stellten sie vor Alex ab. Er war sich unschlüssig, sie in der dunklen Kammer damals gesehen zu haben. So sehr er sich bemühte, seine Erinnerungen schienen ausgelöscht.
Gemächlich nahm der Anführer auf einem der Throne Platz und grinste von oben herab. Seine drei Schlitzäpfel blitzten arglistig, versteckten ungeschickt die Falschheit.
„Du hast kein Recht, mich nicht gehen zu lassen!", brüllte Alex im bitteren Misstrauen und stapfte in Richtung Treppe los.
„Ganz ruhig! Hiergeblieben! Du hast einen Fehler nach dem anderen bis heute gemacht und nie etwas daraus gelernt. Aber ich bin ja kein Unmensch, sondern schlage dir ein Geschäft vor, natürlich unter Freunden!"
Der Gegner war plötzlich wie verwandelt. Er stand als seriöser graumelierter Herr in einem glänzend-grauen maßgeschneiderten Nadelstreifenanzug vor ihm. Auf dem knallig orangefarbenen Hemd lag ein passender Binder. Seine Hochglanzschuhe waren das Geschenk einer Nobelmarke. Während Alex diese Erscheinung zu deuten versuchte, holte sein Gegenüber eine Zigarre zum Vorschein.
„Willst du auch eine?" Alex verneinte. „Natürlich nicht! Wie konnte ich das nur vergessen!"
Der ältere Herr steckte seine Zigarre in Brand und setzte sich wieder hin. „Seit ich vor langer Zeit das Ding hier erfand, habe ich

'ne Menge Freunde, die mich ganz einfach nicht mehr verlassen möchten ...!", fuhr der Graue grinsend fort und zog einen Vier-Zentimeter-Zug von der knisternden Glut. Der ganze Platz lachte auf. Mit freundlicher Geste zeigte der Herr auf den anderen Sitz. „Nimm Platz! Nimm Platz, und du wirst schon ein wenig Macht spüren", sagte er und goss aus einer schwarz-roten Magnumflasche Champagner in bleikristallene Pokale. Schwunghaft reichte er einen davon herüber. Alex schlug aus, setzte sich aber höflich. „Keine falsche Bescheidenheit! Zusammen werden wir unschlagbar sein und alles beherrschen!"
„Ich will nach Hause ...!"
„Es will nach Hause! Hört ihr? Unser Weichei fängt an mit heulen ...! Er bricht uns das Herz. Mir kommen auch gleich die Tränen ...", winselte der Graue mit weinerlicher Fratze. Die Meute jaulte mit, gleich einem Rudel Wölfe bei Vollmond. Der Alte grinste über das schaurige Theater hinweg, stellte den Pokal ab und lief die Reihen auf und ab.
„Ihr, mit Eurem blöden ‚nach Hause'!", wandte er sich wieder seinem Verhandlungspartner zu. „Ja – hast du denn eins?"
„Das kommt drauf an!"
„Verstehe! Bei dir daheim ist es langweilig! Was willst du denn da? Deinen Leuten auf der Tasche liegen? Du schlägst dich immer auf die falsche Seite!"
„Ich liege dort niemandem auf der Tasche!"
„Dort ...?"
Alex zeigte mit dem Daumen in den Himmel.
„Ah! Jetzt weiß ich, worauf du hinauswillst!"
„Ach! Das hast du schon immer gewusst!"
„Mag sein! Wie kommst du darauf, dass dort DEIN Zuhause ist?"
„Die Stimmen haben es mir gesagt!"
„Die Stimmen ...!", höhnte der Graue aufs Neue und griff sich an die Stirn und schüttelte grinsend seinen grauen Kopf. Die Meute auf dem Platz zerschoss sich vor Spott. „Hör mal! Wenn

du Stimmen hörst – okay! Wenn man zu jemandem nach Hause gehen kann, fühlt man sich geborgen. Aber nicht, wenn die Stimmen aus dem Jenseits sind! Da komme ich nicht mit! Das ist mir zu hoch!"
„Das glaube ich dir sogar!"
„Glaube mir: Der Glaube bringt dich jetzt nicht weiter!"
„Und was berechtigt dich da, mir jetzt ein überflüssiges Gespräch aufzudrängeln?"
„Hallo? Egal, wie hoch du noch hinauswillst: Jetzt steckst du erst mal bis zum Hals in der Scheiße! Du kannst vielleicht abheben, wenn wir miteinander fertig sind und ... wir sind noch nicht miteinander fertig!"
„Das konntest du mir auch eher sagen! Übrigens, wieso musst du mich laufend korrigieren?"
„Ich hasse diesen Job! Um dich weiterzuentwickeln! Ich brauche dich als meinen neuen Administrator! Habe zuviel um die Ohren, Geschäfte! Wer viel arbeitet und dabei das Vergnügen vergisst, stumpft ab, verstehst du das?"
„Geschäfte! Pah! Wasserflöhe!"
„Scheißamateur! Woher hast du deine Frechheit? Dein ‚Zuhause' hat dich radikalisiert, wie?"
„Weil ich rede und nicht den Mund halte? Die paar lausigen Eurokröten müssten sich schnell abhaken lassen!"
„Wie schräg bist du denn drauf! Entweder unterschätzt du die Macht des Geldes oder gehst zu leichtfertig damit um! Ich habe das Geld erfunden, und ich kann es geben, wem ich will! Na? Fällt bei dir der Groschen?"
„Ja, du hast recht! Okay, ich versachliche: Verteile dein ganzes Geld an die Armen, an die Hungernden, an die Kranken, an den Tierschutz, an den ..."
„Blablabla! Ich lasse mir von dir nicht vorschreiben, was ich zu tun habe! Aber ich stelle fest, dass du auch deine Stärken hast, die es nur gilt besser zu nutzen. Doch darin werde ich dich natürlich bestens unterrichten."

„Ist das die Welt, die du dir vorstellst?"
Der Alte zuckte nur mit den Schultern.
„Das heißt wohl: Ja?"
„Nur rein symbolisch, versteht sich! Also bitte keine Vorschläge, die im Wesentlichen vorher erkennbar übers Knie gebrochen worden sind! Wo bleibt denn da der Spaß?"
„Du solltest dich pudern lassen und zu einem Nachrichtensender gehen! Von dort hört man auch wenig Neues ...!"
„Was soll die Mäusescheiße, verdammt!"
„Nichts! Ich werde meine Einstellung deswegen nicht ändern, nur um deinen Forderungen gerecht zu werden!"
„Ha! Du kannst den Mund nicht voll genug nehmen, und wenn du dich an den großen Brocken verschluckst, ziehst du dir das Büßerhemd drüber! Und deshalb bleibst du ein Versager, ein Abkacker! Tschuldige! Is' mir eben halt so rausgerutscht!"
„In meinem Leben gab's bisher noch nie eine Herausforderung, die ich nicht angenommen hätte!"
„Eben! Eben deshalb sitzen wir heute und hier an diesem lauschigen Plätzchen zusammen und beraten über deine neue Zukunft! Ich verspreche dir: Sie wird alles, was du dir erträumt hast, erfüllen! Ich garantiere dir, dass die Sicherheit dafür nicht durch das Gesetz gewährleistet wird, sondern durch die Realität! Naa? Ist das nicht schon ein kleines seelisches Lachsbrötchen?"
„Pssst! Nicht so laut! Ich habe meine Ruhe verdient und darf das auch verlangen!"
„Nichts Leichteres als das! Jeder hat seine eigene Art, mit seinem Leben fertig zu werden. Die einen laufen immer weg. Die anderen bleiben, um ..."
„... zu kämpfen!"
„Nein! Nicht ganz!"
„Was dann?"
„Um zu unterschreiben!"
Alex verzog sein Gesicht, als ob ihm ein bitterer Kelch gereicht würde.

„Unterschreiben?"

„Ja klar! Du bist doch ein Gewinner und zählst zu den Besten deines Fachs. Du hast Anrecht auf die schönsten VIP-Plätze bei uns in der Lounge, denn du bist uns wichtig! Hier bitte!"

Der ältere Herr zog einen Vertrag aus dem Revers und breitete ihn auf dem Mühlenrad aus. Alex nahm das Dokument und las das Kleingedruckte. Als er über den Rand hinaus sah, entdeckte er an seinen Beinen weiße Nebelschwaden. Klirrende Kälte kroch an ihm hoch und legte den Blutfluss lahm.

„Ich ... ich ha...be... keinen ... St...Stift mit...bekom...men!", wehrte sich Alex gegen die heranziehende Kaltfront.

„Oh! Das ist das kleinste Problem!", sagte der Graue und legte ein Skalpell daneben.

„Was ... soll ... ich daaa...mit?"

„Du bist so hilflos wie 'ne Robbe in der Brandung! Ich denke, du bist ein Gewinn ...?"

Der Alte hatte noch nicht zu Ende gesprochen, da ließ sich Alex fallen und wälzte sich schleunigst aus dem unmittelbaren Gefahrenbereich heraus. Sofort gewann er seine Körpertemperatur zurück.

„Spiele ich dein Spiel, bin ich ein Verlierer!", rief er und stand wieder auf.

„Das muss ich mir nicht bieten lassen!"

„Nein, aber ich bin es!"

„Wo ist dein Vertrauen?"

Alex gab keine Antwort, sondern drehte sich einfach weg und wollte gehen. „Wer gibt dir das Recht, mich so zu behandeln?", fragte der Graue.

„Du wirst auch eines Tages einen Fehler machen, und dieser Tag ist heute!"

„Du kommst dir so groß vor, wie ein Vollidiot! Was meinst du, wo du hin könntest, egal wo du hin willst?!"

„Das ist eine seelische Bedrängnis! Ich ziehe es vor, nur in der Anwesenheit meines Anwalts zu sprechen oder hole mir eine richterliche Verfügung!", spottete Alex.

„Der Kerl ist echt übergeschnappt! Jetzt hör' mal genau zu! Der Oberste vom Obersten Gerichtshof bin ich, verstanden?"
„Du meinst: der Unterste ...!"
„Du wirst wie Hundescheiße an meinem Hacken kleben!"
„Das wussten sie noch nicht! War 'ne ergreifende Rede! Ich hau' jetzt ab! Meine Zeit ist nämlich begrenzt! Wir sehen uns demnächst vor Gericht! Die Welt ist ein Dorf! Nur die Toten kommen nicht zurück! Bye!"
Alex wandte sich wiederholt zum Gehen.
„Das muss gerade von dir kommen! Du bist schon immer abgehauen! In welcher Traumwelt bist du großgeworden?"
„Nein! Das habe ich mir in der Klapsmühle ausgedacht!"
„Da will ich dir nicht widersprechen! Hast wohl inzwischen gelernt, nicht so viel Blödsinn in die Welt zu setzen, was?"
Der Graue suchte wieder etwas in seiner Jackentasche. „Möchtest du auch 'nen Apfel? Ich kriege langsam Kohldampf!"
Umständlich hielt er ihm eine außergewöhnlich große, blank polierte Frucht unter die Nase. Alex zauderte zunächst, nahm aber die Frucht an. Sie wog schwer in seiner Hand. Dann biss er hinein und kaute bedächtig. Nach drei Minuten kaute er immer noch, ohne einmal geschluckt zu haben „Na komm schon, würge das verdammte Henkersmahl schon runter ...!", dachte sich der Alte.
„Behalte dein Gift! Du wirst es noch brauchen!", rief plötzlich Alex und spuckte über den Platz seinen Mund leer.
„Gift, sagt er! Wenn ich nicht nachgeholfen hätte, sähen die Früchte nicht so schön bunt aus. Da schau!"
Der Alte zauberte noch mehr schöne, unbekannte Früchte hervor.
„Ist das hier der neue Obstbasar oder haben wir die ‚Grüne Woche'?"
„Dann eben nicht! Magst lieber Muscheln, wie?"
„Deine Pestizide auf den Feldern haben die Menschen erst krank gemacht, und mit den nächsten Giften, den Pillen, die sie angeblich heilen sollten, starben sie!"

„Du bist sehr negativ! Du hast bis jetzt keinen Anspruch auf diesen Planeten! Bemühe dich wenigstens einmal, dich altersgerecht zu verhalten!"

„Meine Freunde lieben mich so, wie ich bin!"

„Freunde? Wo sind denn deine Freunde! Wach' endlich auf!" Alex sah sich auf dem Platz nach weiteren Fluchtmöglichkeiten um. Ein aussichtsloses Unterfangen. „Jetzt hör mir mal genau zu! Du hast keine Freunde! Ich habe sie und mehr als genug! Sieh dich doch um!"

„Diesen missratenen Haufen nennst du deine Freunde?"

„Mit deiner negativen Einstellung siehst du alles im schlechten Licht! Hättest du nur einen Funken mehr Verstand, würden sie alle hier wie Menschen aussehen! Versuch doch ganz einfach mal!"

Dieses Argument saß, doch dem Alten konnte Alex nicht trauen. Trotzdem versuchte er seine Einstellung zu ändern. Siehe da! Es gelang. Die fürchterlichen Kreaturen verwandelten sich nach und nach in ganz normale, freundlich lächelnde Menschen. Unter ihnen entdeckte er viele, sehr berühmte Persönlichkeiten aus den vergangenen Jahrtausenden, die er nur vom Hörensagen kannte. „Es geht doch, wenn man will! Darf ich dir einen meiner Freunde kurz vorstellen?"

„Wenn es denn unbedingt sein muss ...!"

„Mein Herr, darf ich vorstellen: Doktor Frankenstein!"

Ein junger Mann, in einen schwarzen Gehrock gekleidet, löste sich aus der rauschenden Menge. Galant nahm er den Zylinder vom Kopf und verneigte sich. Zu Alex gewandt, raunte ihm der Alte zu: „Und wie du leicht feststellen wirst, sorge ich für jede Menge Publicity, auch für dich, wenn du willst!"

Seine geifernde Grausamkeit in den Augen bei diesen Worten sorgten bei Alex für Magenschmerzen.

„Doktor Frankenstein!", wandte sich der Alte jetzt an den Angesprochenen.

„Ja, mein Gebieter!"

„Erklären Sie doch mal dem jungen Mann hier kurz ihre Lebensauffassung. Mich dünkt, dass ihn die Härte des Lebens voll getroffen haben muss und er, na, Sie wissen schon ...!"
„... vielleicht ein paar Schrauben locker sind ...?"
„Äh, das haben Sie gesagt. Sie wissen doch: Es gibt nichts Schlimmeres, als einen Verrückten mit einer Mission! Geben Sie ihm das Gefühl, sich um nichts mehr Sorgen machen zu müssen! Sagen Sie es ihm. Ich bitte darum!"
Der Alte musste sich bei seinem Auftritt ständig das Lachen verbeißen. Derlei Veranstaltungen bereiteten ihm mörderischen Spaß.
„Junger Mann!", wandte sich Frankenstein an Alex. „Machen Sie in ihrem Leben einmal das Richtige, machen Sie weniger Kompromisse! Setzen Sie ihre Ziele durch ...!"
„... Kennen Sie denn meine Ziele?" Frankenstein verdutzte über die Unterbrechung. „Sehen Sie, ich glaube nicht, dass es eine Entscheidung ist, die Sie treffen könnten, Mister Frankenstein!"
„Egal! Ich glaube, dass ihre Ziele für beide von Nutzen sind!"
„Für beide?"
„Für Sie und Ihre Ziele! Es wird Zeit, sie durchzusetzen! Hören Sie nicht mehr auf andere! Ich habe auch nicht auf andere Dummschwätzer gehört und bin zu meinem Schluss gekommen!"
„Und der wäre?"
„Sie kennen doch meine Praktiken! Alle kennen sie ...!"
„Ja! Mit Frauen zum Beispiel!"
„Was haben Sie dagegen?"
„Ich nicht, aber die Frauen vielleicht!"
„So? Ich bin ganz Ohr!"
„Frauen werden nicht als Frau geboren, sondern zur Frau gemacht!"
„Eine echte Männerdomäne! Wie für mich geschaffen! Und ich gehe noch weiter: Früher oder später werde ich den Tod besiegen, indem ich das Leben erschaffe! Schauen Sie! Ist das nicht

vollkommene Kunst? Ich liebe meinen Beruf!", rief er in theatralischer Gestik und stellte einen grünen plastischen Godemiché auf den Thron.
Die Menge applaudierte in frenetischer Unausgegorenheit.
„Mann, oh Mann! Was für ein hirnverbrannter Job! Unsterblichkeit erlangen nur die, die sie auch verdient haben!", rief Alex in das Rauschen hinein.
„Ich muss doch sehr bitten!"
Der Doktor verlor beinahe die Fassung über so viel Leistungsschmälerung.
„Kennen Sie Einstein?"
„Wer kennt den nicht?", blinzelte der Doktor und suchte beflissen in der Menge. „Ist er denn auch unter uns?"
Ein Männchen mit gebogener Nase und langen weißen Haaren meldete sich übereifrig, ein Double des Physikers. Doch der Alte ging dazwischen:
„Den brauchen Sie nicht zu fragen, der ist zurückgeblieben …!"
„Nein!", schüttelte die Menge ihre Köpfe. „Herr Einstein hat sich weder an- noch abgemeldet!"
„Dachte ich mir. Er hatte mal gesagt: Wenn eine Idee am Anfang nicht absurd genug klingt, gibt es für sie keine Hoffnung! Das ist der Teil, der Ihnen gefällt, wie?"
„Wohl wahr …!"
„… Danke Doktor!", unterbrach der Graue den Schlagabtausch. „Ihre Zusammenarbeit mit dem jungen Mann wird mir langsam zu sehr symbiotisch! Sie verstehen, einem Machtvakuum kann ich unmöglich dafürhalten! Sicher haben Sie einen gedrängten Terminplan?!"
Etwas sprachlos über den kleinen Rauswurf aus der Geisterdebatte reihte sich Frankenstein wieder in die Menge ein. „Sehen Sie, ich nämlich auch! Auf Wiedersehen!"
Zwei seiner Assistenten, Doktor Mengele und Professor Schreiber, nickten seinem Meister ermunternd zu. Zwei Köpfe weiter hinten stand der Astrologe und Trickbetrüger Hanussen

und strich Formeln murmelnd über seine abgegriffene Alraunewurzel.

„Tja, mein Kleiner! Wie du bemerkt hast, können wir unglaubliche Dinge tun und das Leben verändern!"

„Nur unter Abgabe des Denkens, des kritischen Denkens!"

„Auch dafür wird dich niemand zur Rechenschaft ziehen!"

„Und warum nicht?"

„Weil du was ganz Besonderes bist! Aber hinter deiner äußeren Bravour frisst etwas an deiner Seele!"

„Ich habe den Bruch vollzogen! Ich werde nicht deine Domäne! Das ist alles!"

„Das ist unmöglich dein Ernst! Warum immer diese Voreile? Wir wollen dir alle hier nur helfen! Wir sind doch Partner!"

„Ich weiß, dass ich gern Steaks esse, doch ich will nicht mit dem Fleischer befreundet sein!"

„Du rennst immer weg. Rennst du vor dir selber weg? Der Wert eines Jeden von uns besteht doch darin, in notwendiger Stetigkeit positive Entscheidungen herbeizuführen! Meinst du nicht auch?"

„Funktioniert das dort, von wo du herkommst?"

„Aber sicher!"

„Geh zum Dermatologen!"

„Das wäre mir zu unterhäutig! Ich bin lieber der Zahnarzt, denn ich bin in aller Munde!"

„Sehr aufschlussreich!"

„Das war sogar vertraulich! Wie ich sehe, liebst du den Kampf auf deine Weise! Das ist deine Natur, und das gefällt mir an dir! Ich weiß das zu schätzen! Komm und unterschreibe!"

Mit verdrehten Augen hörte sich Alex den Schmalz an und antwortete:

„Ich will damit nichts zu tun haben!"

Der Alte entwickelte eine unbegreifliche Geduld.

„Ich bitte dich, lediglich einen Blick daraufzuwerfen!"

„Hab' ich schon!"

„Du weißt schon wie. Erst ein kleiner Schnitt in den Finger und dann ...! Ich meine, wenn du jetzt Angst hast, sieht später dein Leben ständig so aus wie bisher!"
„Lass mal! Das ist mir zu gefährlich!"
„Ich verstehe es, wenn du dir Sorgen machst, aber glaube mir – ich habe genug Talent für uns beide!"
„Ich wünsche dir einen magischen Tag!"
„Niemand tut das Richtige! Aber was machen denn Schweine, hm?"
Alex sagte nichts dazu. „He! Erde an Alex! Führen wir hier eine trockene Diskussion? Wenn dir was zusagt, sag einfach: Jepp! Ansonsten Japp!"
„Sie sind glücklich und fressen, japp?!"
„Genau! Sie stehen in der moralfreien Zone und denken nicht nach! Sie denken einfach nicht darüber nach, sondern tun es! TUN – Tag und Nacht, sagte man früher, bei Euch jedenfalls! Also mach' mal jetzt einen sauberen Schnitt in deinem Leben und fange von ganz von vorne an. Du wirst es nicht bereuen! Dein Blut möge vielleicht rein sein. Aber wie steht's mit deinen Vorsätzen, deinen Motiven? Alles derselbe Müll! Sie alle da draußen waten darin und ersticken an ihren Rechnungen, Mieten, Leasingraten, Mahnungen, Mahn- und Vollstreckungsbescheiden, Ehescheidungen – der post mortem gestorbenen Liebe, Gerichtsbeschlüssen und dem ganzen anderen Kram! Sie wundern sich darüber, warum sie nicht vorwärtskommen! Es ist wie verhext, sagen sie! Tja! Wo sie recht haben ..."
Alex schüttelte langsam seinen Kopf und zischte:
„Du bist so krank."
„Bist du eigentlich immer so nett zu Menschen, die dir helfen wollen?"
„Menschen? Ich werde aus Menschen nicht schlau! Ich sehe hier nur Rattenkotze mit Knochen!"
„Das bist du doch auch! Du gehörst genauso mit dazu und nichts anderes. Denk an die erste große Versammlung, als du damals

mit all den anderen Spermien unterwegs warst. Du warst mit einem Vorteil ihnen gegenüber voraus: Du hattest das sagenhafte Schwein, als Erster das verdammte Nachtsichtgerät gefunden zu haben, nichts anderes! Aussehen ist nicht alles!"
„Quatsch! Aussehen! Ich habe ein Motiv, im Gegensatz zu den anderen!"
„Motiv? Dein Motiv ist zu hoch gesteckt, unerreichbar! Höher hinaus kannst du nun wirklich nicht. Hier ist Endstation für dich! Ein bisschen Glück gehört schon zum Motiv, nicht nur zum Geschäft! Am Tag deiner Geburt fing dein Sterben an! Glaub's mir!"
„Endstation – Endstation! Ich bin durch so viele Endstationen hindurch, da kommt's auf die eine auch nicht mehr an. Solange ich atme, habe ich Hoffnung!"
„Was? Hoffnung? Was macht denn der Hoffer den ganzen Tag? Er träumt und träumt und erwartet genau das Gegenteil! Er geht davon aus, dass es rummst und nicht funktioniert! Er holt sich mit Freude ein „Nein" ab, nur um sich in die Bestätigung zu bringen, dass er ja nun doch noch recht hatte. Denn wer träumt, weiß von nichts und glaubt auch an nichts! Er befürchtet, und zwar felsenfest, dass es nicht eintritt, was er sich da erträumt! Sonst würde er nicht träumen, sondern sich drauf freuen! Der Traumtänzer würde ausrufen: Der Hammer! Wahnsinn! Megacool! Macht er aber nicht! Nein! Und so sitzen viele von denen da, pennen oder warten ab, ob eines Tages irgendwo irgendwas passiert! Und über diese Warterei werden sie alt, senil, mutlos und enttäuscht! Sie beklagen sich an den Stammtischen, wie hart das Leben auch zu ihnen war. Traumtänzer bekommen nichts vom Kuchen ab, denn sie sind nur zum Zugucken verdammt! Diese Wichser – nein danke! Pardon – wie sagtest du noch …?"
„Lutscher …! Mit kurzem ‚u' bitte!"
„Aah! Lutscher! Dein zartes Gefühlsleben hat dich verweichlicht …!"
„… Fertig mit deinem Vortrag? Momentan bin ich reichlich mental indisponiert!"

„Du verdirbst mir mein Geschäft?!"
„Was für Geschäft? Ich kriege angeblich den Arsch voll Geld und sitze fest im Sattel? Nur der Esel fehlt noch! Such dir einen anderen Dummen!"
„Du hast dich nicht an die verdammten Regeln gehalten, mein Junge!"
„Erstens bin ich nicht dein Scheißjunge und zweitens sind das keine verdammten Regeln, sondern Gebote von ganz da oben, die ihre Gültigkeit nie verlieren werden! Das ist eine unverrückbare Tatsache!"
„Geeeboooteee? Mir kommen gleich die Tränen! Hast dich weitergebildet, was? Seit wann kennst du dich mit ... Geboten aus?"
„Seitdem ich weiß, wer du in Wirklichkeit bist!"
Wooaaaaoow! Du bist so gut, dass es mir Angst machen könnte!", höhnte der Alte. „Kannst du denn irgendwas beweisen?"
„Abwarten!"
„Du weißt genauso wie ich, dass das unter uns bleiben wird! Aber wie hast du es herausgefunden?"
„Ich kann denken, lesen und schreiben!"
„Wie schön für dich, zuviel Zeit zu haben! In welchen Bestsellern hat Mr. Superschlau denn so rumgestöbert?"
„In der Bibel, wo sonst!"
„Bibel – ha! Haa! Dass ich nicht lache! Wo hast du sie denn gelesen? Etwa zu Hause ... im stillen Kämmerlein?"
„Im Staatsarchiv!"
„Pah! Dort lassen die solche Würstchen wie dich vom Schalter wegtreten ...!"
„Aber nicht, wenn ich den Archivdirektor bestochen habe! Alle sind käuflich!"
„Und wenn schon! In welcher Bibel hast du denn deine „Erleuchtung" gehabt?"
„Auf jeden Fall nicht in deiner!"
„In der anderen findet niemand was ...!"

„Ja, weil sie revidiert und dadurch dein Bild verfälscht wurde. Das hast du mit der Zeit sauber hingekriegt!"
Der Alte starrte Alex an und sagte keinen Mucks. Am liebsten hätte er ihn am Hals gepackt und zugedrückt, doch Alex unterbrach die Pause und rief:
„Dein Schweigen verstößt gegen mein Berufsethos!"
„Hör zu, Klugscheißer! Ich wollte einen Pakt mit dir schließen und du wärst der Erste, der ihn ausschlagen würde!"
„Wir machen gerne verrückte Dinge, wenn wir jung sind!"
„Ach komm, mit 43 Jahren bist du doch nicht mehr der Jüngste!"
„Das ist relativ! Wenn ich die Zeit der Ewigkeit dagegenrechne, bin ich eine totale Frischzelle!"
„Wenn's ums Geschäft geht, musst du lernen, deine Gefühle in den Griff zu bekommen! Das hier ist ein größerer Deal als die Lotterie oder ein verdammter Casinostreich in Vegas. Jede Rücksicht auf Blutsbande entfällt! Niemand zeigt seine Verletzbarkeit! Oder willst du lieber zusammen mit den Hunden von Vegas das Spaghetti aus der Dose fressen?"
„Da kommt dieser feine Pinkel an und spendet mir Lebensmittel! Ein Hund frisst das wieder, was er kotzt! Du spielst mit meinem Geist und denkst, ich sei ein hirnverbrannter Idiot!"
„Das liegt an dir, was du von dir denkst! Wir haben keine Zeit mehr für Frage-Antwort-Spielchen! Nimm dieses Angebot an, und ich werde dich nicht wieder belästigen!"
„Du konntest nie richtig loslassen. Tut mir leid, aber aus dem Deal wird nichts!"
„Und ob! Du schaffst es nicht mal bis zu deinem beschissenen Klo, so schnell haben wir dich alle hier am Arsch!"
„Dies war keine Bitte, sondern eine unabdingbare Forderung!"
„Und ich sage dir, dieser Vertrag ist gleichzeitig ein Pass, der dir weiteres freies Geleit ausstellt! Da draußen wartet eine neue Welt auf dich!"
„Deshalb fragten mich deine sogenannten Freunde vorhin da unten nach meinem Pass?!"

„Ich weiß, ich weiß ...!"
„Mit anderen Worten, wenn ich nicht unterschreibe, komme ich hier nicht mehr weg ..."
„Du verblüffst mich! Hast du tatsächlich Nachhilfeunterricht genommen? War doch eine Versuchung wert, oder? Aber es stimmt nicht ganz!"
„Dann erklär's mir!"
„Diejenigen, die nicht unterschreiben, schaffen wir woanders hin!"
„Und wohin, wenn ich fragen darf?"
„In die Verliese der Verlierer! Inklusive Einzelhaft, wegen der Entspannung ...!"
„Du meinst: einsame Dunkel-Haft? Ab ins kalte Höllenloch?"
„Lausiges Pech!"
„Klingt nicht gerade romantisch! Wo befinden sich diese Verliese?"
„Bei mir zu Hause im Vorgarten, du Schwachkopf!"
Die Menge ringsum verschluckte sich am Gejohle und stimmte ein Pfeifkonzert an. „Tja, Happy-End-Geschichten sind eben doch unvollendete Geschichten! Aber du harter Brocken wirst das schon überleben. Wir leben ja alle irgendwie ..."
„Wie tröstlich! Du lässt dir aber auch jedes Wort aus der Nase ziehen!"
„Nöö, bin bloß rücksichtsvoll mit dir! So 'ne Art Gemütsmensch, wenn du verstehst, was ich meine! Aber du scheinst hier eher Zeit schinden zu wollen ...?"
Plötzlich ging in Alex' Kopf eine 11-Watt-Glühlampe an.
„Abhängigkeit! Das ist es! Von wegen Geschäftspartner! Freunde am Tag werden zu Feinden über Nacht! Du willst die Menschen bedingungslos abhängig von dir machen!"
„Du fängst an zu nerven ...!"
„Von Anfang an hast du die Menschen verführt. Wenn sie sich dagegen wehrten, wurden sie gezwungen ..."
„Gezwungen? Geschwätz! Wie sagtest du: Jeder ist käuflich?!"
„Die haben längst bereut, unterschrieben zu haben! Sie halten nur alle ihre Klappe, weil was im Kleingedruckten steht!"

Alex wandte sich an die murmelnde Menschenmenge und wiegelte sie auf:

„Ihr seid einem Blender gefolgt und habt an ihn Eure Seelen verkauft! Das Gold von Euren Konten und Zähnen habt ihr hergegeben! Und für was, hää? Häää?! Für was?! Für eine beschissene Erbsensuppe!"

Die Menge wogte einem erntereifen Kornfeld gleich. Rufe gegen den Anführer wurden laut. Seine Augen funkelten gefährlich. Alex wusste, sein Unterfangen blieb trotz aller Rebellion aussichtslos. Er machte nur seiner Meinung Luft. Die Seelen waren schließlich alle verkauft, und verkauft ist verkauft! Der Anführer hatte sie alle als lauwarme Erbsen aufgenommen und verheizt.

„Willst du jemandem erzählen, dass nur alle die erfolgreich sind, die ihre Seelen an mich verkaufen?"

„Das brauche ich nicht mehr zu erklären. Die wissen's schon ...!"

„Hör' zu! Auf meinem Geld liegt meine Kraft: Solange es Scheine, Karten, Konten gibt, meint man, das alles haben zu müssen! Tja, so was nennt man Traumfabrik!", kicherte Mammon. „Sie jagen dem Geld hinterher wie Raubtiere! Heute möglichst fette Beute! Dabei ist das einzige Raubtier, das sich zu jagen lohnt: der Mensch! Er ist bösartig, unberechenbar und feige! Und er hat seinen Sinn für Humor verloren! Mit Menschen mache ich den höchsten Gewinn ...!"

„Wer die Menschenrechte durch solche Machenschaften mit Füßen tritt und der Welt offenlegt, der weiß, was er tut, und weiß, was er damit zerstört! Gesteh' dir deine Schuld ein, du König ohne Land, und geh nach Hause, zu deinen Verlierern! Die Besuchszeit ist zu Ende!", forderte Alex ihn heraus.

„Niemals!", brüllte der graue Herr aus seinem Sitz herunter und sprang auf.

„Du hast keine Wahl! Das Blut, das die Welt tränkte, wird dich in deinem Zuhause samt Vorgarten ersticken!"

„Sag' mal: Tickst du noch ganz sauber? Willst du dich mit mir anlegen? Wo bleibt dein Verstand? Das war eine haltlose Unterstellung! Du hast anscheinend die Abläufe nicht in Betracht gezogen! Rede nie wieder so mit mir, denn da, wo ich herkomme, kriegst du dafür ein paar in die Fresse! Muss ich dich wirklich erst zwingen, Spatzenhirn?"

„Ich brauche jetzt keinen Therapeuten! Die Kraft des Blutes ist dein Ende, und in dieser Währung mache ich keine Geschäfte! Das Reich, das du aufstellen willst, wird nie existieren! Und jetzt aus dem Weg!"

Dem Alten fielen über so viel Unverfrorenheit fast die Augen aus den Höhlen.

„Schalte mal auf einen anderen Kanal um! Ich habe langsam die Nase voll von dem immerwährenden gleichen Gesabbel ...!"

„... Ja, und ich glaube, da hängt auch was dran ...!"

„Eher werde ich die Welt dem Erdboden gleichmachen, als dich laufen zu lassen! In diesem Leben wird nichts umsonst überlassen! Was glaubst du, welche Macht der Welt mich davon abhalten kann?" Bei diesen Worten schossen plötzlich Flammen aus seinem Mund hervor, die bis zum Boden reichten. Mit einer schnellen Drehbewegung seines Kopfes zog er einen Feuerkreis um sich und Alex herum.

„Deine Verhaltensweise ist zwar legal, aber sie hat keine innere moralische Rechtfertigung! Du bist und bleibst unbelehrbar, glaubst alles zu wissen und kennst mich überhaupt nicht! Ich entscheide, wer ich bin!"

„Tja, Mister Orlow! Söhnchen! Jetzt sind wir beide allein! Bringen wir es zu Ende!"

„Es ist zu Ende, und es wird niemals anfangen!"

„Mmmh! Wir sind zwar hier nicht beim ‚Jüngsten Gericht', aber ich liebe es, den Gestank von Angst zu riechen! Schon immer hattest du in deinem bekloppten Leben Furcht! Was ist das für ein Gefühl, wenn man Angst hat?"

„Frag doch mal deine Mutter, als sie damals die kleine Managementsnull im Hoolaröckchen hinbekam!"

„Dein großes Maul hat aus dir keinen großen Mann gemacht! Deshalb habe ich dich ins Herz geschlossen! Besondere Begabung

bekommt besondere Behandlung, Arschloch! Und nun werde ich deine verschissene Rübe wegschießen!", dröhnte ohrenbetäubend der Gegner wie von Sinnen und vertrat ihm den Weg.
„Was hast du bloß für ein Vokabular?", fragte Alex, seltsamerweise unerschrocken. „Willst du mit mir spielen? Komm, spiel mit Alex! Komm mit, in den Sandkasten – Alex will jetzt mit dir spielen! Ein Mann sollte sich nicht im Schatten verstecken!"
„Du hast ja wirklich einen vollen Riss in der Schüssel!", brüllte der Alte und hieb seine Faust vor Alex' Sternum. Der überschlug sich und sprang analog einem Aufstehmännchen wieder auf.
„Jaaaa! Ich weiß – ich weiß! Komm jetzt spielen! Koooomm!", schrie er zurück, rollte mit den Augen und wackelte grotesk mit seinem Kopf.
„Glaubst du, einen ehemaligen loyalen Sohn der Familie, wie dich, könnte ich nicht einfach verschlucken, ohne daran zu ersticken?"
„Hast du das aus Amerika, den Hottentotten, Friesen oder von deiner Mutter? Du redest zu viel dummes Zeug! Zeig mal, was du drauf hast!"
Diese unglaubliche Forderung machte auf den Alten Eindruck wie das rote Tuch auf einen gallischen Stier.
„Hackfleisch hab' ich drauf, du Ochsenfrosch!"
„Klar! Aber das ist jetzt alle! Ich habe geschlossen! Geschlossen! Closed! Strängt! Rien na va plus! Capice?!"
„Wie du willst! Du hast es nicht anders gewollt …!"
„Halt! Ich will dir noch eine Frage beantworten, die du vorhin nicht gestellt hast!", spöttelte Alex.
„Spuck's aus, verdammt …!"
„In dem Moment, wo eine Diktatur ihr stärkstes Machtinstrument, in dem Falle die Angst, verliert, in dem Moment ist diese Diktatur am Ende! Deine Kosten-Nutzen-Rechnung geht nicht auf!
Weiter kam er nicht, denn plötzlich verfärbte sich der Alte. Sein Hals verlängerte sich um mehrere Meter. Drohend wuchsen zi-

schend aus seinem gepanzerten Rücken zwei riesige Drachenschwingen, voll mit Dornen und Zacken besetzt. Links und rechts von ihm floh jammernd das Fußvolk zur Seite davon. Mit einem kurzen Flügelschlag zerschmetterte und verstümmelte er ihre Leiber. Aus dem Kopf wucherten vier riesige, nach vorn gebogene Bullenhörner, und das „Gesicht" veränderte sich in rascher Abfolge in die Köpfe vieler, ihm bekannter Personen. Alex erkannte all jene Gesichter wieder, die sich das Recht herausnahmen, ihn in seinem Leben zu verspotten, zu manipulieren, zu steuern und zu benutzen. Das Kreuz auf vier Meter achtzig ausgefahren, wartete der Mutant wutschnaubend auf seinen ungleichen Gegner. Wie festgemacht stand Alex vor diesem abartigen Koloss der Schleusenwelt.

‚Na, da hast du dich ja schick gemacht für mich!', dachte Alex insgeheim. Ein Blitz am tiefschwarzen Himmel verkündete das Einsetzen eines Wintergewitters und brachte ihn in die Gegenwart zurück.

Alex sprang kurz entschlossen auf das Mühlrad hinauf. Flink zog er zwei Bernsteinplatten aus den Taschen. Keinen Augenblick zu spät! Das Unwetter kam heran und entlud sich mit einem Netz aus Blitzen über den Zinnen dieses Hauses. Das zischende Elmsfeuer stürzte sich auf alles, was sich bewegte.

„Du wirst langsam alt und vergesslich. Ich glaube, das gehört dir!", schrie Alex. Gleichzeitig schleuderte er die runden Platten Frisbeescheiben gleich dem Untier entgegen. Dabei zielte er auf dessen Augen. Das seltsame Fabelwesen hatte nicht mit so einem frechen Gegenangriff gerechnet. Regungslos verharrte es völlig verblüfft in seiner Stellung. Ein fataler Fehler!

Die zwei Steinplatten trafen genau die Augen des Unholds. Wie dafür geschaffen, fügten sie sich darin ein und verbreiteten plötzlich eine gleißende Helligkeit.

Fluoreszierend rasten die blauen Blitze aus dem tiefen quellenden Wolkenmeer herab in die Masse hinein. Toll vor Schmerz fing das Ungetüm an, sich wild im Kreis zu drehen und um sich zu schlagen. Dabei trampelte es alle in der Nähe befindlichen Hindernisse kurz und klein. Die meisten der Gesellschaft, die vom blendenden Lichtstrahl und Blitz getroffen wurden, gingen jämmerlich zu Boden und starben grauenhaft. Ihre Leiber blähten sich plötzlich auf und erglühten transparent. In ihrem Inneren kochte ihr fauliges Blut zu quirligen Gasblasen, die die gepeinigten Körper platzen ließen. Überall vernahm man das Klatschen der kleinen Explosionen wie Käsewürstchen mit abgelaufenem Verfallsdatum in einer überhitzten Mikrowelle. Der Gestank verbrannten Mülls wehte über die Stadt.

Alex befand sich noch auf dem Mühlrad und verschwand augenblicklich in eine der vielen Kammern. Unbarmherzig fraßen sich knisternd und zischend die zwei Bernsteine, die Zeitzeugen der Geschichte dieser Erde waren, in die Eingeweide des Drachens. Schwarz-grüne, glibberige Fontänen schossen plötzlich aus seinem mittleren Auge heraus. Brüllend vor Pein stampfte der Herausforderer auf dem Dach hin und her. Mit jedem Tritt gab das Gebäude nach. Weitere Sekunden spätere knallte es dumpf aus der Tiefe. Ein Zittern durchlief die Röhre. Das Stahlpendel musste sich drinnen gelöst haben und abgestürzt sein. Im Nu wurde der Wolkenkratzer instabil.

Auf dem Dach geriet die Situation außer Kontrolle. Der Rest der noch lebenden, dunklen Gestalten wollte sich vor der zerstörerischen Kraft der nächsten Blitze retten. Jeder rannte um sein verpfuschtes Leben. Unzählige hatten die Plattform gestürmt oder sich im Haus verschanzt und wollten wieder weg – doch zu spät!

Die Statik des Hauses war für so viel Last und Bewegung nicht ausgelegt. Berstend knickten unten die Grundpfeiler weg. Der Wolkenkratzer wankte und drohte augenblicklich einzustürzen. Alex spürte ein erdbebenartiges Vibrieren unter sich. Dann gab der Boden unter ihm nach. Fieberhaft hetzten Gedanken durch den Kopf, um hier fortzukommen. Sofort rollte er sich aus seiner Deckung und rannte auf die ungefähr zehn Meter entfernte

Seitenkante zu. Der Weg bis zum Ende des Daches, es war die dem Meer zugewandte Dreiecksspitze, wurde für ihn ein schier endloses Kapitel seines Lebens.

Krachend neigte sich der Bau dem Meer zu. Hinter Alex kam jetzt der Rest der wilden Horde auf der schiefer werdenden Ebene kreischend und brüllend hinterhergerutscht. Dahinter wälzte eine schwarze Woge heran und riss alles mit. Zerfetzte Leichen mit schwarzem Blut vermengt – und dies war kein Sirup mit Lebensmittelfarbe, wie etwa schlechtes Filmblut – bildeten ein verdorbenes Ragout, das Alex wegzuspülen drohte. Scheinbar hatte die Hotelküche hier nichts weiter zu bieten, und das musste noch teuer bezahlt werden. Grollend stellte sich das schwere Mühlrad auf, rollte los und planierte auf seiner Bahn jedes Hindernis. Alex meinte, Blei in die Füße zu bekommen und starrte leer auf die heranbrausende Todeswelle.

Das heftige Rütteln des einstürzenden Hotels schüttelte die letzte Lähmung aus seinem ausgezehrten Körper. Er startete erneut und steuerte auf die mittlerweile waagerechte Dachspitze zu. Auf ihr hetzte er weiter um sein Leben. Da brach sie mit knackendem Knirschen vom Gebäude ab. Links und rechts von Alex stürzten tosend die beiden anderen Stahlkonstruktionen mit der nachfolgenden schwarzen Suppe dröhnend in die Tiefe. Unmengen von Blut regnete auf die Stadt nieder. Als ihn eine der letzten Gestalten an den Haaren zu packen versuchte, trat sich Alex von der fallenden Dachkante weg.

Der Schneesturm nahm ihn auf und trieb ihn mit hinaus aufs unbekannte Wasser. Ohrenbetäubendes Poltern des einbrechenden Gebäudes und entsetztes Kreischen verlorener Seelen begleiteten ihn eine kurze Zeit. Sie alle blieben an ihrem verfluchten Ort zurück. Das Paradies der Ratten löste sich auf. Alle Probleme schienen somit für Alex mit einem Schlag gelöst.

Undurchdringliche Dunkelheit und Schneegestöber versperrten Alex die Sicht. Der Sturm riss an seiner Kleidung und heulte in den Ohren. Hagelkörner peitschten sein Gesicht.

Plötzlich klatschte er hart auf die Wasseroberfläche und ging sofort unter. Todeskälte packte ihn. Bevor er besinnungslos zu werden schien, spürte er den Grund unter sich. Instinktiv stemmte er sich ein und schraubte sich hoch. Prustend begrüßte er die aufgewühlte Wasseroberfläche und versuchte, zum Ufer zurückzuschwimmen. Springfluten warfen die See auf. Wellen schlugen über ihm zusammen. Mit unglaublicher Wucht wurde Alex gegen dicke Holzbuhnen geschleudert. Massive Wellenbrecher behaupteten hier viele Jahrzehnte ihren Platz. Messerscharfe Muscheln bildeten einen von oben bis unten besetzten glitschigen Panzer, an dem es keinen Halt gab. Eine neue Welle brauste heran. Gegen so viel Kraft vermochte der beste Schwimmer nichts auszurichten. Unbarmherzig drückte das Wasser den Mann gegen diese gefährliche Wand. Überall durchdrangen die Klingen seine Kleidung und fetzten sie in Streifen herunter. Schmerzhaft fraß sich das Salzwasser in die Wunden hinein. Fast ohnmächtig spürte der Gepeinigte unter sich keinen Grund mehr; ein unseliges Verweilen, das dem Tasten eines im Finstern Verirrten glich. Aus dieser Falle gab es nun anscheinend kein Entrinnen mehr. Der Tod eilte über das Wasser und blickte wartend von den Buhnen auf den leblosen Körper herunter.
„Hast du wirklich geglaubt, du könntest ihn, den wahren Herrscher dieser Welt, einfach so bezwingen?", brüllte er mit donnernder Stimme. „Mein Meister ist unverwundbar …!"
Alex lag mit ausgebreiteten Armen auf der Oberfläche und ließ sich treiben, versuchte jedoch seine Füße in der den Buhnen zugewandten Position zu halten, um sich gegen sie abzufedern.
„Es wird dir nichts nützen – du musst nun sterben!", höhnte der Tod von oben herab. „Ich bin gekommen, um dich zu holen! Befehl von unten! Jeder wird irgendwann mal gehen – auch du! Finde dich endlich damit ab! Und jetzt komm, die Zeit drängt! Ich habe noch viel zu tun …!"
Alex hatte zu viel Wasser in den Ohren, um sich von solchen leeren Worten beeindrucken zu lassen und machte mit seinen

Bewegungen weiter. Er stellte sich vor, wie rund und glatt, ja völlig harmlos diese Muscheln sind. So empfand er wenigstens keinen Schmerz mehr.

‚Es ist sagenhaft, was man alles mit seinem Kopf anstellen kann! Du hast es in der Hand', dachte er. Da – seine linke Hand spürte etwas. Es fühlte sich holzig an.

Ein hölzernes Fragment, ein zersplitterter Holzbalken, trieb neben ihm im Wasser. Das kleine verbeulte Schild mit einer Zahl darauf ließ ihn erstarren.

‚Ein Nummernschild! Meine Hausnummer? Die 34 ...!', entsetzte sich Alex und schloss müde seine Augen. Wütend klammerte er sich fest an den Balken und schwang sich hoch. Stunden trieb er so auf dem Wasser. Voller Grimm drehte der Tod endlich ab, brüllte einen grässlichen Fluch und trollte sich eilends über das Meer. Blitz und Hagel begleiteten ihn. Sein schwarzer Mantel wallte noch lange über den Gischt. Viele Kilometer unter der Erdkruste, im Kronenrat des Mammon, wartete man schon ungeduldig auf ihn und seine Beute.

Mit letzter Kraft zog sich Alex blutüberströmt aus dem Wasser und blieb am Strandufer liegen. Unter halbgeschlossenen Lidern erkannte der Gestrandete im Sand neben sich einen halb vergrabenen tellergroßen Bernstein. Schwach erinnerte sich Alex an die Aufgabe – an seine Aufgabe! Hatte er sie tatsächlich aus den Augen verloren? Wie konnte es nur so weit kommen?

Von weither vernahm er leise und undeutlich eine bekannte Stimme:

„...lex! ... Alex ...? Aaaaleexx ...!"

Dietrich A. H. Kirchner

EDIAC
oder Die Stadt an den Sternen

Dietrich A. H. Kirchner erzählt aus der Sicht des 14-jährigen Pimpfes eine mysteriöse Geschichte, die 1944 in der alten deutschen Hansestadt Danzig beginnt. Dietrich und sein Freund Jimmi sind in der Untertertia, zu einer Zeit, in der alles um sie herum viel interessanter ist als Vokabeln und Geschichtszahlen pauken, zumal sich im zunehmenden „Endkampf" alle bisherigen Ordnungen aufzulösen beginnen und besonders den Pennälern bisher unbekannte Aufgaben zuwachsen und damit auch ungeahnte Freiheiten winken. Dabei macht Dietrich wichtige Funde, einmal ein geheimnisvolles Kästchen mit einem Geheimfach, in dem er lose Tagebuchblätter aus der Jahrhundertwende findet, und ein anderes Mal einen Meteoriten, der in eine Dachwohnung eingeschlagen ist und dabei auf eine zunächst rätselhafte Botschaft hinweist, die ihnen allen eine Katastrophe voraussagt. Das Ende der Stadt kommt so mit Mord, Brandschatzung und Vergewaltigung und alles versinkt in Chaos und Rechtlosigkeit. Ein neues Kapitel der Geschichte beginnt.

ISBN 978-3-86634-934-6   Preis: 49,80 Euro (Bd. I u. II)
Hardcover   1388 Seiten, 20,2 x 14,4 cm

Hannelore Freisleben

Haus am Fluss
Roman

Er stand auf seinen Stock gestützt, er, Sebastian Erdmann. Wie so oft an dieser Stelle schaute er über den Fluss, der sich schlängelnd wand und krümmte, hier einen Bogen machte, dort in einer kleinen Bucht einkehrte, wie einer, der den Schritt verhält, um zu verpusten. Wir sind ein Volk!, hatten sie gerufen, da drüben, jenseits der Grenze, jenseits des Flusses, jenseits des Zauns, wo sein Elternhaus stand. Das Grenzzauntor wurde geöffnet. In Berlin war die Mauer gefallen.
Er dachte an die Vergangenheit. An die Mutter, die Geschwister. An Gunda, die Kindheitsgefährtin. Der Vater fiel ihm ein, der dem Alkohol erlag. Es gab eine missglückte Liebesnacht. Krieg, Gefangenschaft und Heimkehr. Dann: die Grenze. Da waren Hoffnungen, Enttäuschungen, Konflikte, Kummer und Tränen.

ISBN 978-3-86634-916-2 Preis: 24,50
Hardcover 388 Seiten, 20,2 x 14,4 cm